SCIENCE FICTION

Herausgegeben
von Wolfgang Jeschke

Vom BATTLETECH®-Zyklus erschienen in der Reihe
HEYNE SCIENCE FICTION & FANTASY:

Die Gray Death-Trilogie:

William H. Keith jr.: Entscheidung am Thunder Rift · 06/4628
William H. Keith jr.: Der Söldnerstern · 06/4629
William H. Keith jr.: Der Preis des Ruhms · 06/4630

Ardath Mayhar: Das Schwert und der Dolch · 06/4686

Die Warrior-Trilogie:

Michael A. Stackpole: En Garde · 06/4687
Michael A. Stackpole: Riposte · 06/4688
Michael A. Stackpole: Coupé · 06/4689

Robert N. Charrette: Wölfe an der Grenze · 06/4794
Robert N. Charrette: Ein Erbe für den Drachen · 06/4829

Das Blut der Kerensky-Trilogie:

Michael A. Stackpole: Tödliches Erbe · 06/4870
Michael A. Stackpole: Blutiges Vermächtnis · 06/4871
Michael A. Stackpole: Dunkles Schicksal · 06/4872

Die Legende vom Jadephönix-Trilogie:

Robert Thurston: Clankrieger · 06/4931
Robert Thurston: Blutrecht · 06/4932
Robert Thurston: Falkenwacht · 06/4933

Robert N. Charrette: Wolfsrudel · 06/5058

Michael A. Stackpole: Natürliche Auslese · 06/5078
Chris Kubasik: Das Antlitz des Krieges · 06/5097
James D. Long: Stahlgladiatoren · 06/5116 (in Vorb.)
J. Andrew Keith: Die Stunde der Helden · 06/5128 (in Vorb.)
Michael A. Stackpole: Kalkuliertes Risiko · 06/5148 (in Vorb.)
Peter Rice: Fernes Land · 06/5168 (in Vorb.)

CHRIS KUBASIK

DAS ANTLITZ DES KRIEGES

Ein BATTLETECH®-Roman

Achtzehnter Roman
im BATTLETECH®-Zyklus

Deutsche Erstausgabe

WILHELM HEYNE VERLAG
MÜNCHEN

HEYNE SCIENCE FICTION & FANTASY
Band 06/5097

Titel der amerikanischen Originalausgabe
IDEAL WAR
Deutsche Übersetzung von Reinhold H. Mai
Das Umschlagbild malte Boris Vallejo
Die Innenillustrationen zeichnete Jeff Laubenstein

3. Auflage

Redaktion: Rainer Michael Rahn

Printed in Germany 1994
Umschlaggestaltung: Atelier Ingrid Schütz, München
Technische Betreuung: Manfred Spinola
Satz: Schaber Satz- und Datentechnik, Wels
Druck und Bindung: Elsnerdruck, Berlin

ISBN 3-453-07261-8

Für Joy,
die mir bei einem Telefongespräch zum
Thema Leichen geholfen hat,
die richtige Perspektive dem Krieg
gegenüber zu bewahren.

Mit verspätetem Dank an Jordan Weisman, L. Ross Babcock III, Sam Lewis, Donna Ippolito und Tom Dowd für ihr Vertrauen und ihre Unterstützung. Ihr habt mir geholfen, meine Träume Wirklichkeit werden zu lassen. Was für eine Gabe!

Und ein herzliches Dankeschön an all diejenigen, die mir die Inspiration für die absurden Elemente und obszönen Tragödien in diesem Buch geliefert haben: den Vietcong, die ARVN, den verrückten Diem-Clan, verschiedene US-Präsidenten, deren Selbstüberschätzung ausgeprägter war als ihr Gefühl für historische Perspektive (die Franzosen haben uns *gewarnt*), und schließlich noch Robert McNamara, William Westmoreland und die Radfahrer im Pentagon (in den 1960ern), die irgendwie auf die Idee gekommen sind, man könnte einen Krieg auf die gleiche Weise führen, wie man ein Magisterexamen ablegt. Danke, Jungs, ohne euch hätte ich dieses Buch nicht schreiben können.

TEIL 1

POLITIK

1

Mariks Palast, Atreus
Marik-Commonwealth, Liga Freier Welten

19. Mai 3054

Die Flammen der zwölf Kerzen warfen breite, flakkernde Schneisen goldenen Lichts durch die dunkle Bibliothek. Der Rest des Raums war in Schwärze getaucht — *wie der Weltraum,* dachte Paul Masters. Sein Gastgeber bei diesem Essen, Generalhauptmann Thomas Marik, Oberhaupt von Haus Marik, Herrscher über das Marik-Commonwealth und militärischer Oberbefehlshaber der Liga Freier Welten, mußte diese unheimliche Beleuchtung als Entsprechung zu seinem düsteren Innenleben gewählt haben. Die seltsame Art seines Freundes hatte eine charmante und gleichzeitig beunruhigende Wirkung auf Paul, wie auf jeden, dem Thomas begegnet war, seit er vor Jahren die Leitung des Marik-Commonwealths übernommen hatte.

Das Licht der Kerzen holte Regale mit alten, abgenutzten Büchern aus dem Dunkel. Zwischen den gespenstischen Schatten war eine Reihe einzigartiger Gegenstände zu erkennen ... kleine Figuren des menschlichen Körpers, Modelle von BattleMechs und Sprungschiffen und ein besonders faszinierendes Beispiel uralter Technologie — ein frühes künstliches Herz.

Ein Teil des Lichts fiel auf unter Glas gerahmte Bilder an den Wänden — abstrakte Ölgemälde, clevere Holographien und alte Blaupausen, zu denen auch Thomas' größte Kostbarkeit gehörte: eine fast zwölfhundert Jahre alte Replik der Kitty-Hawk-Flugpläne. Bis zu jenem Tag, als ihm Thomas die Geschichte von jenen ersten kurzen Sekunden der Reise des Menschen fort vom festen Boden seiner Heimatwelt erzählt hatte, hatte Masters nie einen Gedanken an den ersten motorisierten Flug verschwendet. Die Augen des Generalhauptmanns hatten geleuchtet wie die eines kleinen Jungen.

Es war spät geworden. Die Schritte der Lakaien vor den Türen waren ebenso verklungen wie das manierierte Lachen der durch die Palastkorridore wandernden Höflinge. Die schweren Vorhänge waren nur einen Spaltbreit aufgezogen, gerade genug, damit man den Nachthimmel mit seinen unzähligen Sternen erkennen konnte. In der Düsternis säbelte Masters vorsichtig an seinem Rostbraten und versuchte, die Butterkartoffeln aufzuspießen. Vom anderen Ende des Tisches klang das Klappern von Thomas' Besteck herüber.

»Müssen wir unbedingt im Dunkeln essen?« fragte Masters.

»Dunkelheit für dunkle Gedanken«, erwiderte Thomas, wie ein schlechter Schauspieler in einem seinen Talenten angemessenen Stück.

Masters lachte. »Dunkelheit für dunkle Taten«, gab er zurück.

»Dunkelheit, um ein flackerndes Licht besser zu sehen. Um die kleine Flamme zu offenbaren, die man im hellen, geschäftigen Tageslicht leicht übersehen könnte.«

»Thomas, du bist der einzige phantasievolle Mensch, den ich kenne.«

»Keine sonderlich wertvolle Begabung in unseren Tagen.«

»Nein. Die Lemminge stürzen sich ins Verderben und halten es für den Zwang der Geschichte. Ihnen entgeht, daß wir die Geschichte erst *machen.*«

»In der Tat«, betonte Thomas, dann stockte er, als sei ihm ein neuer Gedanke gekommen. »Was *ist* ein Lemming eigentlich, Paul? Hast du eine Ahnung? Ich habe diesen Ausdruck immer wieder gehört und auch selbst benutzt, aber gerade ist mir klar geworden, daß ich keinen Schimmer habe, was er bedeutet.«

»Ein Lemming ist ...« Masters stellte überrascht fest, daß er die Antwort auch nicht wußte. »Keine Ahnung. Vielleicht ein mythisches Tier. Sind Lemminge nicht diese Kreaturen, die sich über eine Klippe in die Tiefe stürzen, nur weil alle anderen es auch tun? Ich weiß es nicht. Vielleicht waren sie ursprünglich ein Witz, den die Römer über Christen gemacht haben, die im Kolosseum unbedingt den Märtyrertod sterben wollten.«

»Ah! Brot und Spiele«, rief Thomas wie in einer plötzlichen Inspiration aus. »Vielleicht könnte das den Blutdurst meines Volkes stillen.«

»Das ist nicht dein Stil, mein Freund. Du würdest auf dem Thron sitzen und wegen der Opfer in der Arena Tränen vergießen. Würde den ganzen Effekt zerstören.«

»Stimmt.«

»Außerdem brauchst du Brot und Spiele nicht. Dein Volk ist zufrieden. Der letzte große interstellare Krieg hat am anderen Ende der Inneren Sphäre stattgefunden, und der Vierte Nachfolgekrieg hat uns auch kaum tangiert. Selbst die Andurien-Revolte war so schlimm nicht. Sie hat sich zwar lange hingezogen, aber es war kein größerer Konflikt.«

»Genau. Mein Volk langweilt sich. Es hat vergessen. Es dürstet nach Blut. Soweit ich feststellen kann, passiert das in jeder Generation.«

»Wie bei den Lemmingen?«

»Ein Leitmotiv? So schnell? Großartig!«

»Nichts, womit man angeben könnte. Unsere Gedanken drehen sich im Kreis. Tag für Tag zerbrechen wir uns den Kopf über dieselben Dinge, egal, wie der Tag verläuft.«

Thomas machte eine Pause und dachte nach. »Aber sind unsere Sorgen berechtigt?«

In der Dunkelheit zuckte Masters die Achseln und schnitt ein Stück Fleisch ab. »Solange es nur unsere Sorgen sind, was soll's?«

»Aber wenn wir sie anderen mitteilen?«

»Ah.«

»Ah, was?« Thomas legte sein Besteck beiseite. »Paul, die Lage ist sehr ernst. Es stimmt, wir haben schon einige Zeit keinen *furchtbaren* Krieg mehr gehabt. Aber ...« Thomas verstummte. Er schwieg, während irgendwo im Raum eine seiner alten Standuhren tickte. Masters blickte seinen Freund an. Selbst in diesem trüben Licht konnte er die Brandnarben sehen, Narben von der Bombe, die vor fast 20 Jahren Thomas' Vater und seinen älteren Bruder das Leben gekostet hatte. Thomas hatte keinen Versuch unternommen, die Narben entfernen zu lassen.

In all den Jahren hatte Masters ihn nie nach dem Grund gefragt. Er ging davon aus, daß dieser sehr privater Natur war und sein Freund nicht darüber sprechen wollte. Seine Version eines Büßerhemds wahrscheinlich, eine konstante Erinnerung an seine Sterblichkeit, die ihn Bescheidenheit lehre sollte. Auch wenn sein Freund über Hunderte von Welten regierte, ließ er doch nicht zu, daß ihm diese Macht zu Kopfe stieg.

»Wir stehen am Scheideweg«, erklärte Thomas schließlich. »Jetzt steht alles auf dem Spiel. Wieder einmal. Ich habe mir die Berichte über die Claninvasion angesehen ...«

»Wessen Berichte?«

»Die von Blakes Wort. Als sich dessen Mitglieder auf Gibson angesiedelt haben, habe ich sie um die Kriegsberichte gebeten, die sie erstellt hatten. Sie zögerten. Ich bat sie noch einmal. Sie drucksten herum. Ich bat sie ein drittes Mal. Diesmal gingen die Berichte irgendwo verloren. Schließlich drohte ich ihnen, sie aus der Liga Freier Welten zu werfen, so daß sie auf ewig durchs All wandern müßten, wenn sie mich nicht endlich zufriedenstellten. Da haben sie endlich nachgegeben.«

»Und?«

»Totaler Schwachsinn.«

»Was?«

»Nun, vielleicht sollte ich besser sagen, ich habe die Dokumente nicht verstanden. Ich habe alle die verdammten Bücher gelesen. Ich habe Schlachten geführt, mit dir in BattleMechs trainiert. Und ich habe noch nie einen derartigen Blödsinn gesehen, wie das, was mir Blakes Wort geschickt hat. Zahlen. Nichts als Zahlen. Seitenweise nur Zahlen. Tafeln, Tabellen und Hunderte von Formeln.«

»Listen der Gefallenen?«

»Nichts derart Romantisches. Nicht ein Name zu finden. Statt dessen wird ein Sieg in Begriffen erklärt wie: ›Obige Daten zeigen die Unvermeidbarkeit eines Gefechtsgewinns angesichts der möglichen Verlustraten‹ und so weiter und so fort.«

»Verluste?«

»›Wie aus obigen Daten ersichtlich, war ein Gefechtsverlust unvermeidbar ...‹«

»Gefechtsgewinn? Gefechtsverlust? Was soll das ...?«

»Eine Gewinn-und-Verlust-Rechnung, schätze ich. Aber Blakes Wort hat seine Schlußfolgerungen auf diese Zahlen gestützt, und ich schwöre dir, ich habe keine Ahnung, woher sie kommen.«

»Thomas, ich will dir nicht zu nahe treten, aber deine Gefechtserfahrung ist begrenzt.«

»Bitte, Paul. Ich sollte in der Lage sein, Gefechtsberichte zu lesen. Einstein hat einmal gesagt, wenn du nicht erklären kannst, was du machst, ist es die Mühe nicht wert. Ich habe Zehntausenden religiösen Eiferern Zuflucht gewährt, habe ihnen Schutz und eine neue Heimat versprochen, und sie können mir nicht erklären, wie sie einen Krieg geführt haben. Das beunruhigt mich. Und das ist das Seltsame. Das Dokument ist beinahe wie eine wissenschaftliche Abhandlung geschrieben. Ich komme aus derselben Tradition. Ich *müßte* es verstehen.«

»Siehst du, genau da liegt dein Problem. Der Krieg ist keine Wissenschaft, er ist eine Kunst.«

»Behaupten du und dein Preuße. Ich bevorzuge die Wissenschaft. Sauber. Klar.«

»Und Teil deiner Vergangenheit. Jetzt bist du unter unordentlichen Soldaten und häßlichen Politikern.«

»Mein Gott, ja. Wie bin ich da hineingeraten?«

»Ich weiß, daß es unbewiesen ist«, bemerkte Paul, »aber könnte es etwas mit einem Vetter zu tun haben, der deinen Vater und Bruder umgebracht hat?«

Thomas hob sein Weinglas. »Oh, ja, stimmt. Danke für die Erinnerung, Kapitan Masters. Familientreffen der Nachfolgerhäuser. Mein Gott, wie ich das hasse. Auch wenn ich selbst ein Teil davon bin.«

»Und du bist wahrscheinlich einer der trübsinnigsten Nachfolgerfürsten.«

»Vielen Dank.«

»Nun, es ist ziemlich deutlich, daß die Davions, Kuritas, Liaos und Steiners das Leben als reiche Größenwahnsinnige genießen. Ich frage mich, wo dein Problem liegt. Aber laß uns deinen Trübsinn einen Moment vergessen und zum Krieg zurückkehren. Ich fand ComStar und jetzt Blakes Wort schon immer reichlich sonderbar. Wahrscheinlich würde ich einen Bericht dieses Ordens auch nicht verstehen. Ich möchte wetten, das könnten die wenigsten Bewohner der Inneren Sphäre. Und die meisten würden das als ganz normal betrachten. Die Wahren Gläubigen sind seltsam und verschlossen.«

»Sicher. Aber ich habe bis zum Tode meines Vaters unter ihnen studiert. Sie waren meine Familie. Und was noch viel wichtiger ist, meiner Ansicht nach spiegelt dieser Bericht eine Veränderung in der Kriegsführung der gesamten Inneren Sphäre wider. Hier geht es nicht nur um ComStar und Blakes Wort. Ich kann es nur noch nicht genau fassen.«

Masters nippte an seinem Wein. »Ich bin mir nicht sicher, ob das hierherpaßt, aber aus den Berichten, die ich gelesen habe, geht hervor, daß Intensität und Tempo der Gefechte in den letzten dreißig Jahren rapide zugenommen haben. Der Vierte Nachfolgekrieg hat besonders heftig getobt.«

»Genau das ist es. Die Kriegsführung verändert sich. Es ist nicht, als ob wir so etwas in der Geschichte der Menschheit nicht schon früher erlebt hätten, aber wir sind gerade dabei, wieder eine Stufe der Technologie zu erreichen, die über viele Generationen verloren war. Die Menschheit hat sich schon einige Male beinahe selbst zerstört, und sie scheint einen erneuten Versuch unternehmen zu wollen. Aber ich werde das nicht zulassen. Allerdings brauche ich dazu mehr Macht. Keine wirtschaftliche Macht. Mein Gott, für den Rest der Inneren Sphäre wirken wir bestimmt jetzt schon wie ein fettes Mastschwein. Nein, wir brauchen politische Macht. Die Liga Freier Welten ist der einzige balkanisierte Nachfolgerstaat. Das muß sich ändern.«

»Ja, deine Gegenspieler sind definitiv opportunistischer.«

»Um so wichtiger ist es, uns weniger verletzlich zu machen. Ich habe kein Bedürfnis, diese miesen kleinen Würmer zu erobern. Sie sollen die Liga Freier Welten nur in Frieden lassen, damit wir in Ruhe unsere Probleme lösen können. Und ich denke, dein Plan, eine Eliteklasse von MechKriegern aufzustellen, wird uns dabei helfen.«

Masters erstarrte, die Gabel Zentimeter vor dem offenen Mund. Er hatte den Plan vor einem Jahr vorgeschlagen, ohne je auf eine Annahme zu hoffen. Die Liga Freier Welten hatte eine Tradition als parlamentarische Demokratie, der die Einführung einer militärischen Herrscherklasse klar zuwiderlief. »Ist das dein Ernst?«

»Ich habe es noch nie ernster gemeint. Ich sehe keinen anderen Ausweg. Wir sind dabei, nach dem Zusammenbruch des Sternenbundes verlorene Technologien wiederzuentdecken. Die Menschen wollen die plötzlich verfügbaren neuen Waffen ihren Feinden in den Rachen stopfen. ›Sieg um jeden Preis‹ und dergleichen. Und selbst ohne diese Entwicklung nehmen Tempo und Intensität der Kämpfe stetig zu. Du hast völlig recht. Dieser Prozeß ist seit Jahrzehnten im Gange. Die Freigabe der Technologiedateien durch ComStar und die Entdeckung der Sternenbundinfothek durch die Gray-Death-Legion können das nur noch beschleunigen. Wenn wir uns nicht vorsehen, haben wir in kürzester Zeit gewaltige Schwierigkeiten. Die Ares-Konvention interessiert nur noch Juristen. Der Ehrenkodex der MechKrieger zerbröckelt. Wir müssen sogar mit dem Einsatz taktischer Nuklearwaffen rechnen.« Der Gedanke an Atomwaffen ließ Thomas abrupt verstummen. Als er weitersprach, war seine Stimme gedrückt. »Die Freigabe der Technodateien werde ich ComStar nie verzeihen. Das war ein klarer Eidbruch. Diese Dateien hätten auf ewig unter Verschluß bleiben müssen.«

»Also, es ist ja nicht so, als ob es die Waffen nicht vorher schon gegeben hätte. Es geht nicht nur um den Zugang zu den Dateien.«

Thomas schien ihn nicht zu hören. »Ketzerei. Pure Ketzerei.«

Masters wußte nicht, was er sagen sollte. Wie alle, die in den mystischen Reihen ComStars ausgebildet worden waren, sprach Thomas nur selten mit Ungläubigen über diese Religion. »Thomas? Was erwartest du von mir?«

»Ich habe heute eine Nachricht aus New Avalon erhalten …«

Masters' rechte Hand spannte sich. »Joshua?«

»Er lebt«, sagte Thomas leise. »Sie sagen, seine Leukämie bildet sich zurück.« Er lachte. »Wir reisen zwischen den Sternen umher, und mein Sohn stirbt an einer Krankheit, die unsere Spezies seit mehr als tausend Jahren zu besiegen versucht. Tausend Jahre.« Er stockte, sammelte seine Gedanken. »Ich habe heute an ihn gedacht, bevor du gekommen bist. Ich habe mich daran erinnert, wie ich Joshua zum erstenmal in den Armen hielt, vor acht Jahren, kurz nach seiner Geburt. Seitdem habe ich so wenig von ihm gesehen.« Thomas sog den Atem ein. »Er schien so vollkommen in diesem Augenblick. Makellos. Seine Seele war ohne Sünde, sein Geist ohne böse Absichten. Niemand hatte ihm Schaden zugefügt, nichts ihn in Versuchung geführt. Ich dachte, wenn ich ein guter Vater bin, kann ich ihn vor allem Bösen beschützen. Ich dachte: ›Dieser Junge wird geschützt aufwachsen. Ich werde ihn lehren. Ich werde ihn lehren zu lieben, für das Wohl der Menschheit zu kämpfen, sich zu beschützen. Er wird etwas Besonderes sein. Ich werde ihn vor all dem Schmerz und der Krankheit und den Narben schützen, die mich geplagt haben.‹ Aber dann … Wir alle träumen von einer glücklichen Zukunft, aber so wenig davon wird je Realität.«

Er schob seinen Teller von sich und lehnte sich auf den Tisch. Seine Stimme wurde verschwörerisch. »Ich habe einen guten Grund für das, was ich dir vorschlagen will, Paul. Es ist äußerst gefährlich. Noch vor zehn Jahren hätte ich mich vehement gegen eine militärische Herrscherklasse zur Wehr gesetzt. Kannst du mir versprechen, daß sie nicht korrumpiert wird? Daß unsere guten Absichten nicht pervertiert werden und uns in der Zukunft Leid und Tränen bringen?«

»Das kann ich nicht versprechen. Du weißt selbst,

daß die Liga Freier Welten schon immer einen Balanceakt zwischen parlamentarischer Demokratie und militärischem Feudalismus vollführt hat.« Masters wählte die nächsten Worte mit Bedacht. »Aber ich bin überzeugt davon, daß wir eine Eskalation der Kriegstechnologie nur verhindern können, wenn wir die Macht allein in die Hände der MechKrieger legen. Nicht in die der Soldaten, und auf keinen Fall in die der Technokraten. Nur MechKrieger. Denn MechKrieger haben ein greifbares Interesse daran, eine Verselbständigung der Kriegstechnologie zu verhindern: Sie würde uns Krieger unnötig machen. Atomwaffen wären mit Sicherheit das Ende der Mechkriegsführung. Um die Katastrophe zu verhindern, müssen wir unter deiner Herrschaft Macht gewinnen. Wir müssen die Kriegskonventionen neu etablieren. Eine solche Machtkonzentration in den Händen von MechKriegern würde diese Ziele greifbar machen.«

»Keine Garantien?«

»Nein, Sir.«

»Ich dachte es mir. Ich wußte es.« Thomas seufzte. »ComStar war so viel friedlicher.«

»Die alten Zeiten.«

»Ich vermisse meine Jugend.«

Masters machte sich Sorgen über Thomas. Es paßte nicht zu ihm, abzuschweifen. »Thomas?«

»Es ist alles in Ordnung, Paul. Ich versuche nur, mich um die Notwendigkeit herumzudrücken, etwas Unangenehmes ins Gespräch zu bringen. Das heißt — eigentlich halte ich es für großartig, aber du könntest es für so lächerlich halten, daß dieses Gespräch eine unangenehme Wendung nimmt.«

»Das bezweifle ich.«

»Du vergißt, wie pragmatisch du bist, und was für ein Idealist ich bin. Die Tatsache unserer engen Freundschaft muß teilweise darauf beruhen, wie selten wir einander sehen.«

»Wir sind Freunde und werden es immer bleiben«, stellte Masters ruhig fest. »Aber jetzt sag mir, was ist das für eine schreckliche Sache, über die du reden willst?«

»Im Grunde sprechen wir hier über einen Militärputsch.«

»Ganz genau. Bei korrekter Darstellung bin ich sicher, daß ich genug MechKrieger finden kann, die uns unterstützen. Wenn wir ihnen erst einmal klarmachen, daß der Beruf des MechKriegers vom Fortschritt der Kriegstechnologie bedroht wird ...«

»Ja. Die MechKrieger übernehmen die Herrschaft und machen alle, die keine MechKrieger sind, zu Bürgern zweiter Klasse.« Thomas' Stimme wurde gepreßt. »Das ist das System der Clans.«

Masters zögerte. »Das wissen wir nicht sicher. Die Invasion fand am anderen Ende der Inneren Sphäre statt, mehr als dreihundert Lichtjahre von unseren Grenzen. Niemand in der Inneren Sphäre hatte eine Ahnung, daß die Nachkommen Kerenskys und seiner Gefolgsleute noch lebten. General Kerensky und seine Armee sind vor Jahrhunderten ins Exil gezogen. Was seit dieser Zeit aus ihnen geworden ist, bleibt ein Geheimnis. Selbst die Menschen, deren Heimatwelten von den Clans erobert wurden, wissen bis heute nicht genau, wie die Clanner leben, und wir hier am anderen Ende der Sphäre haben mit Sicherheit nur Halbwahrheiten mitbekommen. Es wird Jahre dauern, alle Informationen zu sichten, Jahre, bevor wir wissen, wer diese Clans wirklich sind.«

»Du verteidigst sie? Sie haben in Städten gekämpft. Sie haben die Zivilbevölkerung mit Atomwaffen angegriffen. So etwas hat es seit ...«

»Wir werden nicht wie die Clans werden. Das kann ich versprechen. Ich will nur, daß die militärische Elite die Liga Freier Welten unter deiner Herrschaft eint.«

»Nein, nein, selbst wenn wir die Clans für den Augenblick vergessen, reicht das nicht.«

Masters zögerte, wußte nicht, was er sagen sollte. »Ich bin mir nicht sicher, ob ich das verstehe.«

»Wenn wir lospreschen und erklären, daß ich endlich versuchen will, Haus Mariks absolute Herrschaft über die Liga Freier Welten durchzusetzen, und zwar durch den Staatsstreich einer Gruppe von MechKriegern, werden die anderen Staaten der Liga sich gegen uns erheben.«

»Natürlich wird es Widerstand geben.«

»Zuviel Widerstand. Wir brauchen das Volk *hinter* uns. Ich werde keine komplette Einigung der Liga versuchen, wenn ich mich dadurch meinem Volk entfremde. Das wäre es nicht wert. Wir würden unsere gesamte Zeit damit verbringen, einen Aufstand nach dem anderen niederzuschlagen. Sie würden uns als Besatzer in unserem eigenen Staat sehen. Nein, die Mehrheit des Volkes — die breite Mehrheit — muß uns unterstützen. Nur so können wir das gewünschten Resultat erzielen und den anderen Nachfolgerstaaten an Stärke gleichkommen.«

»Aber wenn die MechKrieger die Herrschaft übernehmen sollen ...«

»Paul. Wir werden unser Ziel erreichen. Aber wir müssen vorsichtig, sorgsam und klug vorgehen. Wir werden langsam anfangen und den Augenblick für die richtige Geschichte vorbereiten.«

Masters fuhr erregt mit den Händen über die Tischdecke. »Was meinst du mit ›Geschichte‹?«

»Wie wäre es, wenn wir statt eines Staatsstreichs in der gesamten Liga zuerst einen Ritterorden der MechKrieger stiften. Etwas Romantisches aufbauen.«

»Romantisch?«

»Ja. Wir bauen nicht nur eine herrschende Kriegerklasse auf, sondern verankern gleichzeitig den Feudalismus. Wir machen deutlich, daß sich hier etwas *Außergewöhnliches* abspielt.«

»Ich weiß nicht ...«

»Wir errichten etwas, das die Leute wollen, statt ihnen etwas aufzuzwingen. Wir bringen sie dazu, den Gedanken zu begrüßen, statt sich dagegen zu wehren.«

Masters' Zweifel waren ungebrochen. »Und wie machen wir das?«

»Wir fangen klein an. Wir beginnen mit einem neuen Ritterorden, einer völligen Neuschöpfung. Ein besonderer Orden von MechKriegern, die mir persönlich die Treue schwören. Im Gegensatz zu den sonstigen Gepflogenheiten werden diese Ritter den Titel ›Sir‹ tragen. Sie werden die Elite repräsentieren. Wir werden sie ungeachtet früherer Loyalitäten aus der gesamten Liga Freier Welten rekrutieren. Das wird der schwierige Teil. Wir müssen die MechKrieger finden, die unsere Sorge um das Schicksal ihres Standes teilen, und, das ist noch wichtiger, die eine noble Ader haben. Krieger wie dich.«

»Aber wie ...?«

»Intuition«, erwiderte Thomas und wischte die Frage beiseite. »Wir finden sie durch Intuition. Gut, wir werden zunächst nichts mit diesen Rittern tun. Wir lassen die Liga Freier Welten und die Innere Sphäre nur wissen, daß ein solcher Orden existiert.«

»Aber die Gegner des Marik-Commonwealth im Parlament werden sich darauf stürzen wie die Geier. Das kommt einer Absichtserklärung gleich, die Liga Freier Welten unter Haus Marik zu vereinen. Das ist so gut wie ein Staatsstreich.«

»Nur werden wir nichts wirklich getan haben.«

»Nein, wir laden nur einige ihrer besten MechKrieger ein, sich von ihnen loszusagen. Insbesondere das Fürstentum Regulus wird Verdacht schöpfen und sich bedroht fühlen. Und wir werden für den Putsch nicht vorbereitet sein.«

»Es wird keinen Putsch geben, Paul.« Thomas ließ seinem Gegenüber Zeit, diese Mitteilung zu verdauen.

»Was?«

»Ich werde auf Bitten des Volkes die Macht ergreifen oder gar nicht. So einfach ist das. Ich werde aufbauen, was das Volk will, und es wird mir sagen, ob ich recht habe.«

»Aber ...«

»Paul, du sorgst dich um die MechKrieger. Ich sorge mich um das Volk der Liga Freier Welten. Ich werde die Herrschaft über die Liga nicht an mich reißen. Das ist eine Taktik für andere Herrscher in anderen Nachfolgerstaaten.«

»Würdest du mir dann bitte erklären, was du mit einer guten Geschichte meinst?«

»Einfach ausgedrückt: Der Mensch sieht sein Leben als eine Geschichte. Das ist eine Tatsache. Irgendwie ist der Mensch so gebaut. Und wenn die Menschen sich als unterdrückt sehen, schlagen sie zurück, weil das nun einmal die Rolle der Unterdrückten ist. Wenn die Menschen sich dahingegen als Teil einer glorreichen Entwicklung sehen, werden sie das Spiel mit ganzer Kraft unterstützen.«

»Das Spiel?«

»Das Spiel. Ich bin nicht umsonst meines Vaters Sohn.«

»Ich glaube nicht, daß die meisten Menschen ihr Leben als ein Spiel sehen, Thomas.«

»Natürlich nicht. Deshalb können sie ja von anderen manipuliert werden, für die das sehr wohl gilt.«

Masters verlor allmählich die Nerven. »Ich verstehe das alles nicht mehr. Erst erklärst du, du willst, daß die Leute sich frei entscheiden, und jetzt redest du davon, sie zu manipulieren.«

»Nun, wenn wir putschen, manipulieren wir sie. Wenn ich ihnen die Wahl lasse, manipuliere ich sie nicht. Aber weil ich weiß, daß das alles ein Spiel ist, kann ich die Alternativen so beeinflussen, daß sie die Wahl treffen, die ich von ihnen erwarte.«

»Versteh ich nicht.«

»Ich weiß. Das braucht Zeit. Hier.« Thomas ging zu einem Tisch an der Wand. Masters sah, wie er etwas aufhob und herüberbrachte. Ein Buch. »Das ist für dich. Ein Geschenk.«

Masters nahm das Buch, ein in Leinen gebundenes Werk mit abgenutzten Kanten. Der Titel war verblaßt und im trüben Kerzenschein nicht zu entziffern. »Was ist das?«

»*Le Morte d'Arthur* von Thomas Malory.«

2

Mariks Palast, Atreus
Marik-Commonwealth, Liga Freier Welten

19. Mai 3054

»Thomas Malory?«

»Ein englischer Ritter, der vor fünfzehnhundert Jahren lebte. Er schrieb das Buch, während er wegen Vergewaltigung im Kerker saß.«

»Vergewaltigung? Ist das die Geschichte dieser Vergewaltigung?« Masters legte das Buch weg, als sei es ansteckend.

»Ganz und gar nicht. Es ist die Geschichte eines legendären Königs und der Abenteuer seiner Ritter. Fast alle Figuren der Geschichte sind unvollkommen — manche ganz erheblich —, aber sie streben alle danach, das Richtige zu tun. Das Buch ist Malorys Flehen zu Gott um Vergebung. Seine Figuren streben ein Ideal an, obwohl sie keine Chance haben, es zu erreichen.«

»Was hat das mit ...«

»Lies es. Bitte.«

Die meisten anderen wären jetzt aus dem Raum gestürzt, möglicherweise auf der Suche nach einem Arzt. Aber Masters kannte Thomas schon viel zu lange. Wahrscheinlich hatte Thomas' Gehirn nur eine neue Art gefunden, die Dinge zu sehen, ein kostbares Licht, das die Welt ein wenig klarer erkennbar machte. »Ja. Natürlich werde ich das tun. Ich werde es auf dem Weg zurück zur Basis lesen.«

»Nein. Bleib. Ich möchte, daß du es hier liest. Ich will deine Reaktion sehen. Wir haben viel zu besprechen.«

»Aber mein Dienst ...«

»Paul, ich bin der Generalhauptmann. Das läßt sich regeln.«

Später am selben Abend, als er wieder in seinem Zimmer war, schlug Masters das Buch auf. Er stützte sich bequem auf die Kissen und las die Geschichten über Arthur, Merlin, Lancelot und andere. Der Stil des Textes war schwierig, und er brauchte eine Weile, um sich an den Rhythmus der Sprache zu gewöhnen. Er war den einfachen, geradlinigen Stil eines nüchternen, mechanischen Zeitalters gewöhnt, während Malory eine Vielzahl komplexer, gewagter Ideen in einzelne, schier endlos scheinende Sätze packte. Gelegentlich tauchten Namenslisten auf, die eine halbe Seite in Anspruch nahmen, und Masters war nicht so recht klar, wer da aufgelistet wurde.

Aber die Geschichte verzauberte ihn. Er hatte nie etwas Derartiges gelesen. Er identifizierte sich augenblicklich mit den Kriegern, ihrem Wunsch, für ihr kämpferisches Können Anerkennung zu finden, ihrem Wunsch, über ihre Schwächen zu triumphieren. Arthurs Ritter begegneten geheimnisvollen Damen, kämpften gegen Riesen und auch gegeneinander. Masters las immer weiter, bis zum Morgen und zum Mittag des folgenden Tages, als ihn endlich der Schlaf übermannte. Schon nach wenigen Stunden war er wieder wach und las weiter, bis ihn ein Delirium erfaßte und er wieder in Schlaf fiel.

Drei Tage lang kam er nicht aus dem Zimmer, aß nur, wenn ein Diener ein Tablett mit Essen brachte. Drei Tage las er.

Eines Nachts um vier kam er zum Schluß. Die Erzählung, und die Weise, auf die er sie verschlungen hatte, machten ihn benommen. Er stieg aus dem Bett, zog einen Morgenmantel an und wanderte durch die Korridore des Palastes. Hier im Gästeflügel erwartete er nicht, irgend jemandem zu begegnen.

Sein Weg führte ihn zum Doppelportal des Mechhofs. Er trat hinaus in die warme Nachtluft und wurde von einem funkelnden Sternenmeer begrüßt. Vor ihm lag ein weites, von einem hohen Zaun, Wachtürmen und Scheinwerfern umgebenes Feld. Fünf Kampfkolosse ragten auf dem Mechhof empor, darunter auch sein *Feuerfalke*.

Von seiner Position aus wirkte der Mech wie ein riesiger, unförmiger Mann mit einer großen Pistole in der rechten Hand. Die Pistole war in Wirklichkeit ein schwerer Extremreichweitenlaser, der in den Arm der Maschine eingebaut war. Seine Konstruktion verstärkte den anthropomorphen Charakter des Mechs. Zusätzlich verfügte die Kriegsmaschine über je einen mittelschweren Impulslaser an den Handgelenken, ein Raketenabwehrsystem im rechten Arm, ein Maschinengewehr von fürchterlicher Durchschlagskraft für den Einsatz gegen Fußtruppen im linken Arm und einen großen Munitionsvorrat im Innern des Torsos. Ursprünglich hatte der *Feuerfalke* noch einen zweiten schweren Laser besessen, aber Masters hatte ihn vor Jahren durch eine Kurzstrecken-Viererraketenlafette ersetzt. Auf dem Torso saß das wie ein Kopf geformte Cockpit. Von dort aus konnte Masters den Stahlriesen kontrollieren.

Ein Posten, der das Gelände bewachte, bemerkte ihn. »Guten Abend, Kapitan«, rief er.

»Guten Abend.«

»Wollen Sie sehen, wie's ihm geht?«

»Ja«, antwortete Masters abwesend, »ich seh nur mal nach.« Aber er betrachtete seinen *Feuerfalke* nicht auf dieselbe Weise, wie er es sonst tat. Normalerweise sah er den Mech als einen Berg von Metall, eine fünfundvierzig Tonnen schwere Gefechtsplattform. Diesmal war es anders. Als er über den Platz auf die Maschine zuging, drängte sich ihm eine andere Sicht auf, geradeso, wie Malory Elemente seiner Zeit genommen und sie mit einem Idealbild zu einem neuen, romantischen Weltbild verwoben hatte.

Sein BattleMech war eine Rüstung, wie sie Arthurs Ritter getragen hatten. Jetzt erkannte er es. Rüstung und BattleMech boten Schutz, aber zugleich machten sie den Krieger, der sie trug, zu einer überlebensgroßen Gestalt — ganz besonders der BattleMech. Sie erhoben den lebenden Krieger aus der alltäglichen Welt in ein Reich, in dem man mehr von ihm erwarten konnte.

Masters erreichte den Fuß seines Mechs. Die Maschine ragte zehn Meter hoch auf. Ohne nachzudenken, kletterte er die Leiter an der linken Seite des Mechs hinauf. Die Metallsprossen fühlten sich unter seinen bloßen Füßen seltsam an, unerwartet kalt und glatt.

Seine Gedanken bewegten sich zu seiner Mutter, Jean Masters, einer der berühmtesten MechKriegerinnen der Marik-Miliz. Sie war nicht nur für ihre Gewitztheit im Feld und ihre Eleganz in Friedenszeiten bekannt gewesen, sie hatte sich auch häufig mit ihren Vorgesetzten angelegt und versucht, die Gefechtsfeldetikette der MechKrieger aufrechtzuerhalten, während die anderen Krieger sie dem ›Fortschritt‹ opferten. »Die Zeiten ändern sich, Jean«, hatte er zahllose Offiziere und MechKrieger zu ihr sagen hören. »Wenn du dich nicht mit ihnen änderst, wirst du überrollt.«

Sie änderte sich nicht, und sie wurde überrollt. Immer wieder wurde sie bei Beförderungen übergangen, denn letztendlich war sie eine Unruhestifterin. Sie hatte ihrem Sohn immer erklärt, es mache ihr nichts aus, nicht befördert zu werden, aber in ihren Augen hatte er gesehen, daß dem nicht so war. Trotzdem hatte er nie geglaubt, daß sie nur ihrer selbst wegen traurig war. Wenn sie sich stritt, dann stritt sie für den verlorengegangenen Geist des MechKriegers, für das Schicksal von Menschen in der gesamten Inneren

Sphäre, die so im Augenblick gefangen waren, daß sie nicht erkannten, wohin ihr Handeln führen konnte.

Paul Masters hatte sich geschworen, die Ideale seiner Mutter niemals zu verraten, und er hatte sein ganzes Leben an ihren Prinzipien festgehalten. Aber ganz genau hatte er eigentlich nie verstanden, was sie gemeint hatte — ihm hatten die richtigen Begriffe gefehlt.

Er erreichte den Kopf des *Feuerfalke,* öffnete das Kanzeldach und ließ sich ins Cockpit hinunter. Als er auf der Pilotenliege saß, holte er mit einem Knopfdruck die Leiter ein und senkte langsam das polarisierte Kanzeldach. Vor ihm rahmten die dunklen Kontrollen und Anzeigelämpchen die Sichtscheibe ein, durch die er den Palast sehen konnte. Der Mech würde erst zum Leben erwachen, wenn er den Neurohelm anlegte, der ihm gestattete, die Maschine zu steuern, und der Bordcomputer sein Stimmuster und den geheimen Autorisationscode überprüft hatte.

Er legte die Hände um die Steuerknüppel. Ein seltsames Gefühl überkam ihn. Hier in der Dunkelheit, im Morgenmantel, die Gedanken voller Bilder von Malorys Rittern, fühlte Masters sich in riesenhafte Dimensionen wachsen. Er fühlte seinen Körper bis an die Grenzen des Cockpits wachsen und — darüber hinaus — die Umrisse des *Feuerfalke* annehmen. Er war zu *großen Taten* bereit. Sein Atem ging schneller. Alle militärischen Texte, die er je gelesen hatte, wirbelten ihm durch den Kopf. Er hungerte nach den Idealen, die das Militär sooft für sich beanspruchte und so selten fand. Der Gral, oder zumindest sein Gral, war ein Verhalten, das ihm gestattete, seinen Beruf auszuüben. Töten konnte nicht gut sein, aber er war gut darin. Dafür benötigte er Vergebung, und einen Kompaß, der ihm half, diese Vergebung zu finden.

Seine Mutter hatte ihn gelehrt, daß ein BattleMech eine Erweiterung des Mannes oder der Frau in der Pilotenkanzel war. Jetzt verstand er, was sie gemeint hatte. Das war das Besondere an einem humanoiden Mech. Er war mächtig, überlebensgroß. Ein Riese. Egal, wie gut ein Krieger die Waffen eines Mechs einsetzen konnte, wenn das alles war, blieb er nichts als ein Diener der Maschine, hatte sie ihm erklärt. Ein MechKrieger mußte einen Geist haben, der die Maschine erfüllte, so wie Arthurs Ritter über sich selbst hinausgewachsen waren und über die Plattenrüstungen, in denen sie auf ihren riesigen Streitrössern saßen.

Aber ein BattleMech ist so gewaltig, dachte Masters. Wie können wir eine solche Rolle jemals ausfüllen? Dann erkannte er die Antwort. Mit der immer weiter wachsenden Technologie, die drohte, die Menschen, die sie benutzten, unbedeutend werden zu lassen, mußte auch der menschliche Geist wachsen, mußte mit den Fortschritten der Maschinen Schritt halten. Er war sich nicht sicher, aber möglicherweise war das der Grund, weshalb Kriege außer Kontrolle gerieten. Die Menschen hatten aufgegeben, hatten ihre Seele den Maschinen überschrieben, hatten zugelassen, daß die Waffen die Rolle derer an sich gerissen hatten, die sie hätten führen sollen.

Wenn die MechKrieger angesichts konkurrierender Technologien überleben wollten, mußte sich etwas Außergewöhnliches ereignen. Etwas so Außergewöhnliches wie ein neuer Ritterorden, der nicht auf Söldnerkontrakten beruhte, sondern auf Idealen.

Jetzt verstand er Thomas' Plan, und er unterstützte ihn. Es war eine ungewöhnliche Idee, der Spott und Hohn sicher waren. Aber hatten die Barone und Adligen nicht auch Arthur verspottet, als der Knabe seinen Anspruch auf den Thron Britanniens angemeldet hatte? Ebenso würden sie jetzt Thomas als Träumer und Idealisten verhöhnen, aber das würde ohne jede Bedeutung sein. Paul Masters jedenfalls würde immer an seiner Seite stehen.

Die MechKrieger versammelten sich im Hof von Thomas Mariks Palast. Sie waren einhundertfünfzig an der Zahl. In den vergangenen sechs Monaten hatte Thomas sie aus allen Ecken der Liga hierher eingeladen, und nicht einer hatte sich geweigert. Thomas und Masters hatten eine gute Wahl getroffen, Männer und Frauen, die diese Gelegenheit dankbar ergriffen, die instinktiv erkannt hatten, was auf dem Spiel stand. Es war keine leichte Wahl gewesen. Für viele von ihnen bedeutete die Annahme dieser Einladung den Bruch mit Kriegerkameraden, örtlichen Regierungen, zum Teil der eigenen Familie. Es ging um ihre Loyalität, und keiner dieser MechKrieger nahm seine Loyalität auf die leichte Schulter.

Die Krieger standen in einem großen Rund, in dessen Mitte eine riesige, zehn Meter durchmessende holographische Raumkarte schwebte. Wie ein gewaltiger Ballon stand die Karte in der Luft und zeigte die Sterne der Inneren Sphäre als Tausende kleiner, bunter Kugeln von der Größe einer Faust. Die Farben formten Keile, die jeweils eines der Reiche repräsentierten, die den von Menschen besiedelten Weltraum unter sich aufteilten.

Die Sonnen der Liga Freier Welten erschienen als Sterne mit goldenem Halo. Im Innern dieses Halos tanzten viele bunte Kugeln und repräsentierten die zahlreichen Fraktionen und Teilstaaten der Liga. Einige von ihnen waren sehr mächtig und kontrollierten mehrere Systeme: das Marik-Commonwealth, das Herzogtum Andurien, das Fürstentum Regulus, das Großherzogtum Oriente und andere.

Außerhalb der Liga wurde die Kugel von dichten Farbkeilen ausgefüllt, die für die übrigen Nachfolgerstaaten standen: rot und grün für das Vereinigte Commonwealth, orange für das Draconis-Kombinat, blau für die Konföderation Capella. Diese Sternenreiche lagen seit Jahrhunderten regelmäßig in Krieg miteinander, und der nächste dieser Kriege konnte nicht mehr lange auf sich warten lassen. Das wußten auch die MechKrieger. In der Inneren Sphäre schien ständig ein Krieg zu brodeln. Gegenüber der Liga Freier Welten, am Rand der Sphäre, leuchteten die weißen Sterne des Clankeils, die Welten, die von den Invasoren von jenseits der Grenzen der Inneren Sphäre erobert worden waren.

So wie die MechKrieger ein Rund um die Holokarte formten, so bildeten ihre Mechs ein gewaltiges Rund um die Krieger. Wie ihre menschlichen Widerparts hatten auch deren riesige metallische Doppelgänger Haltung angenommen.

Um den Ring der Mechs drängten sich Zuschauer auf den Tribünen. Unter ihnen waren Staatsoberhäupter, andere MechKrieger, Diplomaten und Familienangehörige.

Aber für Thomas war die wichtigste Gruppe die der zufällig aus der Bevölkerung der Freien Welten ausgewählten Bürger ohne irgendwelchen direkten Zugriff auf die Maschinerie der Macht. Sie waren ganz vorne plaziert, mit guter Sicht auf das Geschehen, und sie würden die Erzählungen von der Zeremonie zurück zu ihren Freunden und Familien auf den Dutzende Lichtjahre entfernten Heimatwelten tragen.

Natürlich wurde die Zeremonie via Hyperpulsgenerator — jenes Wunder der Technologie unter der Kontrolle von Blakes Wort — live übertragen. Innerhalb weniger Wochen würde jeder in der Liga Freier Welten wissen, was sich in Mariks Palast auf Atreus ereignet hatte.

Thomas Marik stieg die Treppe hinauf zur Spitze einer riesigen Säule im Zentrum der Holokarte. Die leuchtenden Sterne der Karte tanzten wie Irrlichter um die violette Robe und das lange, vernarbte Gesicht des Fünfundsechzigjährigen.

Die Sonne ging bereits unter, und am dunkler werdenden Himmel erschienen die ersten echten Sterne. Sie schimmerten durch die Holokarte. Masters lächelte bei der Schönheit dieses Anblicks: das Ideal im Zweikampf mit der Wirklichkeit. Malorys romantische Vision hatte ihm eine neue Sicht der Dinge vermittelt. Er wußte, daß sie nicht realistisch war, aber genau das war der Punkt. Malorys Erzählung mochte nicht wahr sein, aber sie veränderte ganz leicht die Vorstellung dessen, was Masters für möglich hielt, so wie die Schwerkraft der Sonne das Licht krümmte.

»MechKrieger!« Thomas wirkte noch größer, als er ohnehin war. Er stützte sich auf das Geländer an der Spitze der Säule. Die Menge verstummte. »Wir stehen an einem Scheideweg. Vor sechshundert Jahren haben die Führer der Inneren Sphäre, nachdem interstellare Kriege den Fortbestand unserer ganzen Spezies bedrohten, die Regeln der Kriegsführung aufgestellt, die wir als Ares-Konvention kennen. Die Verantwortung für die Durchführung von Gefechten nach diesen Regeln lag bei den Kriegern der Inneren Sphäre. Wenn ein Krieg geführt wurde, wart ihr es, die MechKrieger, die den Grad der Zerstörung kontrollierten, die sorgsam darauf achteten, nur andere Krieger anzugreifen, keine Zivilisten. Obwohl der erste BattleMech erst Jahrzehnte nach der Verkündung der Ares-Konvention konstruiert wurde, waren diese Maschinen die perfekten Werkzeuge, um deren Ideale durchzusetzen. Ein Mech gab dem noblen Mann, der noblen Frau, die mit ihm in den Krieg zog, die Möglichkeit, die Zwistigkeiten der beteiligten Parteien so zu entscheiden, wie sie entschieden werden sollten: durch das Können der Krieger, nicht durch einen anonymen und blinden Hagel von Kugeln und Schrapnell.«

Aus dem Kreis der einhundertfünfzig MechKrieger ertönte laute Zustimmung. Applaus klang von den Tribünen herüber.

Masters blickte sich um. Die Gesichter waren jung

und alt, dunkel und hell, gehörten allen Rassen an. Manche waren in Armut geboren, andere im Wohlstand. Aber eines hatten sie alle gemein: Sie wußten, was ein BattleMech repräsentierte, selbst wenn sie es nicht in Worten ausdrücken konnten, weil die Sprache der Ehre und der Phantasie im Lauf der Jahre verschwunden war. Jetzt waren alle diese Gesichter Thomas Marik zugewandt, manche zustimmend, andere noch skeptisch. Sie alle wußten, was Thomas vorschlagen würde, aber der Augenblick der Entscheidung war noch nicht gekommen. Bis dahin mußte Marik seine Sache vertreten, mußte sie dazu bringen, ihre alten Bindungen aufzugeben und sich ihm zu verpflichten. Doch in Masters nagte eine Sorge: trotz der sorgfältigen Nachforschungen und Gespräche mit allen Kandidaten konnte einer die Einladung als Gelegenheit angenommen haben, Thomas bei der Vereidigung bloßzustellen. Wie die Sache momentan aussah, war die Zeremonie ein beeindruckendes, durch das ganze All ausgestrahlte Ereignis. Sollte aber ein MechKrieger Thomas während der Zeremonie anklagen, konnte sich die ganze Sache vom Triumph zum Fiasko kehren.

»Der Geist der Ares-Konvention wurde über Jahrhunderte nicht wirklich angenommen. Nicht, bis der Schatz menschlichen Wissens in den ersten drei Nachfolgekriegen fast ausgelöscht worden war. Ohne einen Großteil der Wissenschaft, die der Menschheit den Sprung zu den Sternen erst ermöglicht hatte, mußten wir vorsichtiger werden. Aus purer Notwendigkeit begrenzten wir die Kriegsführung. Wir respektierten unsere Krieger und gestattetem dem Gegner, verwundete Soldaten zu bergen. Wir bezähmten den Blutdurst, um aus den zerstörten Mechs Ersatzteile für spätere Schlachten bergen zu können. Aber jetzt sind diese ritterlichen Gebräuche in Gefahr. Die Zeiten haben sich geändert. Wissenschaftlicher Fortschritt hat uns

Wissen wiedergebracht, das durch die Verwüstungen des Krieges verloren war. Kriege wie in früheren Zeiten werden wieder möglich. Die Angst hat die Menschen der Inneren Sphäre gepackt. Sie vertrauen den Kriegern nicht mehr, wollen Siege um jeden Preis. Städte werden zu Schlachtfeldern, Zivilisten werden in furchtbarer Zahl abgeschlachtet, Fabriken werden wieder zu Angriffszielen. Ich fürchte, wir sind auf dem gleichen schrecklichen Weg, der uns schon vor Jahrhunderten beinahe vernichtet hat. Diesmal schaffen wir es vielleicht nicht mehr, rechtzeitig die Bremse zu ziehen. Diesmal könnten wir in den Abgrund stürzen.«

Wieder sah sich Masters im Rund der MechKrieger um. Die Mienen waren ernst. Einige Krieger hatten den Blick gesenkt, schienen in Gedanken versunken. Würden sie Thomas' Angebot annehmen?

»Auf der anderen Seite der Inneren Sphäre, Hunderte Lichtjahre entfernt, sind die Clans eingefallen. Wir haben die Erzählungen von ihrer Invasion gehört. Wir wissen, daß diese Clanner, auch wenn sie von denselben Vorfahren abstammen wie wir, nichts *Menschliches* mehr an sich haben. Sie haben keinen Respekt mehr vor dem Leben. Sie beten nur noch den *Krieg* an. Manche sagen, wir müssen sie mit ihren Mitteln bekämpfen, auf ihre barbarische Stufe hinabsteigen. Ich sage: Nein, das dürfen wir nicht. Wenn wir wie der Feind werden, gewinnt der Feind, gleichgültig, wie die Schlacht ausgeht. Wir müssen uns bereithalten, gegen die Clans zu kämpfen, und wir müssen uns bereithalten, gegen die anderen verzweifelten Nachfolgerstaaten zu kämpfen, die uns umgeben, aber wir müssen auf unsere Art gegen sie kämpfen.«

Marik machte eine Pause und drehte sich langsam auf der Plattform an der Spitze der Säule um, blickte in die Augen der ihn umgebenden MechKrieger. »Wir müssen dem treu bleiben, was wir als richtig erkannt haben. In den letzten Jahrhunderten haben wir Schritte unternommen, unsere Art vor der Ausrottung zu bewahren. Jetzt stehen wir wieder am selben alten Scheideweg. Wollen wir weiter auf die in der Ares-Konvention etablierten Ziele hinarbeiten, oder wird uns die Ausbreitung der Gefechtstechnologie in die Tage des totalen Kriegs zurückwerfen?«

»Und was sollen wir Ihrer Meinung nach tun?« rief ein Bär von einem Mann namens Gainard.

Masters blickte zu Thomas Marik hoch. Er schien einen Augenblick aus dem Gleichgewicht geworfen, aber das konnte nur jemand erkennen, der ihn so gut kannte wie Masters. Für alle anderen mußte Thomas vollkommen beherrscht erscheinen.

»Ich habe euch hier zusammengerufen, um euch ein Angebot zu machen. Ihr wißt natürlich, daß das Antlitz des Militärs sich rapide verändert. Die Zeit der MechKriegerfamilien nähert sich ihrem Ende. Schon bald wird der edle Titel des MechKriegers nicht mehr durch die Generationen vererbt werden, sondern jedem zugänglich sein, der eine entsprechende Akademie besucht. MechKrieger werden von den gleichen Organisationsstrukturen aufgesogen wie die blutlosen Militäreinheiten der Vergangenheit.«

Viele der versammelten MechKrieger wurden unruhig. Thomas hob die Hand. »Ich rede nicht der Anarchie das Wort. Natürlich brauchen wir Organisationseinheiten. Aber MechKrieger sind keine einfachen Soldaten, und dazu wollen die Welten der Inneren Sphäre euch machen. Früher war ein Mech wertvoll und kostbar, und er machte seinen Piloten zu einer außergewöhnlichen Gestalt für die gesamte Innere Sphäre. Heute macht die Technologie BattleMechs billig und alltäglich, und für ihre Piloten gilt das gleiche.« Wieder ging ein Raunen durch die Menge, aber es war kein Protest, sondern das Eingeständnis einer unangenehmen Wahrheit. »Denkt an Solaris VII, eine Welt, deren Prinzip es ist, die Kunst der Mechkriegsführung auf eine billige Volksbelustigung zu reduzieren. Das ist es nicht, was wir wollen.« Hier nickten die MechKrieger beifällig, und ein Teil von ihnen unterhielt sich leise und bekräftigte Thomas' Besorgnis. »Ich biete euch folgendes. Ich biete euch einen Platz in meinem neuen Ritterorden, den Rittern der Inneren Sphäre.« Diesmal ging ein lautes Raunen durch das Rund der Krieger, und Masters lächelte. Thomas tat es ihm gleich. Bis zu diesem Augenblick hatten sie den Namen geheimgehalten.

»Ich weiß«, erklärte Thomas, »es ist ein hochtrabender Titel, denn ich kann nur für die Liga Freier Welten sprechen. Aber ich habe diesen Namen gewählt, weil meine Ritter für alle MechKrieger stehen werden, die glauben, daß ein Krieger von der niederen Politik vergänglicher Kriegsfürsten frei und nur den Idealen seines *Berufs* verpflichtet sein sollte. Diese Ideale gelten weit über die Grenzen der Freien Welten hinaus. Und weit über die Grenzen der Inneren Sphäre hinaus. Ja, sie gelten weit über das Fleisch hinaus, das unsere Seelen an sich fesselt. Diese Ideale existierten vor unserer Zeit, und sie werden bis in alle Ewigkeit existieren. Es sind die Ideale, die sich in unseren Religionen, unseren Philosophien und unseren Erzählungen widerspiegeln. Wir können nur versuchen, sie in unserem Leben zu repräsentieren, so wie ihr, ihr alle, versucht, sie in eurem Verhalten als MechKrieger auszudrücken.«

Thomas machte eine weitere Pause und ließ den Blick über die versammelten Krieger schweifen. Dann sprach er mit tiefer, hallender Stimme weiter. »Wenn ihr in diesem Leben mehr sein wollt als einfache Männer und Frauen, schließt euch meiner Sache an. Ich frage euch jetzt, wer folgt mir nach?«

3

Mariks Palast, Atreus
Marik-Commonwealth, Liga Freier Welten

1. Januar 3055

Als Thomas seine Frage stellte, senkte sich Schweigen über die Versammlung. Für Masters schien die Stille eine Ewigkeit zu dauern. Er wollte sein Schwert heben und lauthals seine Loyalität bekunden, aber seine Freundschaft mit Thomas war zu bekannt. Es hätte nach einem hohlen Publicitytrick ausgesehen.

Dann hörte er zu seiner Linken das Geräusch von kratzendem Metall. Dann zu seiner Rechten. Er sah sich um. Ein MechKrieger nach dem anderen zog das zeremonielle Seitschwert aus der Scheide. Die Schwerter entstammten zahllosen Welten und Kulturen. Manche waren gebogen, andere gerade. Und doch, nach all den Jahrhunderten der Autokanonen, Raketen und Laser war das Schwert noch immer das Symbol des Kriegers.

»Ich folge dir, Generalhauptmann Thomas Marik«, rief Gainard, und in seiner Stimme schwang tiefe Bewegung mit.

»Ich folge dir!« rief ein zweiter. »Ich folge dir!« Ein dritter. Einer nach dem anderen hoben die Krieger ihre Schwerter und erklärten Thomas und den Rittern der Inneren Sphäre ihre Gefolgschaft. Masters Erleichterung trieb ihm die Tränen in die Augen. Thomas' Ahnung war offensichtlich richtig gewesen. Ein Gespenst ging um in der Liga Freier Welten, das Gespenst der Angst vor einer möglichen Zukunft, in der das Chaos des Krieges die Sterne verschlang.

Schnell war es vollbracht. Alle Schwerter außer Masters' ragten zum Himmel empor. Jetzt endlich hob auch er die Klinge und rief voller Stolz: »Ich folge dir, Thomas Marik.«

Thomas blickte herab, umrahmt von den bunten Sternen der Holokarte, und nickte. Dann drehte er sich langsam, um alle Ritter gleichberechtigt anzusprechen. »Ihr ehrt mich, Krieger. Ihr ehrt mich über alle Maßen. Und ich werde euer Vertrauen nicht enttäuschen. Laßt uns diesen Eid mit einer uralten Zeremonie aus der terranischen Vergangenheit besiegeln, einer Zeremonie, die seit mehr als tausend Jahren nicht mehr stattgefunden hat.« Masters sah, wie Thomas sich von einem Mann, der über gemeinsame Interessen sprach, in einen Führer verwandelte, der sich über sie alle erhob. Er schien größer zu werden, seine Miene wurde härter, und als er wieder das Wort ergriff, war seine Stimme tiefer. »Wer mir Gefolgschaft schwören will, der knie nieder.«

Wie ein Mann sanken die versammelten MechKrieger auf ein Knie.

»Schwört ihr, mich als euren wahren und gesetzmäßigen Lehnsherren anzuerkennen?«

»Ja!« ertönte es vielstimmig, laut und klar.

»Schwört ihr mir Gefolgschaft, und schwört ihr mir Gehorsam, in meinen Diensten zu kämpfen für alle Zeit, bis euch der Tod hinwegrafft?«

»Ja.«

»So schwöre ich für meinen Teil, jeden von euch zu ehren und zu beschützen, wie es einem wahren Ritter gebührt. Von dieser Stunde an sollt ihr nicht mehr in den militärischen Bürokratien eurer Vergangenheit dienen, sondern außerhalb aller Strukturen stehen, mit Ausnahme einer einzigen: der Ritter der Inneren Sphäre.«

Masters lief es eiskalt den Rücken hinab. Er sah sich um. Endlich hatte er eine Familie gefunden, eine einhundertfünfzigköpfige Gruppe, deren Mitglieder sich ebenso um die Zukunft der Kriegsführung sorgten wie er. Eine Gruppe, die nicht bereit war, sich von der Entwicklung überrollen zu lassen, sondern die Geschichte ihren Wünschen entsprechend formen würde. »Führt den Titel mit Stolz, denn nun seid ihr mehr, als ihr vorher wart, und die Welten der Inneren Sphäre werden euch erkennen. Führt eure Waffen und euer Können gut in meinen Diensten und zu meinem Schutz.«

So wie sie auf die Knie gesunken waren, erhoben sich die einhundertfünfzig Männer und Frauen jetzt wie ein Mann. Von einem ungeheuren Wir-Gefühl beseelt, riefen sie aus: »Heil dir, Thomas Marik!« Tosender Beifall brandete über die Tribünen. Der Lärm war ohrenbetäubend. Masters fühlte sein Herz bis zum Hals pochen. Das war's. Es war getan. Sie hatten den ersten Schritt getan, die Zersplitterung der Liga Freier Welten zu beenden. Einhundertfünfzig MechKrieger hatten ihre alten Bindungen zerbrochen und ihre Loyalität nicht einem Staat, sondern der Person Thomas Mariks verpflichtet.

Jetzt mußten sie nur noch die Konsequenzen überleben.

Die Ritter und Hunderte andere Gäste feierten ausgelassen im großen Ballsaal des Palastes. Diener trugen Brot, Wein, Käse, Braten, Geflügel, Fisch, Wein und Bier auf; Tänzer und Gaukler bahnten sich ihren Weg durch die Menge; Musiker spielten auf, und die Ritter und übrigen Gäste tanzten ohne Ende.

Sir Paul Masters hatte sich seit den ersten Tagen seiner Kriegerausbildung vor über zwanzig Jahren nicht mehr so wohl gefühlt. Jetzt schien alles so, wie es sein sollte. MechKrieger zu sein, war nicht mehr nur ein Job unter vielen. Es war eine Berufung.

Er schaute in sein Weinglas und lachte. Alles fügte sich zusammen. Es würde funktionieren.

Einige der Gäste drängten sich schockiert zusammen. Sie waren vom Treueschwur der MechKrieger völlig überrascht worden und klammerten sich aneinander, als die vertrauten sozialen Strukturen um sie herum zerbrachen.

Dabei ging es nicht einfach nur darum, daß sie jetzt Ritter waren. MechKrieger waren schon immer Ritter gewesen. Und auch Thomas' offene Unterstützung des Feudalismus war nicht der Punkt. Interstellare Regierungen waren fast ebenso lange feudalistisch organisiert, wie die Menschheit unter den Sternen siedelte. In der gesamten Liga Freier Welten — in der gesamten Inneren Sphäre — gab es Grafen, Barone, Herzoginnen. Sie regierten über Kontinente, Asteroidengürtel oder Welten, waren verantwortlich für die Sicherheit der Bevölkerung und fungierten als Augen, Ohren und starke Hand ihres Herrschers, denn außer zwischen den wichtigsten der Planeten waren die Kommunikationswege langwierig, und Reisen dauerten noch länger. Häufig hatten die Fürsten kaum etwas mit den Welten zu tun, über die sie wachten; sie waren einfach nur Teil eines interstellaren Überbaus über den örtlichen Systemregierungen. Ein Adliger konnte Baron eines Planeten mit der Regierungsform einer konstitutionellen Republik sein, und sich überhaupt nicht in die dortige Politik einmischen, solange alles glatt lief. Aber er konnte sich ebensogut tagtäglich einmischen. Solange er die Wünsche seines Lehnsherren ausführte, war es allein die Sache des Vasallen, wie er sich benahm.

Nein, was einige der Gäste aus dem Gleichgewicht gebracht hatte, war, daß Thomas es *ernst* meinte. Seit mindestens einem Jahrhundert war das theoretische Band der Gefolgschaft zwischen Lehnsherr und Vasall verdunstet wie Meerwasser auf einer Felsenklippe. Offensichtlich waren Thomas dem Idealisten, Thomas dem Emporkömmling — der eigentlich überhaupt kein Recht auf den Thron eines Nachfolgerfürsten hatte —

die romantischen Bilder des Feudalismus zu Kopf gestiegen.

Eine Frau trat auf Paul Masters zu. Er rief sich ihren Namen ins Gedächtnis: Boyer. »Tanzen Sie?«

Sie war klein, mit kurzem braunen Haar, die Haut von der Sonne dunkel gebräunt. Er fühlte sich zu ihr hingezogen. Die Leichtigkeit des Abends ließ ihre strahlenden, intelligenten Augen besonders intensiv leuchten. Er fühlte, daß auch sie die Feier mit einer intimen Vereinigung krönen wollte.

»Dame Boyer«, begrüßte Masters sie mit ihrem neuen Titel. Er stellte sein Glas auf einen Tisch in der Nähe.

»*Sir* Masters«, erwiderte sie und lächelte. Er nahm ihre Hand und legte den Arm um ihre Taille, während er sie auf den Tanzboden führte.

Sie hatten beide schon einigen Alkohol zu sich genommen, und sie wankten ungeschickt und alles andere als im Takt der Musik übers Parkett. Sie lachte und legte ihren Kopf an seine Brust. Ihr Lachen verwandelte sich in ein Brummen, worauf sie noch lauter lachte. Masters stimmte mit einem tiefen Poltern ein. »Verzeihung«, entschuldigte er sich, mit Tränen in den Augenwinkeln.

»Nein, nein, das ist in Ordnung. Alles ist in bester Ordnung.«

Als ihr Lachen verklang, zog er sie an sich. Sie tanzten langsamer, versuchten, ihren Schwung unter Kontrolle zu bekommen. Sie behielt den Kopf an seiner Brust, und als sie sprach, spürte er die Worte an seinem Herzen vibrieren. »Ist das ein Traum?« Ihre Stimme war ernst. Sie mußte die gleichen Zweifel spüren, die Masters geplagt hatten, als er den Plan des Ritterordens vor Monaten mit Thomas besprochen hatte.

»Nein. Es ist kein Traum. Ob es funktionieren wird, ob es uns Glück oder Unglück bringen wird, kann ich nicht sagen, aber es ist Wirklichkeit.«

Sie wurden noch langsamer, waren ganz und gar aus dem Rhythmus der lebhaften Musik. Andere Paare wirbelten in einem Rausch von Farben und Gelächter um sie herum. Boyer hob den Kopf, brachte ihre Lippen in die Höhe seines Halses. Er fühlte ihren warmen Atem auf der Haut, blies seinen Atem in ihr Ohr. »Oh«, stieß sie aus, und lachte.

Eine Stimme drang in ihre Zweisamkeit ein. »Sir Masters?«

Ohne sich umzudrehen, bellte Masters »Was?« Er hoffte, der Tonfall machte seinen Wunsch, nicht gestört zu werden, deutlich.

»Der Generalhauptmann, Sir. Er möchte Sie sehen.«

Masters drehte sich um und sah einen etwa siebzehnjährigen Pagen. Er sah sich zu Dame Boyer um. Sie zog die Stirn kraus und löste sich von ihm. »Da haben wir's«, sagte sie und lächelte.

»In der Tat«, sagte Masters. »Werden Sie auf mich warten?«

»Vielleicht.« Sie wiegte sich in den Hüften.

»In der Tat.« Er grinste und wandte sich den schweren Türen am Ende des Saals zu. Der Page rannte voraus, aber Masters hielt ihn auf. »In der Bibliothek, richtig?«

»Ja.«

»Ich kenne den Weg. Besorg dir was zu essen.«

Die Frau kam geradewegs auf ihn zu, und noch bevor er sie begrüßen konnte, hatte sie seine Hand gepackt und sagte: »Wie ich höre, haben Sie das alles arrangiert.«

»Ich ...«, stammelte er und versuchte seine Hand aus ihrem Griff zu befreien, mehr aus Überraschung als aus Verlegenheit. Sie reagierte, indem sie mit den Fingerspitzen über die seinen strich — wie eine Katze, die ihren Kopf an einer Hand reibt — und dann ihre Fingernägel über seinen Arm gleiten ließ. Anschließend zog sie die Nägel leicht über seinen Unterarm zurück und faßte seine Hand erneut.

»Ich habe es nicht wirklich arrangiert«, erklärte Masters. »Ich bin dem Generalhauptmann zur Hand gegangen.« Er fragte sich, ob sie von Adel oder nur auf eine Liaison mit einem plötzlich berühmt gewordenen MechKrieger aus war. »Kennen wir uns?«

»Gräfin Dystar von Gibson.«

Jetzt erinnerte er sich, ihr Bild gesehen zu haben. »Sir Paul Masters«, stellte er sich vor und trat einen Schritt zurück, um ihre Hand an seine Lippen heben zu können. »Es ist mir ein Vergnügen. Aber wenn Sie mich jetzt bitte entschuldigen wollen, ich muß zu meinem Lehnsherren.«

Sie kam sofort wieder näher. »Können Sie später zu mir kommen?«

Er lächelte. »Sie sind ziemlich direkt, Gräfin.«

Sie erwiderte sein Lächeln. »Finden Sie? Ich halte mich ziemlich zurück, weil wir von Hunderten Menschen umgeben sind.«

»Ich muß jetzt wirklich weiter. Und ich habe schon jemand anderen einen Tanz versprochen. Aber vielleicht begegnen wir uns ja ein andermal. Es war mir ein Vergnügen, Sie kennenzulernen.«

»Ist Thomas Marik wirklich so viel interessanter als ich?«

»Sie werden doch nicht versuchen, mich von meinen Pflichten meinem Lehnsherren gegenüber abzuhalten?«

»O nein. Ich will nur sichergehen, daß sie wissen, was Ihnen entgeht.«

»Gräfin, wenn ich mir das klarmache, komme ich nie zu meiner Besprechung.« Ihr Lachen war wie Champagner, prickelnd und stimulierend. »Guten Abend.«

Als er weiterging, fühlte er einen Klaps auf dem Po. Er ließ sich nichts anmerken, aber er konnte nicht umhin zu denken: Was für eine entzückend ungehobelte Frau.

Die Korridore des Palastes waren voller flirtender Pärchen, diskutierender Grüppchen und anderer, die Liebe und Politik miteinander verbanden. Sein Weg führte Masters einen langen Gang mit Statuen früherer Mitglieder der Familie Marik hinab. Die Linie reichte zurück bis zu Johan Marik, einem deutschen Prinzen des dreizehnten Jahrhunderts. Bis zum Ersten Weltkrieg Terras hatten die Mariks ein Territorium in der Nähe der Schweiz regiert. Im Chaos der damaligen Kämpfe jedoch war ihre Heimat zerstört worden.

Als er die letzte der Statuen hinter sich gelassen hatte, sah er ein Stück voraus auf einer Marmorbank an der Wand einen Mann in regulanischer Ausgehuniform. Er hielt den Kopf gesenkt, als sei er traurig oder betrunken. Als Masters näher kam, hob er den Blick, und der Ritter erkannte Kolonel Roush von den Regulanischen Husaren. »Nathen, schön dich zu sehen«, rief er. »Ich habe nicht geahnt, daß ich dich hier treffe.« Er war Roush schon ein paarmal begegnet und immer gut mit ihm ausgekommen. Regulus und das Marik-Commonwealth waren Rivalen um die Macht in der Liga, aber Masters sah keinen Grund, diese Spannungen hier und jetzt auszutragen.

Roush sah zu Masters hoch wie ein Bordschütze, der ein Ziel anvisiert, dann ließ er sein Glas fallen. Es zerschellte auf dem Marmorfußboden. Das Klirren des Glases schien jenseits seiner Wahrnehmung. »Das wollte ich mir um nichts entgehen lassen, Masters«, stellte er fest und stand leicht wankend auf. »Dich und deinen Lehnsherren. Wie elegant. Ich wollte dabeisein, wenn ihr die Liga Freier Welten ruiniert.«

In Masters' Gedanken schrillte eine Alarmglocke. Roush war wütend, und er hatte getrunken. Vorsicht war geboten. War sein Gegenüber eifersüchtig? Masters wußte sehr wohl, daß ein Angebot der Ritterwürde Thomas Roush nicht interessiert hätte, aber vielleicht fühlte er sich beleidigt, gar nicht erst gefragt worden zu sein. Der Kolonel war ein verbissener regulanischer Nationalist, der die Herrscher des Fürstentums Regulus seit langem zu Investitionen in neue Waffensysteme aufforderte, um beim Rüstungswettlauf nicht ›ins Hintertreffen‹ zu geraten.

Natürlich. Das war es, ganz einfach. Roush haßte den Gedanken der Ritter und was sie symbolisierten.

»Ich weiß, was ihr vorhabt. Du und Marik. Ihr wollt ihn zum Herrscher über die Freien Welten machen. Es wird nicht funktionieren. Glaubt ihr, Marik kann eine Privatarmee aufstellen, ohne daß es irgend jemand bemerkt?«

»Wir haben nicht versucht, es zu verbergen.«

»Nein, aber ihr verschweigt, was ihr mit ihr vorhabt.« Roush wankte, während er sprach, und Masters hielt es für angebracht, sich zu verabschieden, bevor die Lage noch brenzliger wurde.

»Wo willst du hin?«

»Ich habe einen Termin mit dem Generalhauptmann.«

Roush schien überrascht, aus der Bahn geworfen, ohne genau sagen zu können, wodurch. »Oh.« Dann nahm er sich zusammen. »Was meinst du, wird passieren, wenn die anderen Nachfolgerstaaten herausfinden, daß wir in unseren Kriegsanstrengungen rückwärts marschieren?«

»Wir marschieren nicht ...«

»Natürlich tun wir das, du Idiot.« Roush kam näher und stieß Masters den Finger auf die Brust. »Wir schwächen uns selbst.«

Masters wich zurück, um der Wut nicht nachzugeben, die sich in ihm aufbaute. »Die Liga Freier Welten wird stärker werden, weil ...«

»Ich weiß«, höhnte Roush. »›Stärker im Geiste‹. Ich

hab die Presseerklärung gelesen. Glaubst du wirklich, das macht etwas aus? Wenn es zum Krieg kommt, muß man alles Menschenmögliche tun, um zu gewinnen. ›Krieg ist ein Akt der Gewalt, und die Anwendung dieser Gewalt hat keine logische Grenze.‹«

»Von Clausewitz lebte in einer anderen Zeit, Kolonel. Er besaß keine Waffen, die innerhalb von Sekunden einen ganzen Planeten verwüsten können.«

»Das ändert nichts an der Wirklichkeit des Krieges: Sieger ist die Seite, die den Gegner zuerst vernichten kann.«

»Nein. Von Clausewitz sagte, die Aufgabe besteht darin, den Feind zu entwaffnen. Er sagte auch, daß eine Gesellschaft Intelligenz einsetzen kann, um keine Städte vernichten zu müssen. Der Generalhauptmann versucht, die MechKriegertradition, ein Produkt von Intelligenz und freier Entscheidung, zu stärken, in der Hoffnung, damit der Menschheit zu helfen, ihrer Selbstzerstörung in einem totalen Krieg zu entgehen.«

»Von Clausewitz hätte dich einen Narren gescholten.«

»Und ich hätte ihn einen Säugling in der Geschichte der Menschheit genannt. Ich möchte dich auch darauf hinweisen, daß wir den Beruf des MechKriegers bewahren. Zu große Fortschritte in der Kriegstechnologie werden die Rolle des BattleMechs schwächen. Noch sind wir durch bewegliche Waffen nicht verwundbar. Aber bei Weiterverfolgung bestimmter Technologien ist es durchaus möglich, daß MechKrieger wie wir überflüssig werden. BattleMechs sind zu teuer. Ihr Einsatz rechnet sich nur, solange sie die Könige des Schlachtfelds sind.«

»Ist das alles, worum es dir geht? Dein Job?«

Masters lachte. »Ja, teilweise. Es erstaunt mich, daß dich das überrascht. Warum sollte ich nicht um meinen Job kämpfen? Ich bin Soldat. Ich kämpfe gerne. Ich will weiterkämpfen. Vor dem Zusammenbruch des

Sternenbundes existierte eine gewaltige Kriegstechnologie, Waffen, die nicht von Soldaten benutzt sondern entfesselt wurden. Kampfgas, taktische Atomwaffen, Lasergeschütze, die wahllos über das Schlachtfeld feuerten und den Soldaten das Augenlicht raubten. Was bleibt bei solchen Waffen für einen Soldaten noch zu tun? Wir werden zu Leichen in Wartestellung; Verlustzahlen für die Heimatfront. Nein, Kolonel, ich bevorzuge einen primitiven Krieg, in dem ich eine echte Rolle spiele.«

»Die Waffen werden immer weiter wachsen. Das ist der Lauf der Welt.«

»Durchaus nicht. Ende des sechzehnten Jahrhunderts stellten die Japaner die besten Feuerwaffen Terras her. Aber als die Samurai erkannten, daß diese Waffen ihre Fähigkeiten nutzlos machten, hörten sie auf, sie zu einzusetzen. Ein Bauer mit fünf Minuten Training konnte einen Schwertmeister mit vierzig Jahren Erfahrung töten. Innerhalb von hundert Jahren waren alle Feuerwaffen aus Japan verschwunden.«

»Ein Märchen …«

»Was hätte ich davon zu lügen?«

»Und was glaubst du, werden die anderen Herrscher der Inneren Sphäre denken, wenn ihnen die Implikationen eurer Ritter klar werden? Denkst du nicht, sie werden über uns herfallen?«

»Es gibt keine Garantie, daß es nicht so sein wird. Aber zwei Punkte gilt es zu bedenken. Erstens: Da das Ziel des Krieges darin besteht, den Gegner zu entwaffnen, sind wir vielleicht kein bevorzugtes Ziel, wenn wir keine Bedrohung darstellen.«

»Im Gegenteil! Das wird einen Angriff nur noch wahrscheinlicher machen.«

»Und zweitens solltest du dich erinnern, daß von Clausewitz deutlich sagt, die Stärke einer Nation besteht aus zwei komplementären Komponenten: den gesamten ihr zur Verfügung stehenden Möglichkeiten *und* ihrer Willensstärke. Weil das leichter und bequemer ist, haben wir ungezählte Dekaden damit zugebracht, Kriegsmittel anzuhäufen, aber unseren Kampfeswillen vernachlässigt. Warum? Weil Willensstärke nicht meßbar oder in Zahlen zu erfassen ist. Sie macht Technokraten nervös, weil sie ihnen nicht hilft, Regierungsaufträge für neue Projekte zu ergattern, wenn gerade kein Krieg herrscht. Sie macht Politiker nervös, weil sie die Willensstärke des Volkes nicht manipulieren können. Was geschieht, müssen sie sich fragen, wenn das Volk plötzlich keinen Krieg mehr führen will? Für beide Seiten ist es besser, sich ganz auf die Technologie zu stützen. Wenn es möglich wird, eine Waffe zu bauen, die jeder Knopfdrücker leicht und schnell benutzen kann, haben die Regierungen die Unterstützung der Bevölkerung nicht mehr nötig. Ein Krieg kann geführt und gewonnen oder verloren werden, bevor das Volk mitbekommt, was geschieht.«

»Und ...?«

»Thomas und ich glauben, daß die Ritter der Inneren Sphäre den Volkswillen in der Liga Freier Welten stärker machen werden als irgendwo sonst in der Inneren Sphäre. Wir geben den Menschen die Gelegenheit, an etwas Großartigem teilzuhaben. In anderen Reichen sind die Menschen nur Schachfiguren einer wahnsinnigen Politik. Die Menschen werden die Ritter als Inspiration sehen. Wir werden die motivierteste Bevölkerung haben, und weil sie das wissen werden, werden es sich die Führer der anderen Nachfolgerstaaten zweimal überlegen, ob sie uns angreifen.«

»Ein Traum.«

»Allerdings. Und wenn du mich jetzt entschuldigst ...«

»Nein«, rief Roush, packte Masters an der Schulter und riß ihn herum. Schwankend und außer Balance konnte Masters nur zusehen, wie Roush' Faust auf sein Gesicht zuschoß.

4

Mariks Palast, Atreus
Marik-Commonwealth, Liga Freier Welten

1. Januar 3055

Der Schlag traf Masters voll auf die Nase. Wie ein BattleMech nach Ausfall aller Kreiselstabilisatoren taumelte er durch den Korridor, bevor er gegen die Mauer prallte. Er war so benommen, daß er einen Moment brauchte, um sich darüber klar zu werden, wo er war und was vor sich ging.

Er packte den Rand der Marmorbank und schüttelte den Kopf, um wieder klar zu werden. Als er wieder sehen konnte, fixierte er Roush. »Kolonel. Sie sind betrunken. Einigen wir uns darauf …«

Aber Roush stürmte bereits auf ihn zu und brüllte: »Du wirst meine Heimat nicht zerstören!« Er packte Masters an der Kehle und rammte dessen Kopf gegen die Wand. Ein stechender Schmerz raste durch Masters' Schädel.

Zur Hölle, dachte er, riß die Hände zwischen Roush' ausgestreckten Armen hoch und schlug sie zur Seite. Roush' Arme öffneten sich und ließen ihn ungedeckt. Masters rammte das Knie in Roush' Unterleib. Der Mann schrie auf und taumelte nach hinten. Masters kam hoch und lief zwei Schritte vor. Mit einer schnellen, sauberen Bewegung trat er die Beine seines Gegners unter dessen Körper weg und warf ihn zu Boden.

Ein Teil von ihm wollte einfach weitergehen und die ganze Sache vergessen, aber Roush' Arroganz, ihn in Thomas' Palast anzugreifen, war zuviel. Als Roush sich hochrappelte, ließ Masters sich auf den Bauch des Regulaners fallen und drückte ihm die Luft aus den Lungen. Dann packte er Roush' Kehle und stieß hervor: »Wenn Ihr Volk Gastfreundschaft so vergilt, Kolonel, wird es mir ein Vergnügen sein, das Fürstentum Regulus zu zerschlagen.«

Er hörte Schritte. Masters sah auf und bemerkte zwei Palastwachen, die im Laufschritt näher kamen. Er stand auf. Roush blieb am Boden liegen. Er schnappte noch immer nach Luft und wirkte völlig überrascht. Als die Wachen sie erreichten, fragte einer der Männer: »Sir Masters, sind Sie in Ordnung?«

»Ja, ich bin okay«, antwortete er und betastete vorsichtig die Nase. Er fühlte warmes Blut, das die Oberlippe bedeckte und von dort in den Mund und auf das Kinn rann. Er fluchte und zog ein Taschentuch hervor.

»Schafft ihn weg«, befahl er den Wachen.

»Blake! Was ist passiert?« rief Thomas überrascht, als Masters die Bibliothek betrat.

»Ich hatte eine kleine Diskussion über die Ritter mit Kolonel Roush von den Regulanischen Husaren. Unsere Ansichten gehen etwas auseinander.« Langsam gewöhnten sich seine Augen an die weiche, schummrige Beleuchtung.

Thomas stand hinter dem wuchtigen Schreibtisch auf und kam zu Masters. »Das Taschentuch ist voller Blut. Ist alles in Ordnung?«

»Mir geht's gut. Ich war beim Palastarzt. Es ist nichts gebrochen. Es blutet nur stark.«

»Stehen Sie unsicher, Sir Masters?«

»Es geht, Sir.«

»Setz dich, bevor du mir umfällst. Es ist immer besser, der Schwerkraft nachzugeben, als von ihr gefällt zu werden.«

»Sir.« Masters ging zum nächsten Polstersessel und ließ sich nieder. Dann beschloß er, sich von hier eine Zeitlang nicht mehr wegzurühren, so ein oder zwei Tage lang. »Gibt es einen besonderen Grund, warum ich hier bin? Ich war gerade dabei, mit einer Ritterkameradin heißen Atem auszutauschen, als deine Nachricht mir die Bekanntschaft dieses Rüpels einbrachte.«

»Dafür entschuldige ich mich, aber ich möchte dir jemanden vorstellen.«

An der Tür klopfte es. »Generalhauptmann Marik.«

»Ja.« Plötzlich klang Thomas' Stimme fest und sicher.

»Blakes Wort-Präzentor Gibson möchte Sie sprechen.«

Thomas ging mit ausladenden Schritten zur Tür und öffnete sie selbst. Im Korridor stand der Page. Hinter ihm wartete ein dunkler, rundlicher Mann mit grauer Löwenmähne und einem enormen, ausladenden Schnauzbart derselben Farbe. Er schien in Thomas' Alter zu sein, und als sie einander sahen, lachten die beiden Männer und umarmten sich. »Thomas!« rief Blane.

»William!« erwiderte Marik.

»Wir haben uns viel zu lange nicht gesehen, Thomas.«

»Staatsgeschäfte und so weiter.«

Sie lösten sich voneinander, und Thomas bat Blane ins Zimmer. Dann schloß er die Tür.

»Sir Masters, ich möchte Ihnen einen alten Freund aus meiner Zeit bei ComStar vorstellen, William Blane, Blakes Wort-Präzentor auf dem Planet Gibson. William, das ist mein liebster Ritter der Inneren Sphäre, Sir Paul Masters.«

Präzentor Blane war sichtlich erschrocken, als er Masters' blutige, geschwollene Nase sah. »Ist alles in Ordnung mit Ihnen?«

»Eine Prügelei. Ich bin Soldat. Ich tue nur meine Pflicht.«

Präzentor Blane kam herüber und schüttelte Masters' Hand. »Nun ja, Hauptsache, Sie haben gewonnen. Meinen Glückwunsch, Sir. Ihr beide solltet wissen, welchen Aufruhr ihr mit der Gründung der Ritter ausgelöst habt. Ich war vorhin in der Bar meines Hotels, und die Zeremonie ist in allen Nachrichtensendungen. Die Diskussion unter den Gästen war äußerst hitzig.« Blanes Wangen wurden dick und rot, als er davon erzählte. Er schien hocherfreut.

»War die Diskussion positiv oder negativ, Präzentor?« fragte Masters.

Thomas ging zur Bar. »Einen Drink, Bill?«

»Ja, danke. Whiskey. Pur. Und, Sir Masters — bitte, nennen Sie mich Bill. Präzentor ist ein Titel, den ich gerne und mit vollem Respekt führe, aber es gibt Zeiten … Ja, ihr habt einen ziemlichen Wirbel ausgelöst. Es wird natürlich ein paar Wochen dauern, bis sich die Nachricht in der Liga verbreitet hat, aber das wird bald das Thema zwischen den Sternen sein. Darauf könnt ihr wetten.«

Blanes Fröhlichkeit wurde schnell fadenscheinig, und Masters erkannte, daß sie aufgesetzt war. Das joviale Lächeln des Präzentors verschwand, und sein Tonfall wurde ernst. Er rieb sich die Stirn. »Habt ihr zwei irgendeine Vorstellung davon, was ihr da anstellt?«

Thomas drehte sich um. »Wir haben uns gerade darüber unterhalten, als du kamst.« Er reichte Blane den Whiskey.

»Tom, die Leute fragen sich, ob du einen Putsch planst. Mit dieser Sache hast du alle überrumpelt. In der Hotelbar hätte es beinahe eine Schlägerei gegeben. Blake allein weiß, was passiert, wenn die anderen Fürstentümer davon erfahren. Ich garantiere dir, in Regulus wird man das Atomarsenal entstauben, sobald die Nachricht eintrifft.«

Masters und Marik starrten ihn mit bleicher Miene an.

»Okay, das war übertrieben«, wiegelte der Präzentor ab. »Mehr nicht. Ich wüßte nicht, daß sie irgendwas ausgegraben haben. Aber ihr versteht, was ich sagen will. Sie werden deswegen keinen Krieg anfangen, aber Cameron-Jones wird sich das nicht stillschweigend gefallen lassen. Ihr habt drei seiner besten MechKrieger abgeworben.«

»Er hätte sie besser behandeln sollen.« Thomas setzte sich wieder hinter den Schreibtisch.

Blane blieb stehen. Er war zu erregt, um sich irgendwo niederzulassen. Er lachte nervös. »Ja, schön. Aber du hast zum Verrat aufgerufen.«

»Ja, Bill. Das habe ich. Ich habe die Regeln gebrochen. Ich habe zum Verrat aufgerufen. Ich habe die belohnt, die ihn praktiziert haben. Aber wenn die Regeln zu Papier geworden sind, wenn sie dem menschlichen Geist keinen Halt mehr geben, ist es an der Zeit, sie zu ignorieren. Wenn ich auf lange Sicht verliere, wird man mich einen verräterischen Bastard schimpfen. Aber wenn ich gewinne, bin ich ein legendärer Revolutionär.«

»Wir sind zu alt, um noch Revolutionen anzuführen, Tom.« Blane watschelte zu einem Sessel und ließ sich hineinfallen.

»Unsinn. Das Alter gibt uns einen besseren Überblick. Außerdem, Bill, hast du selbst ComStar verlassen, um dich der Reformation von Blakes Wort anzuschließen. Wie kannst du mir vorwerfen, daß ich die Regeln breche?«

Blane kippte die Hälfte seines Drinks. »Das ist eine völlig andere Sache. Die Spaltung zwischen ComStar und Blakes Wort ist eine religiöse Frage. Das ist privat. Du hast die gesamte Liga Freier Welten in Verwirrung gestürzt. Zumindest wird es darauf hinauslaufen.«

»Das will ich schwer hoffen. Dies ist eines meiner Ziele.«

Blane sah zu Boden und schaukelte mit dem Sessel vor und zurück. »Welches Recht hast du, solche Spielchen zu treiben, wenn es so viele andere Fragen von militärischer Bedeutung in der Liga gibt?« fragte er klagend. »Das ist doch absurd, Tom. Ein Ritterorden? Wir benutzen den Feudalismus, um die interstellaren Regierungen zu kontrollieren, weil er die einzige Möglichkeit dazu darstellt. Niemand will sich noch tiefer in ihn verstricken. Man wirft dir vor, den Verstand verloren zu haben. Ich sehe hier deine romantische Ader am Werk. Aber es eine Sache, dich langatmig über die Notwendigkeit von Idealen auszulassen, während du in einer mondhellen Nacht am Strand spazierengehst, und eine andere, wenn du durch eine Fügung erstaunlicher Zufälle die Macht in Händen hältst, diesen Wahnsinn tatsächlich durchzusetzen.«

Masters sprang auf. Er verspürte das Bedürfnis, dem Präzentor den Hals umzudrehen. Seine Hände waren zu Fäusten geballt, aber als er zu Thomas hinüberblickte und auf sein Nicken wartete, winkte Marik ihn zurück. Unsicher wanderte Masters ans andere Ende des Zimmers und stützte sich mit dem Ellbogen auf ein Bücherregal. Er hoffte, wenn er sich nonchalant gab, würde ihn das auch innerlich beruhigen, aber er hatte sich verrechnet. Die Prügelei mit Roush kombiniert mit dem Alkohol in seinem Blut machte ihn aggressiv.

»Bill«, sagte Thomas, »es wird Zeit, sich um die militärische Situation der Liga Freier Welten, ja, der gesamten Inneren Sphäre zu kümmern, höchste Zeit. Die Angst vor einer weiteren Clan-Invasion, die wachsende Gefahr eines neuen Nachfolgekriegs, die Konflikte innerhalb der Liga und natürlich der Krieg auf deiner Welt sind alles Probleme von militärischer Tragweite. Die Frage aber ist doch, wie werden wir diesen militärischen Problemen begegnen? Die Lösung, die allenthalben, auch von deinen Leuten, angeboten wird, besteht darin, noch mehr Feuerkraft einzusetzen und noch erbarmungsloser anzugreifen. Aber ich bin anderer Ansicht. Mein Plan zur Umstrukturierung der Streitkräfte der Freien Welten will den Bedrohungen antworten, die bereits innerhalb der Liga existieren, und den Bedrohungen, die uns noch bevorstehen. Ich möchte diese Angelegenheiten erledigen, bevor wir aus Verzweiflung gezwungen sind, Maßnahmen zu ergreifen, für die wir uns anschließend selbst verachten müßten.«

Präzentor Blane lehnte sich im Sessel zurück und rieb sich das Gesicht. »Thomas, du kennst die Macht der Technologie. Du hast lange Jahre bei ComStar studiert. Die Technologie hat ein inneres Leben. Unsere Rolle besteht darin, diese Technologie zu verfolgen, zu versuchen, auf unsere schwache Weise mit ihr Schritt zu halten. Sie zu respektieren und zu formen zur Rettung der Inneren Sphäre.«

»Ja.« Thomas stand auf und kam um den Schreibtisch. »Genau. Aber ich glaube, eine gewisse Technologie verführt uns. Sie lockt uns, ihr zu folgen, aber in Wahrheit führt sie uns in die Irre, ist sie eine Gefahr für das Überleben unserer Art.«

Präzentor Blane sah mit müder, fast verzagter Miene hinter seinen Händen auf. Masters fragte sich, ob Thomas auf eine theologische Landmine getreten war. ComStar und jetzt Blakes Wort waren so von Geheimnissen umgeben, daß derartige Auseinandersetzungen für Masters häufig keinerlei Sinn ergaben. Wenn zwei Wahre Gläubige stritten, konnten sie Außenstehende in einem Nebel aus verschleierten Andeutungen und halb ausgesprochenen Annahmen weit hinter sich lassen.

Die beiden Männer starrten einander lange an, dann wandten sie beide langsam den Kopf zu Paul Masters. »Vielleicht ist jetzt nicht der richtige Zeitpunkt«, stellte Präzentor Blane langsam fest.

»Du hast recht«, stimmte Thomas zu.

In Masters stieg Eifersucht auf. Er fühlte sich Thomas Marik enger verbunden als irgendeinem anderen Mann, aber die Zeit seines Freundes bei ComStar würde ihm immer ein Buch mit sieben Siegeln und Thomas' weiterbestehende Beziehung zu Blakes Wort immer jenseits seines Verständnisses bleiben.

»Und was ist mit Gibson?« fragte Blane.

»Das frage ich dich. Du bist gekommen, um mich um Hilfe zu bitten?«

»Weniger um Hilfe als um Zeit. Der Krieg verläuft gut, aber wir brauchen mehr Zeit, um ihn zu gewinnen.«

»Also ist es ein Krieg. Als ich ihn vorhin so genannt habe, hast du nicht widersprochen. Und jetzt nennst du ihn selbst so. Aber im letzten Bericht, der meinen Schreibtisch erreicht hat, wurde der Konflikt auf Gibson als ein belangloser Aufstand bezeichnet, dessen Niederschlagung keinen Monat in Anspruch nehmen würde. Das war vor über einem Jahr. Ich nehme nicht an, du möchtest mir diese unbedeutende Diskrepanz erklären, Bill?«

5

Mariks Palast, Atreus
Marik-Commonwealth, Liga Freier Welten

1. Januar 3055

Präzentor Blane gestikulierte, als seien seine Hände Waagschalen, auf denen er die Worte austarierte. »Krieg, Rebellion. Ich beanspruche nicht, derlei Begriffe genau zu verstehen. Aber ich bin gekommen, um dir mitzuteilen, was geschieht. Sowohl Blakes Wort als auch die Gräfin Dystar stellen Mittel für Truppen zur Verfügung.«

»Die Gräfin?«

»Sie heuert Söldner an.«

»Mecheinheiten?« fragte Masters.

»Infanterie. Es handelt sich in der Hauptsache um Infanterie mit leichter Mechunterstützung. Die Gibson-Freiheitsliga hat nur zwei BattleMechs, die sich bei Ausbruch der Rebellion gegen die Gräfin gestellt haben. Wir sind auf der Suche nach ihnen, aber bisher ...«

Masters schüttelte den Kopf. Thomas' Worte während der Zeremonie hallten in seinen Ohren. Im Vierten Nachfolgekrieg hatte er gegen massiven Infanteriewiderstand gekämpft, aber das war ein verzweifelte letzte Verteidigungsaktion gewesen, nicht mehr. Jetzt wurden Mechs, statt an vorderster Front zu stehen, in den Hintergrund gedrängt und unterstützten Fußtruppen.

Thomas schüttelte den Kopf. »Ich brauche eine schnelle Entscheidung auf Gibson. Wie es aussieht, zeitigt die Tatsache, daß ich den Wahren Gläubigen Zuflucht gewährt habe, erste unangenehme Begleiterscheinungen. Der überwiegende Teil der Bevölkerung hat ComStar nie verstanden, daher weckt dieses Schisma, das den Orden entzweit, kaum Sympathie bei den Bürgern der Freien Welten.«

»Du wirst dich doch nicht von uns abwenden?«

»Nein. Aber die Angelegenheit hätte man auch auf eine für mich erheblich angenehmere Weise regeln können. Wenn die Wahren Gläubigen sich über die Liga verteilt hätten, wie ich es vorgeschlagen habe ...«

»Wir mußten sie zusammenhalten. Wir müssen eine neue Gemeinschaft aufbauen. Wir sind sehr gruppenbezogen.«

»Egal. Zehntausende Wahre Gläubige würden auf jeder Welt Probleme verursachen. Und dann hast du erklärt, daß du sie bei dir auf Gibson haben willst.«

»ComStar war auf Gibson schon immer sehr präsent. Wir hatten eine Mechgarnison dort. Und ich hatte die Zusicherungen Prinzipal Hsiangs und der Gräfin Dystar, daß alles glatt verlaufen werde.«

»Aber das scheint eine Fehleinschätzung gewesen zu sein. Was machen wir jetzt?«

»Der Krieg verläuft gut. Ich habe mir die Berichte angesehen. Wir erwarten, daß die GFL-Verlustdividende die Truppeninvestitionen in diesem Quartal um mehr als zehn Prozent übersteigt.«

»Was?« fragte Masters.

Blane sah ihn an wie ein Insekt, das er nur so lange am Leben gelassen hatte, weil es bis jetzt nicht gestört hatte. »Wir gewinnen«, übersetzte er leise. Masters verzichtete darauf nachzuhaken.

»Aber ihr braucht mehr Zeit.«

»Die Gräfin meint, du solltest mit den Guerilleros zu verhandeln versuchen. Aber wir *brauchen* einen Sieg, Tom. Ich spreche für die Regierung von Gibson — die Machthaber. Wir müssen dem Volk zeigen, daß die Wahren Gläubigen eine Heimstatt haben, eine Heimstatt, die von dir, Prinzipal Hsiang und der Gräfin Dystar garantiert wird. Und auch wenn ich meine eigenen Interessen einmal zur Seite stelle, solltest du dich mit diesen Rebellen nicht einlassen. Sie widersetzen sich auch deinem Willen.«

Thomas hob die Hände vor die Brust und faltete sie wie zum Gebet. »Nun gut. Du hast recht. Ich *will* nicht mit der GFL verhandeln. Sie sollte meinen Willen respektieren. Die Bewohner von Gibson wurden angewiesen, ComStars Wahre Gläubige aufzunehmen, und genau das werden sie tun. Aber der Konflikt muß ein *Ende* haben. Mit jedem Tag, an dem er tobt, wird der Eindruck stärker, daß ich einen Fehler begangen habe, als ich die Wahren Gläubigen einlud. Und die mir ergebenen Kräfte erscheinen unfähig, den Aufstand zu beenden.«

»Es wird ein Ende geben. Schon bald. Präzentor Martialum Arian versichert mir, daß der Krieg gut verläuft und bald beendet sein wird.«

»Wer?« fragte Masters.

»Präzentor Martialum Arian«, erklärte Blane verärgert. »Er stammt nicht aus der Liga Freier Welten. Er war als ComStar-Kommandeur in der Freien Republik Rasalhaag stationiert und ist jetzt ein Mitglied von Blakes Wort auf Gibson.« Er nahm noch einen Schluck Whiskey. »Die Clans haben in Rasalhaag nicht viel übrig gelassen, wie ich hörte. Er hat alles verloren.«

»Nun«, meinte Thomas, »ich werde euch jedenfalls Hilfe schicken. Mein bester Ritter, Sir Masters, wird dich nach Gibson zurück begleiten. Ich werde ihn als Verbindungsoffizier zu den loyalen Streitkräften auf Gibson überstellen.«

Blane öffnete überrascht den Mund. »Die Truppen stehen zur Zeit unter dem Befehl des Präzentors Martialum Arian. Du wirst dich mit ihm absprechen müssen.«

»Was?« stießen Masters und Thomas gleichzeitig aus. »Die Gibson-Truppen werden von Blakes Wort befehligt?« fragte Masters.

Blane seufzte. »Es ist wohl eine gemeinschaftliche

Anstrengung. Genaugenommen ist das alles äußerst verwickelt, und ich kann nicht behaupten, alles zu durchschauen. Arian hat darauf gedrängt, daß die Truppen der Wahren Gläubigen eng mit den loyalen Einheiten zusammenarbeiten. Irgendwann war Prinzipal Hsiang dann so beeindruckt von unseren Fortschritten, daß er Arian mehr oder weniger die Kontrolle über das gesamte Militär des Planeten übertragen hat.«

»Und die Gräfin?« fragte Thomas.

»Sie kauft Söldner ein und gibt sie an Arian zur beliebigen Verwendung weiter.«

Verwendung? dachte Masters.

»Wieso weiß ich davon nichts?« fragte Thomas.

»Wie gesagt, die Sache ist äußerst verwickelt. Um ehrlich zu sein, habe ich erhebliche Schwierigkeiten, die Kommandostruktur zu durchschauen.«

»So so. Warum bin ich über diese verwickelte Kommandostruktur nicht unterrichtet worden?«

»Ich dachte, du wüßtest davon. Mir ist erst klar geworden, daß dem nicht so ist, als du erklärt hast, Kapitan Masters ... ich bitte um Verzeihung, *Sir* Masters ... den loyalen Kräften angliedern zu wollen.«

»Wieso hast du gedacht, ich wüßte davon?«

»Ich hatte als sicher angenommen, Hsiang oder die Gräfin hätten dich unterrichtet. Vielleicht wurde das Communiqué nie abgeschickt.« Präzentor Blane wirkte sichtlich verunsichert. »Du hast wirklich nichts davon gewußt?«

»Nein, überhaupt nichts. Aber ich werde unsere Unterlagen überprüfen, um herauszubekommen, was geschehen ist.«

»Die Gräfin ist hier, Generalhauptmann«, warf Masters ein. »Sie ist zur Zeremonie gekommen. Wir könnten sie holen lassen.«

»Ausgezeichnet.« Thomas ging zur Tür und wies einen Pagen an, die Gräfin Dystar zu holen. Dann kehrte er in die Bibliothek zurück. »Sir Masters wird dich nach Gibson begleiten. Er wird die Situation eingehend studieren und einen umfassenden Bericht abliefern.«

Blane studierte Masters angewidert. Dann trat ein Lächeln auf sein dunkles Gesicht. »Was für ein Glück. Jemand, der den Krieg verstehen und mir erklären kann. Ich muß zugeben, daß ich mich nie näher mit der Politik Gibsons befaßt habe, auch wenn ich fünfzehn Jahre dort als Präzentor gedient habe.«

»So sollte es auch sein«, erklärte Thomas. »Deine Sorge waren ComStar, die Ordensmitglieder auf dem Planeten und natürlich der Betrieb des Hyperpulsgenerators.«

»Ja. Bis jetzt. Zehntausende meiner Leute sind auf Gibson gelandet und wollen Teil seiner Kultur werden.« Blanes Schultern sackten nach unten. »Manchmal bin ich einfach nicht fähig, mit Prinzipal Hsiang und der Gräfin Dystar zu arbeiten. Die Wahren Gläubigen werden Zeit brauchen, sich in die Gesellschaft Gibsons zu integrieren.«

»Wie das?« fragte Masters.

»Ich weiß nicht, wie ich es ausdrücken soll. Es scheint immer irgend etwas Undefinierbares im Blick Hsiangs und Dystars zu liegen, wenn sie mit mir sprechen. Tut mir leid, ich war noch nicht in der Lage, es ganz zu ergründen.« Er lachte. »Wahrscheinlich könnte ich dann mit ihnen fertig werden. Zum Glück scheint mein erster Stellvertreter, Präzentor Starling, eine freundschaftliche Beziehung zu ihnen aufgebaut zu haben. Und zur Bevölkerung Gibsons. Wir haben natürlich unsere theologischen Differenzen, Starling und ich. Aber auf den meisten anderen Gebieten stimmen wir überein. Er ist ein eingewanderter Wahrer Gläubiger, kam zusammen mit Präzentor Martialum Arian. Ich wußte von Anfang an, daß ich die unter den geänderten Umständen notwendigen Beziehungen mit der Regierung und Bevölkerung Gibsons nicht aufbauen konnte. Dazu brauchte ich jemand Jüngeren, jemand, der lange Zeit dort leben würde.«

»Dann ist es beschlossen. Sir Masters wird uns beiden als Augen und Ohren auf Gibson dienen. Paul, wann kannst du abfliegen?«

Masters schüttelte die gespielte Gleichgültigkeit ab und nahm Haltung an. »Wann immer Sie befehlen, Sir.«

»Ich kann nicht gerade behaupten, daß mir der Mann gefällt«, stellte Masters fest, nachdem Präzentor Blane sich kurz darauf verabschiedet hatte.

»Du bist betrunken, und er ist ein ruppiger alter Wahrer Gläubiger. Er wird dir niemals vertrauen, was auch geschieht, und du bist angeheitert genug, dich dadurch beleidigt zu fühlen. Laß uns darüber reden, welche Aufgabe dich auf Gibson erwartet.«

Masters ließ sich wieder in den Sessel fallen. »Ich dachte, ich soll erkunden und berichten. Und helfen, den Aufstand niederzuschlagen.«

»Ja, aber das ist nicht alles.«

»Was noch?«

»Ich schicke fünfzig von euch, fünfzig Ritter der Inneren Sphäre, in die Liga Freier Welten hinaus, um nach Problemen zu suchen. Wir brauchen Orte, an denen die Ritter ›Gutes tun‹ können. Du mußt einschätzen, ob die Situation auf Gibson sich für eine gute Geschichte eignet.«

»Ah, eine gute Geschichte. Wie Malory? Ich verstehe.«

Thomas lachte. »Das bezweifle ich. Noch nicht. Nicht in deinem Zustand. Aber später wirst du es verstehen.«

An der Tür ertönte ein Klopfen. »Herein.«

Ein Page öffnete die Tür. »Generalhauptmann, wir können die Gräfin Dystar nirgends finden. Möglicherweise ist sie schon gegangen.«

»Sucht hinter den verschlossenen Türen«, kommentierte Masters trocken.

»Sucht weiter«, wies Thomas den Pagen an. »Solange wir nicht sicher sein können, daß sie gegangen ist, wird weitergesucht.«

Masters' Gedanken schlugen Purzelbäume, während Thomas mit dem Pagen redete. Er sollte nach Gibson fliegen, um nach einer guten Geschichte zu suchen? Was war er denn: ein Journalist? Die Vorstellung, eine gute Geschichte zu *schreiben,* hatte er ja noch gerade nachvollziehen können, aber die Idee, nach einer zu suchen ... Je mehr er darüber nachdachte, desto verwirrter wurde er.

»Paul«, riß Thomas ihn aus seinen Gedanken, »du wirkst absolut morbide. Geh zu der Frau, von der du mir erzählt hast. Geh feiern.«

Masters' Stimmung hob sich augenblicklich, und er stand auf. »Zu Befehl, mein Lehnsherr.«

Auf dem Weg zur Tür drehte er sich noch einmal um. »Was ist, wenn wir die Gräfin heute abend nicht mehr finden?«

»Du wirst Gelegenheit haben, mit ihr zu reden, wenn du auf Gibson bist.«

»Natürlich. Gute Nacht, Thomas.«

Masters ging hinaus und zog die Tür hinter sich ins Schloß.

Draußen auf dem Gang sah er die Gräfin Dystar auf sich zukommen, den Arm um die Taille eines Diplomaten aus dem Großherzogtum Oriente gelegt. Als sie Masters bemerkte, zog sie die Hand zurück und schickte den Mann mit ein paar Worten fort. Sie kam schnell auf Masters zu. Ihr Kleid knisterte bei ihren Schritten wie trockenes Laub.

»Wie geht es Ihnen, mein Lieber?« fragte sie. Ihre Hand hing einen Augenblick in der Nähe seiner Nase, die er hinter dem blutigen Taschentuch verbarg. »Ich habe gehört, was geschehen ist.« Er zog das Taschentuch weg und zeigte es ihr. »Meine Güte. Aber das wird bestimmt verheilen.«

»Das wird es.«

»Die meisten Regulaner sind Rüpel, aber dieser Kolonel Roush ist der Schlimmste der ganzen Bande.«

»Das kann gut sein«, stimmte Masters höflich zu.

»Es würde mich nicht überraschen, wenn er derjenige ist, der die Goffels auf meiner Welt mit Waffen versorgt.«

»Wen?«

»Die Goffels. Die Gibson-Freiheitsliga. Die Guerilleros nennen sich die GFL. In Omen — und ich kann Ihnen versichern, diese Stadt ist die letzte Bastion der Zivilisation auf Gibson — nennen wir sie Goffels.«

»Und Sie glauben, die Regulaner versorgen die GFL? Das wäre ...«

Sie lachte. »Meine Güte, sind Sie ernst. Ich habe nur einen Witz gemacht, Sir Masters. Nein, ich habe keine Ahnung. Präzentor Martialum Arian ist überzeugt davon, daß sie Unterstützung aus dem All erhalten ... Entschuldigen Sie, ich weiß nicht einmal, ob Sie mit der Situation auf meiner kleinen Welt vertraut sind.«

»Ich habe erst vor kurzem von der Lage erfahren. Ich werde zusammen mit Präzentor Blane nach Gibson reisen, und er hat mir erklärt ...« Ihre Miene verdüsterte sich, als er Blanes Namen erwähnte. »Was ist?«

»Blane ist ein widerlicher kleiner Kerl. Hören Sie gut zu, hübscher Ritter-abgesehen-von-der-furchtbaren-roten-Nase, dieser Mann bedeutet Ärger. Nicht daß ich Beweise dafür hätte. Aber im Gegensatz zu meinem Witz über Regulus vorhin ist das jetzt mein voller Ernst. Er hat etwas an sich, das mir nicht gefällt. Er ist verschlagen. Er macht den Eindruck, nur an Blakes Wort interessiert zu sein und von allem anderen wenig zu verstehen ...« Masters nickte. »Aber er hat mehr Asse im Ärmel, als wir alle zusammen.«

Sie legte die Hand auf seinen Arm und zog ihn zu einer Wandnische. Dort spielten ihre Finger über die Innenseite seines Oberschenkels. »Genug von der Politik. Wir sollten uns näher kennenlernen. Wenn Sie als Gast auf meine Welt kommen, muß ich mehr darüber erfahren, was Sie mögen.«

»Leider möchte der Generalhauptmann jetzt mit Ihnen reden. Er möchte eine Zusammenfassung des Krieges auf Gibson. Ich bin sicher, diese Einzelheiten würden ihn interessieren.«

Die Gräfin runzelte die Stirn. »Ich habe ihm schon vor Monaten alle Details zukommen lassen. Worüber will er noch reden?«

»Über die Tatsache, daß die loyalen Kräfte auf Gibson unter dem Befehl des Präzentors Martialum Arian stehen. Davon hat er nie etwas erfahren.«

»Ich habe es ihm schon vor Monaten geschrieben. Ich kann mich noch genau daran erinnern.«

»Er hat den Bericht nie erhalten.«

»Hmmm. Seltsam. Da muß irgend etwas hier im Palast schiefgegangen sein. Ich kann mir nicht vorstellen, daß ComStar — ich meine Blakes Wort — eine Nachricht unterschlägt.«

»Er sieht auch die Unterlagen durch. Kommen Sie, ich bringe Sie in die Bibliothek, und wir können alles besprechen.«

Er wollte die Nische verlassen, aber sie zog ihn zurück. »Was ist bloß mit euch Soldaten und dem Krieg? Macht ihr nie eine Pause?«

»Sie scheinen auch von etwas besessen, Mylady.«

»Ja, aber meine Leidenschaft ... macht mehr Spaß.«

»Die beiden sind verschieden, aber gleichermaßen mitreißend.«

»Na ja, wir brauchen wohl alle irgendeine Möglichkeit, der Langeweile zu entfliehen.«

Sie hob einen Finger an den Mund und fuhr sich, plötzlich nachdenklich, über die Zähne. Die Veränderung erregte Masters' Interesse. »Wieso *Langeweile*?«

»Was? Das wissen Sie nicht? Mein Gott, Mann! Alle Welt langweilt sich. Deswegen jage ich ständig neuen Bettgefährten nach, und unsere Rasse stürzt sich in immer neue Kämpfe. Wir haben hier nichts mehr zu suchen.« Ihr Tonfall hatte sich verändert. Er war nicht gerade ernst geworden, aber sie drückte offensichtlich aus, was sie als Wahrheit erkannt zu haben glaubte. »Wir haben für alles Modelle — wie die Sterne leuchten, wie wir uns in Nullzeit über Lichtjahre verständigen können, wie Atome tun, was auch immer Atome tun. Wir wissen alles. Das einzige, was wir nicht verstehen, sind wir selbst. Wir stehen außerhalb. Ein Biologe oder Arzt weiß alles vom menschlichen Körper, außer, warum er Biologe oder Arzt ist. Wir passen nicht ins Universum, jedenfalls auf keine Weise, die wir verstehen könnten, und deshalb wissen wir mit uns nichts anzufangen.«

Masters war völlig verwirrt. »Aber wir sind hier.«

»Genau. Bloß ist uns die ganze Sache ziemlich peinlich. Wenn wir bloß sauber in irgendein Schema passen würden. Aber das tun wir nicht. Wir sind fremdartige Geister in diesem Universum, die einzigen Wesen im gesamten Weltraum, die sich morgens beim Aufwachen fragen, was sie mit dem Tag anfangen sollen. Ich weiß nichts mit mir anzufangen, also hüpfe ich durch die Betten. Sie feuern Raketen ab. Wir finden beide unsere jeweilige Befriedigung und fühlen uns für den Augenblick besser. Aber selbst ich verbrauche den Sex — nach einer gewissen Zeit verfliegt die Erregung, also gehe ich auf die Suche nach neuen Partnern, Kombinationen, Stellungen. Was meinen Sie: Kann es sein, daß unsere Art sich niemals damit langweilt, Menschen zu töten? Finden wir deshalb immer neue Methoden dafür?«

»Das ist nicht dasselbe.«

»Oh, natürlich nicht. Sie sehen es als eine Art unvermeidlichen Fortschritt ...«

»Nein ...«

Sie grinste. »Es *ist* alles dasselbe. Wir brauchen eine neue Erregung, etwas, das uns das Gefühl vermittelt, real zu sein. BattleMechs liefern seit Jahrhunderten Spielvergnügen, Schätzchen. Aber die Leute suchen nach neuen Reizen, neuen Erfahrungen. Stärkeren Explosionen, höheren Verlustraten. Früher ist man auf Reisen gegangen, um der Langeweile zu entfliehen. Aber wir haben Tausende Sterne besucht und festgestellt, daß wir alle ziemlich gleich sind. Und wir haben schon immer Sex gehabt, und ich persönlich liebe ihn. Aber ich habe einen ungewöhnlich großen Appetit darauf, und selbst für mich verliert der Sex an Reiz. Aber wissen Sie, was wir immer noch etwas verbessern können? Bomben.«

Masters fühlte sich bedroht, aber er verstand nicht wodurch. Sie hatte etwas entdeckt, das er nicht genau ausloten konnte. Wenn er ihre Gedanken weiterverfolgte, bestand die Möglichkeit, daß er zu ganz ähnlichen Schlüssen kam, aber im Augenblick wurde ihm schwindlig davon. »Gehen wir zum Generalhauptmann.« Er drehte sich um und machte sich auf den Weg zur Bibliothek. Sie folgte ihm.

»Das wird toll«, sagte sie. »Wenn Sie nach Gibson kommen, werde ich eine riesige Willkommensparty arrangieren.«

6

Mariks Palast, Atreus
Marik-Commonwealth, Liga Freier Welten

1. Januar 3055

Tief in die Polster des Sessels versunken, sah Masters zu, wie die Gräfin Dystar und Thomas die Lage auf Gibson besprachen. Er hörte nicht sonderlich aufmerksam zu, weil sie Thomas genau das gleiche erzählte, was sie kurz zuvor von Präzentor Blane gehört hatten. Also beobachtete er sie und stellte mit Erstaunen fest, daß sie ihre Sinnlichkeit irgendwie abgeschaltet hatte. Irgendwie war aus diesem attraktiven Rotschopf, den er sich nicht anders als mit einer Hand am Oberschenkel eines Mannes vorstellen konnte, eine vorbildhafte Adlige geworden: beherrscht, geschäftsmäßig und bestens unterrichtet. Sie beschrieb die Situation präzise. Aber er hatte alles schon kurz zuvor gehört.

Das Gespräch dauerte nicht lange, und die Gräfin ging wieder.

»Sie ...« Thomas setzte zu einem Kommentar an, fand aber die Worte nicht. Er versuchte es noch einmal. »Sie lügt. Glaube ich. Ich weiß es nicht.«

»Sie hat genau das gleiche gesagt wie Präzentor Blane.«

»Ich weiß. Ich verstehe es nicht. Behalte sie im Auge.«

»Das wird bestimmt nicht schwer sein.«

»Was?«

Wieder klopfte es an der Tür. »Ja!« rief Thomas, und in seiner Stimme schwang erhebliche Frustration mit.

Ängstlich öffnete ein Page die Tür. »Verzeihung, Generalhauptmann. Ich habe eine Nachricht für Sir Masters. Ich wußte, daß er hier ist.«

»Laß hören, Junge«, forderte Masters ihn auf.

»Die Nachricht ist von Dame Boyer.«

Masters stand auf. Sollte er sie doch noch treffen?

»Sie läßt Ihnen mitteilen, daß sie gewartet hat, aber nicht mehr länger warten kann. Sie hofft, Sie bald wiederzusehen.«

Er ließ sich wieder in den Sessel fallen. »Danke.« Der Page zog sich zurück.

»Eine verpaßte Gelegenheit«, sann Thomas. »Um so schlimmer, weil sie in der Phantasie vollkommener wird, als sie das in der Wirklichkeit je hätte sein können.«

»Ach, halt die Klappe und schenk mir was ein.«

Thomas lachte und tat wie geheißen.

Masters und Präzentor Blane saßen schweigend in der Landungsschiffkabine und betrachteten die leere Weite des Alls auf dem Sichtschirm. Sie waren Tage von Atreus entfernt, und die Schwärze des Raums umfing sie mit Myriaden von Sternen. Ohne die störende Atmosphäre leuchteten die Sterne scharf und deutlich, wie brillante Sandkörner auf einem endlosen schwarzen Strand.

»Wunderbar«, stellte Präzentor Blane fest.

Masters nickte zustimmend.

»Der einzige Ort im Universum, der wirklich still ist.«

»Ich habe gerade dasselbe gedacht.«

»Wenn nur das Leben so sein könnte. Klar, sauber, präzise. Wenn wir nur unsere Ausrüstung aufstellen und alles erkennen könnten, was es in unserem Leben zu erkennen gibt, so wie wir die Spektralklasse eines Sterns, seine Bahn und so weiter bestimmen können.«

Masters erinnerte sich an das bizarre Gespräch mit der Gräfin. »Genaugenommen betrachte ich die Stille mit gemischten Gefühlen. Sie ist angenehm, wenn man nachdenken will, oder zur Entspannung, aber ich ziehe das Chaos des Lebendigen vor.«

Präzentor Blane drehte sich zu Masters um und warf ihm wieder diesen Blick zu, als betrachte er ein unerwünschtes Insekt. Dann entspannte sich seine Miene. »Natürlich. Wir alle sehen das Universum aus unserem persönlichen Blickwinkel.« Er wandte sich wieder den Sternen zu.

Masters beschloß, zumindest einen Versuch zu unternehmen, seine Beziehung zu Präzentor Blane zu verbessern. Auf Gibson würde er alle hochrangigen Freunde brauchen, die er finden konnte. »Schade, daß ComStar derzeit solche Probleme hat, Präzentor.«

»Ja, das Schisma. ComStar hat Jahrhunderte existiert und ist dabei mit jedem Jahr stärker geworden. Und nun ist der Orden zerbrochen. Es war wohl zu erwarten. Menschen verändern sich. Organisationen verändern sich. Der verbliebene Rumpf ComStars will die ›mystizistischen‹ Traditionen abschaffen, die Blake uns hinterlassen hat. Ich verstehe nicht, warum manche Leute glauben, die Dinge würden sich verbessern, wenn man Rituale abschafft. Für diejenigen unter uns, die Blakes Vision vertrauen und den überlieferten Methoden treu bleiben wollen, blieb keine andere Wahl, als fortzugehen.«

»Nun, die Liga Freier Welten weiß Ihre Entscheidung, sich hier niederzulassen, jedenfalls zu schätzen. Die Stärke von Blakes Wort und das Geld und das technische Wissen, die es mitgebracht hat, werden Ihre Anwesenheit hier zu einem gewaltigen Vorteil für uns machen.«

Präzentor Blanes Blick fiel auf das Buch auf Masters' Schoß: *Le Morte d'Arthur.* »Ein gutes Buch?«

»Ein großartiges Buch.«

»Was für eine Sprache ist das?«

Masters drehte das Buch um und betrachtete es. »Der Titel ist in altterranischem Französisch, aber es wurde in Englisch geschrieben.«

Aus dem Kabinenlautsprecher drang eine Frauenstimme. »Achtung, Besatzung und Passagiere. Noch eine Minute bis zum Sprung ins System von Gibson.«

Präzentor Blane schloß die Augen und senkte den Kopf. Einen Augenblick später berührte er mit den Fingerspitzen die Kabinenwand. Masters konnte ihn nur anstarren, und als Präzentor Blane wieder aufsah, bemerkte er Masters' fragenden Blick. »Ein Bittgebet«, erklärte er.

»Oh.«

»Ich habe dem Schiff dafür gedankt, daß es uns so weit gebracht hat, und ihm für die Reise durch den Hyperraum alles Gute gewünscht.« Masters wußte nicht, was er sagen sollte. Präzentor Blane bemerkte seine Verwirrung offensichtlich, denn er setzte seine Erklärung fort. »Wenn ein Wahrer Gläubiger dies tut, bittet er nicht etwa die Maschine zu funktionieren. Im Gegensatz zur gängigen Meinung über uns wissen wir sehr wohl, daß Maschinen auch ohne Gebete funktionieren. Aber wir bringen unseren Respekt vor der von Menschenhand geschaffenen Maschinerie zum Ausdruck. Da Technologie ein fundamentaler Bestandteil unseres Lebens ist, betrachten wir die Respektbezeugung ihr gegenüber als eine Methode, uns selbst Respekt zu zollen. Wenn wir der Technologie nicht mit Respekt begegnen, verlieren wir den Respekt für uns selbst.«

Die Lichter wurden schwächer, und die beiden Männer blickten auf den Schirm. Die Sternkonstellationen veränderten sich. Sie waren ohne Zeitverlust an den Rand des Sonnensystems von Gibson gesprungen. Die beiden warfen einander einen Blick zu und grinsten. Nur wenige Reisende waren so abgeklärt, daß das Wunder des Hyperraums sie nicht mehr berührte, geschweige denn körperliche Übelkeit erzeugte.

Masters dachte über Präzentor Blanes Worte nach. Seine Gedanken gefielen ihm, denn er sah die Beziehung zu seinem Mech in ähnlichem Licht. Er konnte seinen BattleMech nicht ausschließlich als Kriegsmaschine sehen. Das war der Weg, vor dem ihn seine Mutter gewarnt hatte. »Präzentor, wenn ihnen die Frage nichts ausmacht: Als wir letzte Woche im Büro des Generalhauptmanns waren, haben sie mit ihm über die Frage diskutiert, ob der Fortschritt der Technologie gebremst werden sollte ...«

Präzentor Blane hob die Hand. »Ich weiß, daß Sie damit keine bösen Absichten verbinden, aber es macht mir etwas aus. Diese Fragen sind das Thema hitziger Debatten in den Reihen der Wahren Gläubigen. Unsere Schisma hat uns vom Rumpf ComStars abgespalten. Aber Blakes Wort hat noch keine endgültige Form gefunden. In unseren Reihen tosen heftige Diskussionen. Mein Stellvertreter und ich gehen einander ständig an ... die Ohren. Wir versuchen konstant, einander unsere respektiven Ansichten zu beweisen.«

»Dann könnte es noch weitere Schismen geben.«

»Vielleicht, aber ich hoffe nicht. Ich möchte nicht, daß es uns ergeht wie der Katholischen Kirche. Reformation, Gegenreformation, eine Splittergruppe nach der anderen. Aber möglicherweise läßt es sich nicht vermeiden.«

»Wollten Sie aus diesem Grund alle Emigranten von Blakes Wort bei sich auf Gibson versammeln?«

»Unter anderem. Auf Gibson hatten wir eine solide Basis, eine gute Beziehung zur Regierung. Und ich wollte verhindern, daß sich die Wahren Gläubigen in alle Winde zerstreuen. Wenn unsere Bewegung nicht wie Fallobst vom Baume ComStar verrotten soll, müssen wir einig bleiben.«

»Es ist interessant, daß Sie als Metapher einen Baum und sein Obst verwenden — lebende Dinge. Ich hätte gedacht, Ihre Bildsprache wäre ganz auf Maschinen bezogen.«

Präzentor Blane lächelte. »Ich weiß. Es wäre einfacher für Außenseiter, wenn wir einem Stereotyp folgen und nur mechanische Bilder gebrauchen würden. Aber die Lage ist komplexer. Technologie kann nicht ohne den menschlichen Geist existieren, der sie erdacht hat. Ohne menschliches Fleisch, ohne organisches Leben, gibt es auch keine Maschinen.«

Während des tagelangen Fluges zum Planeten Gibson las Masters einige Passagen in Malorys Buch noch einmal.

Merlin kam auf einem großen schwarzen Roß und sprach zu Arthur also: »Bist du nie getan, hast du noch nicht genug getan? Von dreimal zwanzigtausend hast du an diesem Tag nur fünfzehntausend ihr Leben gelassen, und es ist Zeit zu rufen Ho! Denn Gott hegt Zorn gegen dich, daß du nie getan sein willst. Jene elf Könige kannst du am heut'gen Tag nicht überwinden, doch hältst du dich noch weiter mit ihnen auf, wird das Kriegesglück sich wenden und sie stärken. Zieh dich daher zurück in dein Lager und raste, alsbald es dir möglich. Und belohne deine treuen Ritter mit Gold und mit Silber, haben sie dies doch wohl verdienet; keine Reichtümer gibt es, derer sie nicht würdig wären, denn von den wenigen Männern, die du hast, waren nie Männer von größerer Tapferkeit als diese heute gezeigt, habt ihr doch heute mit den besten Kämpfern dieser Welt gefochten.

Er sah von dem Buch auf. *Gott hegt Zorn gegen dich, daß du nie getan sein willst.*

Wann ist es getan, Merlin? Wieviel ist genug? Wie können wir Gott auf unserer Seite halten, wo wir doch nur Menschen sind und unfähig, lange Frieden zu halten?

Sein ganzes Leben lang hatte Masters Texte über Kriegsführung gelesen und nach Methoden gesucht, einen Sieg im Kampf zu erringen. Er hatte erfahren, daß kriegführende Stämme auf dem terranischen Kontinent Amerika in einer Zeit, in der die Technologie nicht über die Fähigkeit zur Töpferei hinausgegangen war, für die korrekte Jagd auf Wild ihren gefiederten Kopfschmuck ablegten. Diese Sitte hatte den Krieg zwischen Menschen weit weniger blutrünstig gemacht, denn diese Primitiven hatten zwischen der Jagd auf Tiere und dem Kampf gegen Menschen unterschieden. Krieg war ein Tanz, mit viel Lärm und Wildheit, aber wenig Tod. Wenn ein Krieger gefallen war, zogen sich beide Seiten vom Schlachtfeld zurück, die eine zum Feiern, die andere zum Trauern.

Ein guter Mechkampf war ganz ähnlich. Die Zahl der zertrümmerten Mechs ließ sich in der Regel an einer Hand abzählen. Und der Kampf wurde in gegenseitigem Respekt ausgetragen. Man sah seinen Gegner auf dem Schlachtfeld. Man wußte, daß man gegen einen *bestimmten* Krieger antrat, und feuerte nicht zufällig Metallgeschosse durch die Gegend, um einen unbekannten Soldaten abzuschießen.

Er schloß das Buch und sah hinüber zu Präzentor Blane, der auf der Koje neben ihm in tiefem Schlaf lag. Eine neue Generation wuchs heran, angetrieben von uralten Geheimnissen, die früher von ComStar und den Wahren Gläubigen gehütet worden waren. Die Technologie der Inneren Sphäre befand sich auf dem langsamen Aufstieg aus dem Beinahe-Harmageddon der vergangenen Generationen und lieferte den Soldaten neue Spielzeuge. Kleine Engel aus den Akademien, die in einer Zeit des Friedens aufgewachsen waren, wußten nur, daß es Krieg gab, und daß er glorreich sein sollte. Sie wollten auch etwas von dem Ruhm abhaben. Aber sie hatten keine Ahnung von der Bestie Krieg, jenem Monster, das ins Rückenmark eines Volkes einsickerte und es aus einer Nation im Krieg in eine Horde nach Blut und Menschenfleisch geifernder Ghule verwandelte.

Auf dem Sichtschirm tauchte der Planet Gibson auf.

Das Landungsschiff trat in die Umlaufbahn ein. Sie näherten sich dem Planeten von der Nachtseite, über dem Kontinent Djakarta, auf dem sich die Emigranten von Blakes Wort angesiedelt hatten. Dort fand auch der größte Teil der Kämpfe statt. Auf dem dunklen Globus leuchteten die Lichter der Städte wie ferne Sterne.

Das Schiff senkte sich auf die Weltoberfläche. Es stürzte mit weißglühenden Triebwerksdüsen auf Omen zu, die Hauptstadt des Planeten. Dann setzte es auf.

Präzentor Blane und Masters gingen die Korridore des Schiffes entlang. »Ich hole meinen *Feuerfalke* und treffe Sie draußen«, sagte Masters.

»Gut, gut. Ich werde eine Transportmöglichkeit zum Palast des Prinzipals besorgen.«

»Zum Palast?«

»Natürlich. Heute abend findet eine Feier statt. Zu Ihren Ehren.«

»Davon weiß ich gar nichts.«

»Es ist eine Überraschung.«

Masters haßte Überraschungen. »Ich würde wirklich viel lieber ins Feld ziehen und mit meiner Arbeit anfangen.«

»Eine Nacht, Sir Masters. Die Gräfin, Prinzipal Hsiang, unzählige nutzlose Funktionäre — sie wären alle äußerst enttäuscht. Kommen Sie. Geben Sie ihnen die Möglichkeit, ihren ersten echten Ritter der Inneren Sphäre zu sehen.«

Dagegen hatte Masters kein Argument. Es war wichtig, daß die Ritter sich zeigten. Sie mußten eine spürbare Präsenz aufbauen. »Na gut. Aber erst muß ich meinen Mech ausladen.«

»Wir treffen uns am Offiziersparkplatz. Ich werde im Wagen warten.« Präzentor Blane sah ihn seltsam an, als wollte er noch etwas sagen, das ihm Schwierigkeiten machte. »Willkommen auf Gibson, Sir Masters«, brachte er schließlich heraus. »Schön, jemand hier zu haben, dem ich vertrauen kann.«

»Sie vertrauen mir, Sir? Darauf wäre ich nie gekommen.«

»Ich muß vieles vor ihnen geheimhalten. Aber Sie sind ein Freund von Thomas, das beweist mir, daß Sie vertrauenswürdig sind.« Damit drehte Blane sich um und ging.

Der riesige Laderaum des Landungsschiffes war voller Kisten und Container. Die Hafenarbeiter benutzten Gabelstapler, um sie über die Laderampe auf den Asphalt des Landefelds zu schaffen. Am hinteren Ende der metallenen Höhle stand Masters' *Feuerfalke.* Die Maschine glänzte unter ihrem neuen rot-silbernen Anstrich, den neuen Farben der Ritter der Inneren Sphäre.

Als er näher kam, sah er Jen oben im Cockpit des *Feuerfalke.* Jen war seine Tech, eine der besten, die er je gehabt hatte. »Morgen, Jen!«

Sie sah herab, und auf ihrem gebräunten, faltigen Gesicht erschien ein Lächeln. Ihre Augen konnte er über diese Entfernung nicht klar erkennen, aber er wußte, daß sie mit ihrer ruhigen Weisheit glänzten. »Morgen, Sir Masters!«

Er kletterte die Leiter am Bein des Mechs hoch. »Stimmt irgendwas nicht mit ihm?«

»Nein. Ich wollte ihn nur noch ein letztes Mal durchchecken, bevor Sie ihn rausbringen. Besser, ich mach es jetzt, als daß ich mitten in einer Schlacht mit der Werkzeugkiste rausrennen muß. Bei der Gelegenheit hab ich auch die Kommunikationscodes von Blakes Wort und den Gibson-Loyalisten einprogrammiert.«

Er kletterte bis an den Rand der Kanzel und sah ihr beim Austauschen ein paar älterer Kabel zu. »Hast du dich um eine Transportmöglichkeit zur Basis gekümmert?«

»Ja, aber ich fahre nicht zur Taktischen Operationszentrale, weil ich rausbekommen habe, daß Sie an einem Mechlanzenvorposten mit angeschlossenem Infanteriezug stationiert werden. Ich werde dort auf Sie warten, nachdem Sie Arian getroffen haben.«

»Einem Mechlanzenvorposten?«

»Die Einheiten sind klein und verstreut«, sagte Jen, ohne von ihrer Arbeit aufzublicken. »Es scheint kaum größere Gefechte zu geben.« Sie machte eine Pause, seufzte und sah zu ihm auf. »Das ist der moderne Krieg, Paul. Die neuen Methoden führen zu den alten Methoden.«

»Ich werde sehen, was ich daran ändern kann.«

»Ich weiß.«

»Wir sind gerade erst zehn Minuten hier. Das hast du alles in der kurzen Zeit herausgefunden?«

»Deswegen nehmen Sie mich doch mit.«

Er lachte. »Stimmt. Na gut, ich muß heute abend noch zu einer Feier ...«

»Scheint, als böte die Ritterschaft eindeutige Vorteile.«

»Jedenfalls kann ich erst morgen zu diesem Vorposten ausrücken. Fahr voraus und erkunde die Lage für mich.«

»Ja, Sir. Und viel Vergnügen heut abend.«

»Ich bezweifle es.«

Als Jen fertig war, schob sich Masters an ihr vorbei ins Cockpit, während sie an der Leiter nach unten kletterte. In der Kanzel war es dunkel. Die einzige Beleuchtung fiel durch das polarisierte Kanzeldach, das die Lichter des Frachtraums erheblich abschwächte.

Er packte den Neurohelm und zog ihn über Kopf und Schultern. Der Helm gestattete dem Bordcomputer, den Mech mit Hilfe des natürlichen Gleichgewichtssinnes des Piloten aufrecht zu halten. Die Kreiselstabilisatoren der Maschine reichten für grobe Bewegungen aus, aber bei schnellen Manövern war das menschliche Innenohr nicht zu übertreffen. Gleichzeitig diente der Helm als Sicherheitssystem des Mechs. Nachdem der Computer seinen Zugriffscode verifiziert hatte, leuchteten die Kontrollen auf. Die Konsolen tauchten die enge Kanzel in rotes, blaues und grünes Licht, und die Monitore vor Masters Pilotenliege erwachten flackernd zum Leben.

Er setzte den *Feuerfalke* langsam in Bewegung. Er fühlte den Reaktor brummen und das Knirschen der Myomerbündel, die menschliche Muskelfasern simulierten. Das linke Bein hob sich, bewegte sich vorwärts und senkte sich donnernd wieder. Das rechte Bein tat es ihm nach. Erschütterungen liefen durch den Stahlkoloß, und auch wenn die Stoßdämpfer den größten Teil der Vibrationen abschwächten, fühlte Masters doch deutlich die fünfundvierzig Tonnen bewegten Metalls unter sich. Er lachte. Er liebte dieses Gefühl.

Er sah nach unten. Die Frachtarbeiter hatten ihre Arbeit unterbrochen und starrten zu seinem Mech hoch. Auf ihren Gesichtern sah er Staunen und nicht wenig Furcht. Er drehte den Mech zum Tor des Frachtraums. Es war schön, ein MechKrieger zu sein.

7

Raumhafen Omen, Gibson
Prinzipalität Gibson, Liga Freier Welten

22. Januar 3055

Masters stellte seinen *Feuerfalke* im BattleMech-Sicherheitsbereich ab, bevor er zum Offiziersparkplatz ging, um Präzentor Blane zu treffen. Über ihm leuchtete der blaue Himmel von Gibson. In der Ferne zogen streifige dunkle Wolken über den Horizont. Es war warm, aber man konnte die ersten zaghaften Vorboten der Nachtkühle wahrnehmen.

Eine schwarze Limousine mit Standern an beiden Kotflügeln erwartete ihn. Der linke Stander zeigte eine rote Chimäre auf blauem Feld, die Flagge der Prinzipalität Gibson, entstanden, als Gibson sich aus dem Fürstentum Regulus gelöst und mit den Welten Molokai und Clipper zu einem neuen Teilstaat der Liga zusammengeschlossen hatte. Der zweite Stander gehörte Blakes Wort. Er zeigte ein nach unten gerichtetes Schwert, in dessen Parierstange eine neue Version des ComStar-Symbols integriert war. Masters konnte sehen, daß sich innerhalb kurzer Zeit eine enge Beziehung zwischen Hsiangs Regierung und den Wahren Gläubigen entwickelt hatte.

Ein Chauffeur stieg aus dem Wagen und öffnete die Tür für Masters. Der Mann trug eine schwarze Uniform, und seine Augen brannten mit einem Feuer, das Masters überraschte. Er hielt die Tür vorsichtig, wie die Hand eines kleinen Kindes, das umsorgt werden mußte. Ein Wahrer Gläubiger, dachte Masters, und in seiner Hingabe noch radikaler als Blane.

Er glitt auf den Rücksitz neben Präzentor Blane, der sich gerade einen Drink aus der Bar des Wagens nahm. »Ah«, begrüßte ihn der rundliche Würdenträger.

»Ich würde mich vor der Feier gerne noch umziehen.«

»Es ist für alles gesorgt. In Burg Dystar wartet ein Zimmer auf sie. Die Gräfin lädt sie ein, als ihr Gast die Nacht dort zu verbringen. Sie werden sich frischmachen und umziehen können, bevor sie zur Feier in Hsiangs Palast gebracht werden.«

»Ein ziemliches Pensum.«

»Ich denke, wir alle möchten etwas von Ihnen abhaben, Sir Masters«, zwinkerte Blane ihm zu.

Der Wagen startete und fuhr durch die engen Gassen des Raumhafenviertels. Masters betrachtete aufmerksam, was er durch das Wagenfenster zu sehen bekam. Die Kleidung der Einheimischen war eine Mixtur aus Kleidungsstilen terranischer Kulturen vor Kerenskys Exodus: Die Männer trugen Dashikis, die Frauen Turbane und Dirndl oder Kimonos. Er hatte schon gehört, daß die verschiedenen Volksgruppen auf Gibson verbissen an ihren überlieferten Sitten und Gebräuchen festhielten, und was er sah, schien dies zu bestätigen. Wenn er sich recht erinnerte, war Gibson aus dem Fürstentum Regulus ausgeschieden, als die regulanischen Herrscher versucht hatten, den Hinduismus als Staatsreligion durchzusetzen. Selbst die Hindus auf Gibson hatten sich widersetzt. »Wie ich gesehen habe, trägt der Wagen neben der Flagge Gibsons die Flagge von Blakes Wort«, stellte er fest und wandte sich dem Präzentor zu.

»Ähm, ja«, hustete Blane, der sich an seinem Drink verschluckt hatte.

»Normalerweise ist die zweite Flagge der Adler Haus Mariks.«

»Es war nicht unsere Idee. Hsiang hat es vorgeschlagen und auch gleich durchgeführt, bevor wir reagieren konnten. Es ist nur für die Dauer des Krieges gedacht, soweit ich ihn verstanden habe. Er hat eine Schwäche für uns. Die Ankunft von Blakes Wort macht Gibson zu einer wichtigen Welt, und wahrscheinlich wird sie den Planeten auch erheblich reicher machen.«

Masters nickte. Die Situation gefiel ihm nicht. Allmählich verstand er, warum Thomas ihn hierhergeschickt hatte. Dreihundert Jahre lang hatte ComStar durch das Monopol der Hyperpulsgeneratoren, die Botschaften durch die Weiten des Weltalls verschicken konnten, die interstellare Kommunikation kontrolliert. Jetzt besaß die Splittergruppe Blakes Wort diese Macht in der Liga Freier Welten. Wenn sich irgendeine Gefahr zusammenbraute, die Blakes Wort betraf, konnte sich Thomas nicht darauf verlassen, rechtzeitig davon zu erfahren. Bis jetzt schien nichts auf eine Gefahr hinzudeuten. Aber das mußte nicht so bleiben.

Als sie das Raumhafenviertel verließen, war über Omen die Nacht hereingebrochen. Am Himmel funkelten die Sterne. Die Limousine fuhr durch ein Industriegebiet und von dort auf eine erhöhte Schnellstraße, wo sie deutlich schneller wurden. Masters konnte sehen, daß die Lichter der Stadt einen riesigen, fast perfekten Kreis bildeten. Die Limousine befand sich am Rand des Kreises und war in sein Zentrum unterwegs.

Als er unter die Hochstraße blickte, bemerkte er eine Art Kleinstadt aus Papp- und Holzhütten. Er musterte Blane. »Was ist das da unten?«

»Was meinen Sie?«

»Die Hütten. Die Leute, die sich um offene Feuer drängen.«

»Rüben.«

»Was?«

Blane lachte. »Verzeihung. So nennen wir sie, Rüben. Bauern und Dorfbewohner, die in die Stadt gezogen sind.«

Sie hatten den Slumbereich jetzt hinter sich gelassen. Die Qualität der Nachbarschaften nahm sichtbar zu. »Warum ziehen sie in die Stadt?«

»Befriedungsprogramm. Wir reißen die Dörfer ab, damit die GFL sie nicht als Stützpunkte verwenden kann.«

»Und sie entscheiden sich dafür hierherzukommen?«

»Nun ja, wir legen es ihnen nahe. In der Stadt können wir sie im Auge behalten. Wir haben sie lieber unter Kontrolle, besonders in der Nähe von Omen. Draußen auf den Feldern, na ja, da wissen wir nicht, was sie treiben.«

»Und sie leben in Hütten aus Dachpappe?«

Blanes Miene wurde traurig. »Ja. Gut, äh, vermutlich läßt das Programm in mancherlei Hinsicht viel zu wünschen übrig. Aber wenn wir erst einmal alles geregelt haben ...« Er nahm einen Schluck von seinem Drink.

Masters betrachtete das Gelände unter der Hochstraße und sah die verschiedenen architektonischen Stilrichtungen vorbeihuschen. Wie die Jahresringe eines gefällten Baumes kennzeichneten sie die Wachstumsphasen der Stadt. Zu ihrer Rechten bemerkte er einen Baustil, der aus der Hochzeit des Merschmidteinflusses stammen mußte. Weiter voraus lag ein verfallenes Viertel, das wahrscheinlich während der regulanischen Minimalismusperiode gebaut worden war. Sie bewegten sich zurück durch die Zeit. Jeder Stil, der ihnen begegnete, war älter als der vorhergehende, bis plötzlich weit voraus die Sterne verschwanden.

»Meine Güte«, stieß Masters leise aus.

Im Herzen der Stadt erhob sich der Alte Wall, gebaut von Gibsons ersten Siedlern, lange bevor die Terraformung Gibson aus einem wasserlosen Klumpen orangeroten Felsgesteins in eine von riesigen gelben Bäumen und Gras bedeckte lebende Welt verwandelt hatte. In der Dunkelheit der Nacht ragte der Alte Wall wie ein Block aus gestaltgewordener Schwärze Hunderte Meter empor und verstellte den Blick auf den Nachthimmel. Als sie näher kamen, erkannte Masters, daß der Wall aus dicken, silbernen Metallblöcken gebaut war. Noch näher, und das weiße Mondlicht ließ eine wassergrüne Patina erkennen, die sich über die Oberfläche des Walls erstreckte. Sie zog sich in langen Kurven und Spiralen über das Metall und bildete faszinierende Muster aus blankem Silber und krustigem, strukturiertem Grün.

Dann hatten sie den Fuß des Walls erreicht, der vor ihnen in den Himmel zu ragen schien. Masters legte den Kopf in den Nacken und schaute durch das transparente Schiebedach nach oben. Einen Augenblick wurde ihm schwindlig, als die Mauer über ihm kein Ende nahm. Dann kam die Decke ins Blickfeld, als die Limousine in einen langen, breiten Tunnel fuhr. An der runden Decke zog sich eine Lichterkette entlang. Die Kette schien endlos, aber bald bemerkte Master vor ihnen den schwarzen Fleck des Ausgangs.

Auf der Fahrt durch den Tunnel wurde es schnell kühler. Nach fünf Minuten hatten sie den Innenbereich erreicht. Das Dach des Alten Walls war schon vor Generationen abgenommen worden, als Gibsons Luft atembar geworden war, und am Firmament leuchteten die Sterne. Auf der Innenseite war dem Wall der zersetzende Einfluß der ursprünglichen Umwelt des Planeten erspart geblieben, und er leuchtete im reflektierten Licht der Stadt und des Mondes in einem sanften Silberton. In seinem Schutz lag ein dreidimensionales Labyrinth silberner Gebäude, die durch Röhren miteinander verbunden waren. Die Hochstraße verlief in mehreren Stockwerken entlang der Innenseite des Walls. Verschiedene Abfahrten führten in die Altstadt.

»Das scheint groß genug für eine eigene Stadt«, bemerkte Masters.

»Im Grunde ist es das auch. Das ist die Altstadt. Sie hat eine eigene Dienstleistungsindustrie, Stadtwerke und so weiter. Sie beherbergt den wichtigsten Teil der planetaren Behörden und der Regierung. Alles, was Gibson betrifft, wird hier geregelt, effektiv und zeitsparend.«

»Ist das dort das Schloß der Gräfin Dystar?« Masters deutete auf ein großes Gebäude in gotischem Stil, das an der Südseite am Alten Wall hing. Das riesige Bauwerk schien aus dem glatten silbernen Metall zu wachsen und wurde von dicken Streben an Wänden, Fundament und Decke gehalten. Die düstere, verwinkelte Burg blickte auf die Altstadt hinab wie ein mürrischer Wachhund.

»Ja«, bestätigte Präzentor Blane. »Und dort unten ist der Palast Prinzipal Hsiangs.« Masters blickte in die angegebene Richtung und sah ein verzweigtes, silbernes Gebäude mit vielen hohen Türmen. Er konnte sich aus dieser Entfernung nicht sicher sein, aber er hatte den Eindruck, über das Dach und die Außentreppen zahlreiche große Statuen verteilt zu sehen. Auf den ersten Blick wirkte das Gebäude wie ein bunte Mischung ›beeindruckender‹ Baustile, für sich genommen alle durchaus elegant, aber in dieser gedankenlosen Mixtur wertlos.

»Und auf der anderen Seite — ich weiß nicht, ob Sie es sehen können — liegt ein großer Gebäudekomplex.« Masters sah ihn. Er paßte zum Rest der vor Jahrhunderten gebauten Altstadt. Breite, gedrungene Bauten mit wenigen Fenstern und kaum Verzierungen.

»Dort befinden sich die Geschäftsräume der Wahren Gläubigen. Von dort aus steuern wir alles und schließen unsere Kontakte mit den anderen Konzernen auf Gibson. Auch die Kommandozentrale für unser Militär — das Militär der Wahren Gläubigen meine ich — befindet sich dort. Präzentor Martialum Arian hat jedoch im Feld eine Taktische Operationszentrale aufgebaut.

Meistens ist er dort draußen.« Blane machte eine Pause, dann trat ein selbstgefälliger Stolz in seine Stimme. »Die Wahren Gläubigen sind noch keine zwei Jahre hier, aber wir haben uns schon gut eingelebt.«

»Und die Leute in den Slums am Rand der Stadt?«

»Verzeihung?«

»Haben die sich gut eingelebt?«

»Sir Masters, Ihr Ton gefällt mir ganz und gar nicht. Wir sind nach Gibson gekommen, um hier viel Geld zu investieren. Die Rüben — die Leute da draußen —, die Bauern wissen nicht, was gut für sie ist. Als der Sternenbund vor Jahrhunderten zusammenbrach, haben sie eine agrarorientierte Wirtschaftsstruktur eingeführt und sich störrisch jedem Fortschritt widersetzt. Es wird Zeit, diese Struktur zu modernisieren. Alle wollen dies. Die Gräfin Dystar. Prinzipal Hsiang.«

»Und die Bauern? Wollen die es auch?«

Präzentor Blane starrte Masters über den Rand seines Glases an. »Sie sind gerade Teil einer militärischen Herrscherklasse geworden. Haben Sie das Volk dabei um seine Erlaubnis gebeten?« Masters setzte zu einer Antwort an, aber Blane schnitt ihm das Wort ab. »Wir wissen beide, daß Herrscher für ihr Volk Entscheidungen treffen müssen. So ist das Leben unter den Sternen.«

»Sir, das soll jetzt keine Beleidigung sein, aber das hier ist nicht Ihr Volk.«

»Falsch, Sir Masters! Falsch! Wir sind jetzt Bürger von Gibson.«

»Mit eigenem Militär, separaten Behörden und direkten Beziehungen zur Regierung.«

»Das ist notwendig, um unser Überleben zu sichern.« Blane winkte ab. »Genug. Es reicht. Die Diskussion ist beendet.«

Sie legten den letzten Teil der Fahrt schweigend zurück.

Die Limousine verließ die Hochstraße und fuhr ein kurzes Stück durch die sauberen, aufgeräumten Straßen der Altstadt, auf deren Bürgersteigen Masters elegante Menschen flanieren sah. Lachen drang durch die warme Luft. Der Abend erinnerte ihn an seine Jugendzeit, als er mit anderen MechKriegern ausgegangen war, um sich zu amüsieren, die Uniform frischgestärkt und gebügelt. Die Bewohner der Altstadt verströmten dasselbe Gefühl der Vorfreude. Gut gekleidet, gut genährt, selbstsicher. Seltsam, dachte er, daß eine ganze Stadt mich an meine Jugend erinnern kann.

Der Wagen bog in eine breite, verlassene Straße ein und fuhr auf einen eingezäunten, gut bewachten Helikopterlandeplatz. Die Posten überprüften die Ausweise aller Insassen, bevor sie durchgewunken wurden.

Vor ihnen wurde ein Hubschrauber startklar gemacht. Seine Rotoren drehten sich langsam. »Wir sehen uns bald wieder«, verabschiedete Präzentor Blane Masters höflich aber kühl, als sie beide aus dem Wagen stiegen. Der Chauffeur brachte Masters' Koffer zum Hubschrauber.

Masters war ebenso höflich. »Ja. Ich freue mich darauf.«

Kurze Zeit später saß er im Helikopter und flog hoch über den Gebäuden auf Burg Dystar zu. Masters starrte auf das Gebäude. Es war mit hohen Türmchen und, tatsächlich, Wasserspeiern verziert. Vor ihm wölbte sich eine weite Terrasse aus den Burgmauern, auf der schon drei andere Hubschrauber standen. Ein vierter hob gerade ab.

Entlang einer Innenwand zogen sich große, zehn Meter hohe Fenster in Form riesiger Rauten. Ein warmes gelbes Licht drang aus den Räumen hinter dem Glas.

Der Helikopter sank auf den Landeplatz. Die Rotoren wirbelten noch, als Masters ins Freie sprang. Das Dröhnen der Maschine hallte in seinen Ohren, und die

Rotoren peitschten die Luft. Er zog seine Koffer aus der Maschine und lief mit weiten Schritten davon. Kurz nachdem er den Landebereich verlassen hatte, hob der Hubschrauber wieder ab.

Trotzdem ließ der peitschende Wind nicht nach. Masters drehte sich um und blickte auf die Altstadt hinunter. Im Alten Wall eingeschlossen, wirkte sie wie ein mit äußerster Sorgfalt erstelltes Diorama.

»Sir Masters!« Hinter ihm erklang eine Frauenstimme. Er drehte sich um, und seine Gedanken überschlugen sich in mehrere Richtungen gleichzeitig. In der Tür zum Inneren der Burg stand eine Frau, schätzungsweise Anfang dreißig, in langem dunklen Rock und weißer Bluse. Über der Bluse trug sie ein bis zur Taille reichendes Tweedjacket von figurbetontem Schnitt. Über der rechten Brust saßen drei Messingbroschen. Ihr Körper war schlank und klein, ihre Haut glatt und braun. Ihr glattes schwarzes Haar war zu einem Pagenkopf geschnitten. Seine Gedanken beruhigten sich, und der erste klare Gedanke, den er fassen konnte, war: »Bitte, bitte sei noch frei.«

»Sir Masters«, sagte sie wieder. Diesmal kam sie mit zur Begrüßung ausgestreckter Hand auf ihn zu. Sie bewegte sich mit weiten, selbstbewußten Schritten, und in ihren Augen konnte Masters Intelligenz und Rätsel sehen. »Ich bin Jungfer Kris. Ich soll Sie in Empfang nehmen.«

Er nahm ihre Hand, riß sich zusammen und lächelte sie freundlich an. »Es ist mir ein Vergnügen.«

»Wenn Sie mir bitte folgen würden.« Sie drehte sich um und ging zurück ins Haus. Er folgte ihr durch die dunklen, kalten Gänge der Burg. Ihre Schritte hallten scharf und klar.

»Hatten Sie eine angenehme Reise?« fragte sie, ohne sich umzusehen.

»Es ging. Jetzt gefällt es mir schon besser.«

Sie blickte sich um und hob fragend eine einzelne

Braue. Er lächelte sie an, und sie lächelte höflich zurück. Dann schaute sie wieder nach vorne.

Nach ein paar Schritten fragte sie: »Sie sind als ein Ritter der Inneren Sphäre hier?«

»Ja.« Als sie eine ganze Weile nichts mehr sagte, fragte er: »Macht Ihnen das etwas aus?«

»Wofür kämpfen Sie? Wenn Sie mir die Frage gestatten.«

»Ich kämpfe für meinen Lehnsherren. Generalhauptmann Thomas Marik will ein Ende des Krieges, und ich bin hier, um bei dieser Beendigung zu helfen.«

Der Blick, den sie ihm zuwarf, sagte aus, daß er keine Ahnung hatte, worauf er sich einließ. »Noch mehr Soldaten werden den Krieg nicht beenden.« Ihr Tonfall war kalt und endgültig. »Ihr Zimmer, Sir Masters.« Sie blieb an einer Tür stehen und zog einen Schlüssel aus der Jacke. Nachdem sie aufgeschlossen hatte, trat sie in den Raum und blickte sich zufrieden um. Masters folgte ihr. Er fand ein großes Himmelbett, eine Eichenkommode und eine Tür zu Ankleidezimmer und Bad vor. Der Raum entsprach seiner Unterkunft in Thomas' Palast.

Er drehte sich zu ihr um. »Ich nehme nicht an, Sie wollen mir erklären, warum Sie glauben, daß dieser Krieg nicht mit militärischen Mitteln zu beenden ist.«

»Ich …« Sie verstummte. »Kann ich noch irgend etwas für Sie tun?« Sie trat zwei Schritte zurück in Richtung Tür.

Masters folgte ihr. »Sie können mir sagen, warum Sie glauben, daß es keine militärische Lösung für den Konflikt auf Ihrer Welt gibt.«

Sie starrte ihn trotzig an. »Nein, das kann ich nicht.«

»Ich bin hier, um den Krieg zu beenden. Ich werde tun, was immer dazu nötig ist, solange es die passende Lösung darstellt. Ich glaube, Sie können mir dabei helfen. Habe ich recht? Ich suche nach Informationen. Was können Sie mir erzählen?«

»Ihr Ritter seid angeblich ein edler, selbstgefälliger Haufen. Warum finden Sie es nicht selbst heraus?«

»Wir sehen das etwas anders.«

»Was können Sie anbieten, das die MechKrieger von Blakes Wort nicht für die Sache dieses Krieges geben können?«

»Meine Loyalität Thomas Marik gegenüber. Und Thomas ist ein gerechter Mann. Ich bin hier, um Recht zu bringen.«

Sie musterte ihn sorgfältig, studierte seine Augen. Dann erkannte er, daß sie sich entschieden hatte, ihm nicht zu vertrauen. »Nein. Ich kann wirklich nicht mit Ihnen darüber sprechen.« Sie drehte sich um und ging zur Tür.

»Sehen wir uns heute abend wieder? Auf der Feier?«

Sie schenkte ihm ein Lächeln, das eine versteckte Bedeutung zu besitzen schien. »Oh, ja. Alle werden da sein.«

8

Omen, Gibson
Prinzipalität Gibson, Liga Freier Welten

22. Januar 3055

Die Rotoren des Hubschraubers peitschten mit rhythmischem Donnern durch die Luft. Sie waren unterwegs zum Palast Prinzipal Hsiangs. Jungfer Kris saß vorne neben dem Piloten. Neben Masters saß die Gräfin Dystar in einem trägerlosen grünen Abendkleid mit gewagtem Ausschnitt. Sie hatte schon zweimal die Hand auf sein rechtes Knie gelegt, und beide Male hatte er sie sanft wieder entfernt.

»Ja, die Wahren Gläubigen erzählen mir, daß sie mehr Truppen brauchen, und ich werbe sie an, wie sie gebraucht werden«, antwortete sie deutlich gelangweilt auf seine Frage. Nachdem er ihre Hand zum zweiten Mal von seinem Knie genommen hatte, hatte sie sich von ihm abgewandt und starrte aus dem Fenster wie ein verärgertes Kind.

»Woher kommen sie?«

»Von den verschiedensten Welten. Die meisten sind keine Berufssöldner, sondern einfach Männer und Frauen, die eine Arbeit suchen. Ein paar sind Veteranen, die schon vorher als Hilfstruppen für Mecheinheiten gedient haben. Einige sollen sogar beim Wolfsrudel gewesen sein.«

»Wo werden sie ausgebildet?«

»Gleich hier. Die Wahren Gläubigen haben Ausbildungslager auf Gibson. Wie ich höre, verläuft der Krieg sehr gut.« Masters sah, wie Kris' Schulter bei den Worten der Gräfin zuckte, aber er verstand nicht, weshalb.

Der Palast kam in Sicht, eine häßliche Anhäufung von Türmen, Statuen nackter Muskelmänner und

Springbrunnen. »Wer zeichnet denn für dieses bezaubernde Dekor verantwortlich?« fragte Masters und schüttelte leise den Kopf über diese Anhäufung von Phalli. Anscheinend hatte hier jemand verzweifelt versucht, Eindruck zu schinden.

»Prinzipal Hsiang persönlich«, erwiderte Jungfer Kris. »Er hat den Palast gleich nach Amtsantritt umgestaltet.«

»Hübsch.«

Jungfer Kris warf ihm ein trauriges Lächeln zu.

Auf dem Landeplatz half Masters der Gräfin aus der Maschine. Jungfer Kris stieg allein aus, blieb dann stehen und wartete geduldig auf die Anweisungen der Gräfin. Masters erkannte schnell, daß sie sich sehr hilfsbereit und verantwortlich um die Gräfin kümmerte, wenn sie beobachtet wurde, ihr Gesichtsausdruck aber beinahe bösartig wurde, wenn sie sich unbeobachtet glaubte.

Sie gingen durch die Nacht zu weit offenen Doppeltüren, zwischen denen Tanzmusik ins Freie drang. Die Luft war inzwischen abgekühlt, Masters war freudig überrascht, wie stark die Temperaturen auf Djakarta selbst im Sommer fallen konnten. Als sie die Türen erreicht hatten, drehte sich die Gräfin Dystar zu ihm um und sagte: »Warten Sie, Sir Ritter.« Sie trat durch die Türen, in gebührendem Abstand gefolgt von Jungfer Kris, und die Musik brach ab. Höflicher Beifall klang auf. Als er sich legte, hörte er die feste Stimme der Gräfin. »Meine Damen und Herren, ich möchte heute zu dieser besonderen Gelegenheit das Wort ergreifen, um Ihnen Sir Paul Masters, Ritter der Inneren Sphäre, vorzustellen.«

Wieder brandete Beifall auf, diesmal laut und überwältigend. Auf dieses Zeichen trat Masters durch die Tür und fand sich am oberen Ende einer breiten Treppe wieder, die hinab in den Ballsaal führte. Der Anblick des riesigen Saales raubte ihm den Atem. Die

Wände waren goldgetäfelt, die Kronleuchter hatten gewaltige Ausmaße, und Hunderte Gäste blickten zu ihm hoch und applaudierten. Der Augenblick riß ihn mit. Es bewegte ihn tief, wieviel sein Status als Ritter diesen Menschen bedeutete. Er warf Jungfer Kris einen Blick zu, aber sie schaute unbewegt über die Menge und ließ sich nichts anmerken.

Er hob die Hand, und der Lärm legte sich allmählich. In der plötzlichen Stille wurde ihm klar, daß er etwas sagen mußte, aber er hatte keine Ahnung was. Also sagte er das erste, was ihm in den Sinn kam. »Liebe Menschen von Gibson, ich überbringe Ihnen die Grüße von Generalhauptmann Thomas Marik. Er läßt Ihnen mitteilen, daß er von der Situation auf Ihrer Welt weiß, und er hat mich hierhergeschickt, damit ich mithelfe, den Frieden wiederherzustellen. Wenn wir zusammenarbeiten, können wir es erreichen.«

Wieder klang Applaus durch den Saal. Die Gräfin nahm seinen Arm und ließ sich von Masters die Treppe hinunterführen. Jungfer Kris folgte ihnen. Als sie unten ankamen, drängten sich die Gäste um sie. Sie trugen Fräcke, Militäruniformen, Adeptenroben von Blakes Wort und die unterschiedlichsten bunten und eleganten Gewänder mehr. Sie hielten ihm die Hände entgegen und klopften ihm auf den Rücken.

Die Menschentraube umringte Masters, und eine gute Stunde lang hatte er keinerlei Kontrolle über seine Bewegung oder sein Gesichtsfeld. Sie bahnten sich einen Weg zu ihm, teilweise allein, teilweise in Gruppen, um ihn zu begrüßen und ihm die Hand zu schütteln.

Aber als das Gedränge nachließ, war die erste Begeisterung bereits einer Traurigkeit gewichen. So viele dieser Leute interessierte nur, daß er berühmt war, nicht, wofür er stand. Er konnte an der Art, wie sie ihn begrüßten, erkennen, daß ihn nur die Vorstellung durch die Gräfin interessant gemacht hatte, nicht seine Mitgliedschaft in einer Elitetruppe von Mech-Kriegern mit einer gemeinsamen Vision.

Schließlich sicherte er sich eine Ecke bei einem gut mit Champagner bestückten Tisch. Ab und zu kam jemand herüber, um mit ihm zu reden, aber er beendete das Gespräch immer schnell nach einem höflichen Händedruck. Anderthalb Stunden nach seiner Ankunft blickte Masters von seinem Champagnerglas hoch und sah Präzentor Blane auf der anderen Seite des Raums. Blane schien sich mit einem großgewachsenen Mann mit bleistiftdünnem Schnurrbart in der weißen Robe eines Adepten von Blakes Wort zu streiten. Die Auseinandersetzung war ausgesprochen hitzig, und schließlich drehte sich Präzentor Blane abrupt und offensichtlich verärgert um. Er marschierte die Treppe hinauf, die Masters kurz zuvor herabgekommen war, und verließ die Feier.

Plötzlich verstellte ein kleinwüchsiger orientalischer Mann in einem olivgrünen Anzug Masters die Sicht auf den Adepten. Eine ungewöhnlich große rothaarige Frau, deren rechte Hand auf der Schulter des Orientalen lag, folgte ihm. Beide steuerten offensichtlich auf Masters zu. Trotz ihrer teuren Garderobe hatte die Frau eine billige Ausstrahlung. Auf Masters wirkten die beiden wie ein Zuhälter mit seiner Prostituierten, die irgendeinen korrupten Beamten bestochen hatten, um eine Einladung für den Ball zu ergattern und neue Kunden zu gewinnen.

Der kleine Mann kam geradewegs auf Masters zu. Er grinste breit. »Hallo, Sir Masters, Ritter der Inneren Sphäre.« Er breitete die kurzen Arme aus, so weit es ging. »Ich habe ein großes Fest für Sie veranstaltet. Gefällt es Ihnen?«

Siedendheiß traf Masters die Erleuchtung, wer sein Gegenüber war. Jetzt erinnerte er sich, das Gesicht des kleinen Mannes in den Nachrichten gesehen zu haben. »Prinzipal Hsiang«, begrüßte er ihn und streckte die

Hand aus. Hsiang schüttelte sie. »Es ist ein Vergnügen, Ihre Bekanntschaft zu machen. Ja, die Feier ist sehr schön.«

Als er sich dem Rotschopf zuwandte, trafen sich ihre Blicke. Zwischen den Lippen tauchte ihre Zungenspitze auf. Hsiang bemerkte Masters' Gesichtsausdruck. »Sie gefällt Ihnen, was? Meine Frau. Ha!«

»Ah. Ja. Wirklich bezaubernd. Ein Vergnügen, Sie kennenzulernen, Gnädigste.«

Beim Händedruck drückte sie die Spitzen ihrer langen roten Fingernägel gegen sein Handgelenk. »Das Vergnügen ist ganz auf meiner Seite«, erwiderte sie glatt.

Er löste sich von ihren Nägeln und wandte sich wieder Prinzipal Hsiang zu. »Ich fühle mich geehrt, Sir.«

»Alles für Sie. Hat mich zehntausend Real gekostet.«

»Ihre Frau?«

»Die Feier.«

»Ich fühle mich geehrt.«

»Gut.«

»Sie haben allen Grund dazu«, stellte eine neue Stimme fest. Der Mann, der sich mit Präzentor Blane gestritten hatte, tauchte unangenehm abrupt neben ihm auf. »Adept Starling. Erster Stellvertreter Präzentor Blanes. Prinzipal Hsiang kann sehr großzügig sein, aber er gewährt eine solche Aufmerksamkeit nur Personen, die er für wirklich würdig erachtet.«

Hsiang neigte in falscher Bescheidenheit das Haupt.

»Ich fühle mich geehrt«, erklärte Masters noch einmal.

»Das sollten Sie auch«, meinte Hsiangs Frau.

»Das bin ich.«

»Gut«, erklärte Starling. Er musterte Masters von oben bis unten. »Also, Sir Masters, welchem Umstand verdanken wir die Ehre Ihrer Anwesenheit auf Gibson?«

»Welcher *Person*«, korrigierte Masters. »Ich bin auf Befehl meines Lehnsherren hier. Er hat mich beauftragt, Ihre hübsche Welt zu besuchen, um Ihren Streitkräften zu helfen, auf Gibson zügig wieder Frieden zu schaffen.«

»Wir haben die Sache gut im Griff«, erwiderte Starling. »Der Krieg verläuft planmäßig. Er wird in drei Monaten beendet sein, mit oder ohne Ihre Hilfe.«

Masters starrte Starling an. »Sir, wenn ich nicht wüßte, daß Sie und Ihre Leute als Gäste meines Lehnsherren auf dem Planeten Gibson weilen, würde ich Sie für einen Rüpel halten.«

»Das bin ich keineswegs. Nur hochmütig. Ein verbreiteter Fehler religiöser Fanatiker. Oder wußten Sie das noch nicht?« Hsiang lachte dreimal kurz, und seine Frau lächelte trocken. »Welchen Glauben praktizieren Sie, Sir Masters?«

»Ich praktiziere den Glauben meiner Eltern nicht mehr, aber sie haben mich als Katholik erzogen.«

»Ich habe eine Theorie über Fälle wie den Ihren. Möchten Sie sie hören?«

»Da ich sicher bin, daß Sie sie gerne erläutern möchten, bitte.«

»Die alten Religionen werden heutzutage nur noch durch Trägheit aufrechterhalten. Ja, die alten terranischen Religionen — Christentum, Judentum, Buddhismus, Islam und andere — haben die Jahrhunderte seit ihren schlammigen Anfängen überlebt. Aber sie entstanden ohne das Wissen darum, was die Menschheit eines Tages erschaffen würde, daß wir eines Tages in Symbiose mit Maschinen leben würden.«

Masters blinzelte. »Sprechen Sie von Biocomputerkupplungen? Ich habe von Experimenten dieser Art mit BattleMechs gehört ...«

Starling ließ ein leises, herablassendes Glucksen hören. »Oh, nein, nein, nein. Nichts derart Kompliziertes. Ich beziehe mich nur auf die Tatsache, daß ...« Er dachte einen Augenblick nach, und sein Blick wanderte zur Decke. »Wenn Sie durch diese Stadt gehen, sehen Sie nur von Menschen geschaffene Objekte. Durch die besonderen Umstände der Altstadt können Sie hier nicht einmal den natürlichen Horizont sehen. Die Grenzen unserer Sicht liegen am gigantischen und ungeheuer beeindruckenden Alten Wall. Wir stehen jetzt und hier in einer nahezu vollkommen künstlich erschaffenen Umwelt. Selbst für die Luft, die wir atmen, hat Menschenhand gesorgt.«

»Wir haben einen Park«, warf Hsiang mit trauriger, enttäuschter Stimme ein.

»Das stimmt. Einen Park. Im Zentrum der Stadt liegt ein Hain der hübschen Bäume Gibsons. Von Menschen gepflanzt und versorgt. Vielleicht der einzige organische Fleck in der gesamten Stadt.«

»Und was hat das mit Religion zu tun?«

»Für Blakes Wort — alles; denn unser Glaube existiert in dem Raum zwischen Menschheit und Maschinen. Was hat er noch mit den alten terranischen Religionen zu tun? Sehr wenig. Und genau das ist der Punkt.

Sehen Sie sich die Bildsprache der alten Religionen an. Sie reden von Gärten, Bäumen, Blumen, Tieren, Wüsten, Flüssen. Was hat das noch mit uns zu tun, mit der menschlichen Rasse, die durch die kalten, leeren Weiten des Alls reist?« Er lachte. »Im Neuen Testament fährt Jesus in den Himmel auf — nicht sein Geist, wie Sie sich erinnern werden, sondern sein Körper. Wohin ist er verschwunden? Ist er mit Unterlichtgeschwindigkeit gereist? In dem Falle treibt er nach dreitausend Jahren immer noch in gerader Linie durch die Milchstraße und hat noch Hunderttausende Lichtjahre Strecke vor sich. Oder hatte der christliche Gott damals einen Sprungantrieb, mit dem er seinen Sohn in den ›Himmel‹ geholt hat, kaum daß Jesus die Umlaufbahn verlassen hatte?«

Masters zuckte die Achseln. Er fragte sich, worauf Starling hinauswollte.

»Sie wissen es nicht? Sehen Sie, keiner weiß es. Und warum nicht? Weil ein Körper, der in den Himmel aufsteigt, heute nicht mehr dieselbe Bedeutung hat. Wenn *wir* in den Himmel aufsteigen, dann in unsern überlichtschnellen Raumschiffen. Die alte Vorstellung ist schlicht und einfach falsch. Wir denken nicht mehr in diesen Bahnen, weil wir die Wahrheit über Raum, Physik und Biologie herausgefunden haben. Die alten Religionen haben versucht, soviel überflüssigen Ballast wie möglich abzuwerfen, aber ihre Wurzeln stecken noch immer in der Vergangenheit fest, einer Vergangenheit ohne Technologie, einer Vergangenheit ohne Wissenschaft. Wie vertraut sind Sie mit der Geschichte der christlichen Kirche?«

»Nicht sonderlich, wie ich mich plötzlich schäme zuzugeben.«

»Nun, vor einiger Zeit hat die Kirche auf Terra den Glauben vertreten, Terra sei das Zentrum des Universums. Offensichtlich existierte damals die Vorstellung, der ganze Rest des Universum existiere nur zur Schau. Nach langwierigen Experimenten, Berechnungen, Foltern und Exkommunikationen mußte die Kirche zugeben, daß sie einen Fehler gemacht hatte. Also schrieb man den Glauben um; man mußte mit der Zeit gehen. Ich will darauf hinaus, daß diese Religionen sich nicht schnell genug an die veränderte Wirklichkeit anpassen können. Genauso, wie die Kirche an ihrem Glauben festhielt, lange nachdem es an der Zeit gewesen wäre, ihn aufzugeben, halten die Menschen heute noch an den alten Religionen fest. Aber mit der Zeit wird Blakes Wort die Seelen der Inneren Sphäre gewinnen.«

»Sind ComStar und Blakes Wort nicht zu exklusiv für ein solches Ziel?«

»Die Zeit ist noch nicht reif. Aber der Zeitpunkt nähert sich. Die Spaltung ComStars ist der Anfang. Die

Zeichen mehren sich. Und wir haben die Gastfreundschaft Ihres Lehnsherren und Prinzipal Hsiangs, um uns bis zur Blüte unseres Glaubens zu halten.« Er nickte Hsiang zu, der die Geste erwiderte.

»Sie sind gekommen, uns zu helfen, uns auf Befehl des Generalhauptmanns zu unterstützen«, stellte der Orientale fest. »Was können wir für Sie tun?«

»Im Augenblick brauche ich nur eine Transportmöglichkeit ins Feld. In Burg Dystar wartet ein Bett auf mich, und nach etwas Schlaf kann ich morgen früh aufbrechen.«

»Ausgezeichnet!« rief Hsiang. Dann fragte er mit demselben Enthusiasmus: »Außerhalb der Stadt ist es furchtbar. Sind Sie sicher, daß Sie es nicht vorziehen würden hierzubleiben?«

Die Frage überraschte Masters, aber er antwortete: »Nein, ich will wirklich hinaus aufs Schlachtfeld. Ich freue mich darauf. Das ist meine Arbeit.«

»Die meisten meiner Kommandeure leben hier«, stellte Hsiang fröhlich fest.

»Und sie leisten gute Arbeit«, stellte Starling schnell fest. »Aber andere Soldaten müssen im Brennpunkt des Geschehens stehen, nicht wahr, Sir Masters?«

»Allerdings«, erklärte Masters langsam. Er blickte zu Hsiang hinab. »Was machen Ihre Kommandeure hier?«

»Es sind tapfere Männer zum Schutz des Prinzipals erforderlich, finden Sie nicht? Wenn die Stadt fällt, ist alles zerstört.«

»Ah.« Allmählich wurde es bizarr, aber Masters war zu erschöpft, um weiter nachzufragen. »Verzeihen Sie mir, aber das Reden über Ruhe hat mich erinnert, wie erschöpft ich bin. Vielen Dank, Prinzipal Hsiang. Es war ein Vergnügen, Sie kennenzulernen, Frau Hsiang. Erster stellvertretender Präzentor Starling.«

Nach der Verabschiedung bahnte sich Masters einen Weg durch den Ballsaal zu den großen Doppeltüren, hinter denen der Hubschrauberlandeplatz wartete. Unterwegs konnte er das Gefühl nicht abschütteln, daß sich die Blicke aus drei Augenpaaren in seinen Rücken bohrten.

Er blieb stehen und verabschiedete sich von der Gräfin. Ihre Hand ruhte auf dem Arm eines jungen Soldaten der loyalen Truppen Gibsons. Sie lächelte ihm zu, wie um ihm zu sagen, daß sie jederzeit bereit sei, für ihn auf den Knaben zu verzichten, aber er lächelte zurück, schüttelte den Kopf und ging weiter.

Draußen traf er Jungfer Kris im Gespräch mit einem Mann, dessen Overall mit Schmutz und Grasflecken übersät war. Als er Masters näher kommen sah, wurde er plötzlich unterwürfig und seine Schultern sackten nach unten. Jungfer Kris drehte sich abrupt um. Als sie Master sah, grüßte sie ihn weder noch ließ sie merken, daß sie ihn erkannt hatte. Sie sagte ein paar Worte zu dem Mann, der im Schatten der Bäume verschwand und Masters dabei ein leicht idiotisches Lächeln zuwarf.

»Wer war das?« fragte Masters.

»Haben Sie das Recht, mich darüber auszufragen, mit wem ich rede?«

Er hob die Hand und entschuldigte sich. »Tut mir leid.«

Sie antwortete ihm trotzdem. »Das war Cao, einer der Palastgärtner.«

»Aber darüber hinaus ist er noch mehr?«

Sie sah ihn mit kaltem, ruhigem Blick an. »Ich habe keine Ahnung, wovon Sie reden.«

»Jungfer Kris, trotz Ihrer Feindseligkeit halte ich sie für die einzige Person hier, der ich vertrauen kann. Alle anderen ...« Er wedelte mit der Hand, wußte nicht, wie er es ausdrücken sollte. »Präzentor Blane liegt im Clinch mit seinem Ersten Stellvertreter. Sowohl Blane als auch die Gräfin erklären, kaum etwas vom Krieg zu wissen. Hsiang wirkt wie ein Zuhälter ...«

Jungfer Kris lachte laut auf.

»Was?«

»Nichts. Genauso schätzen ihn auch viele von uns ein. Vielleicht könnten Sie mir doch gefallen. Irgendwann.«

Er senkte die Stimme. »Jungfer Kris, ich brauche jetzt Hilfe. Sie wissen, was hier los ist. Es ist ein verschachteltes ...«

»Nein«, erklärte sie entschieden und sah weg.

Er packte ihren Arm. »Ich habe keine Zeit für so etwas.«

Sie drehte sich blitzschnell zu ihm um, und er dachte, sie wolle um Hilfe schreien. Aber ihre Stimme war leise und zornig. »Lassen Sie mich los, oder ich bringe Sie um.«

Er wußte nicht, ob sie ihr Versprechen wahr machen konnte, aber er war sicher, daß sie es versuchen würde. Er ließ los. »Ich ziehe morgen hinaus in den Krieg.«

»Und?« Sie behielt jede seiner Bewegungen im Auge.

»Ich bin gekommen, um herauszufinden, was hier vor sich geht. Wollen Sie mir nicht helfen?«

»Sie wollen etwas herausfinden? Dann ziehen Sie in den Krieg. Sehen Sie sich den Krieg an. Sie werden der erste sein, der diese Mauern verläßt und das tut. Gehen Sie und schauen Sie sich den Krieg an, und Sie werden mehr verstehen, als ich Ihnen heute nacht, hier am Palast bei romantischer Tanzmusik, jemals klarmachen könnte. Ziehen Sie in den Krieg, ziehen Sie ins Gemetzel, und Sie werden lernen, was ich schon weiß. Wenn Sie der sind, der Sie zu sein vorgeben, edler Ritter, werden Sie mehr als genug sehen.«

Sie wandte sich ab und ging zurück in den Ballsaal. Auf dem Weg sah er ihren Körper sich verändern. Die Spannung verschwand aus Schultern und Rücken, der Kampfgeist machte höfischer Präsentation Platz. Wer auch immer ihre Loyalität besaß, er hatte großes Glück.

Masters ging weiter zum Landeplatz. Wie hatte sie es ausgedrückt? »Ziehen Sie in den Krieg, ziehen Sie ins Gemetzel.« Ja. Morgen würde er wieder in seinem Mech sitzen. Endlich zu Hause, da, wo er hingehörte.

TEIL 2

GEMETZEL

9

Nagasakital, Gibson
Prinzipalität Gibson, Liga Freier Welten

23. Januar 3055

Masters' *Feuerfalke* schritt über das Land. Die tiefstehende Morgensonne warf seinen langen, schmalen Schatten über ein Meer aus gelbem Gras. Im Westen erhoben sich steil und zerklüftet Gebirge von ungewohnt blauer Farbe. Weiter voraus im Norden wartete ein gewaltiger Wald aus riesigen Bäumen mit gelbem Laub.

Masters war früh aufgebrochen, um das Nagasakital und Präzentor Martialum Arian bis zum frühen Nachmittag erreichen zu können. Die tatsächliche Bewegung führte nur sein Mech aus, aber er hatte das Gefühl, in der Metallrüstung der Maschine zu stecken und selbst über Land zu marschieren — als ein Riese. Die Technologie, die den Kampfkoloß steuerte, hatte damit nichts zu tun; sein Neurohelm übertrug keine Sinnesreize von der Maschine zum Piloten. Das Gefühl war allein das Werk von Masters' Phantasie.

Im Innern der Pilotenkanzel spielten die roten, grünen und blauen Lichter der Kontrollen über sein Gesicht. Er trug die typische Montur eines Mechpiloten: Shorts und eine Kühlweste. Mehr Kleidung war in der Hitze, die sich während eines Gefechts im Cockpit aufstaute, nicht zu ertragen.

Während er weiter marschierte und das Gelände auf sich einwirken ließ, beschloß Masters, die Geschütze seiner Maschine umzukonfigurieren. Aus eigener Erfahrung kannte er vor allem Mechgefechte, aber er wußte, daß die Gibson-Freiheitsliga mit Guerilleros kämpfte, die sich durch die Wälder schlugen. Das machte eine gewisse Veränderung seiner Strategie erforderlich. Auf den ersten Auslöser, einen blauen Druckknopf links auf der verbreiterten Oberseite des rechten Steuerknüppels, legte er den schweren Extremreichweitenlaser und die Kurzstreckenraketen. Damit konnte er die Bäume roden und den Guerillakämpfern die Deckung nehmen. Dann legte er den Impulslaser und das Maschinengewehr auf den grünen oberen Auslöser. Diese Kombination würde es ihm ermöglichen, deckungslose Guerilleros niederzumähen und kleinere Bäume und Trümmer zu zerschießen. Das Raketenabwehrsystem ließ er auf dem roten Auslöser an der Vorderkante des Knüppels. Sofern er nicht auf die Renegatenmechs der Gräfin Dystar traf, würde er es kaum einzusetzen brauchen.

Er warf einen Blick auf den auf weite Entfernung eingestellten Ortungsschirm. Jen hatte Programme für das Gelände um Omen und das Nagasakital eingespeist, und auf dem Schirm zog eine Computergrafik von Wäldern und Flüssen vorbei, während er nach Nordwesten wanderte.

Als am Westrand des Schirms ein roter Punkt auftauchte, drückte er einen Knopf und erhielt eine Identifikation. Es war ein von Loyalisten kontrollierter Erdwerk-T-420-Schweber, derzeit im Einsatz beim Ersten Trupp des Lanzenvorpostens, über den Masters den Befehl übernehmen sollte. Sein Vorgänger auf diesem Posten, Kapitan Verner, war zwei Wochen zuvor bei einem Überraschungsangriff gefallen.

Masters drückte den beleuchteten Sprechknopf des Funkgeräts. »Schweber Trupp Eins, Schweber Trupp Eins. Hier spricht *Feuerfalke* Eins.«

Die Lautsprecher im Innern des Neurohelms krachten. Eine tiefe, joviale Männerstimme ertönte, etwas gedämpft durch das Heulen der Schwebermotoren. »Hier spricht Schweber Trupp Eins. Freut mich, Sie auf Grund begrüßen zu dürfen, Sir. Ich bin Sergeant

Jacob, aber fast alle nennen mich Chick. Ach, da sind Sie. Wir haben Sie nicht gleich geortet. Schön, Sie hierzuhaben. Wir werden auf Sie warten.«

Masters blickte auf den Schirm. Der jetzt blaugefärbte Punkt war inzwischen ziemlich nah. »Nur aus Interesse, Schweber Trupp Eins, was machen Sie hier draußen?«

»*Feuerfalke* Eins, wir haben hier in der Gegend letzte Nacht eine Streife verloren. Haben über Funk ein heftiges Feuergefecht mitbekommen und danach nichts mehr. Jetzt versuchen wir, den Verwundeten zu helfen und die Leichen zu bergen.«

»Wie viele Soldaten?«

»Zwölf im Trupp. Wir haben von keinem von ihnen mehr was gehört.«

»Brauchen Sie Hilfe?«

»Ja, Sir.«

»Geben Sie durch, wo ich suchen soll.«

Chick lieferte einen Satz Koordinaten, und Masters beschleunigte seinen Mech in die angegebene Richtung. Nachdem er das Gebiet erreicht hatte, verlangsamte er und begann eine gewissenhafte Suche. Die Bäume des Waldes waren so hoch, daß die untersten Äste in Höhe seines Cockpits hingen, und der Mech zwischen den dicken Stämmen ohne Probleme manövrieren konnte. Die Äste waren lang und verbogen und wanden sich in verschlungenen Knoten umeinander. An den Zweigen saßen riesige gelbe Blätter von doppelter Handgröße. Hin und wieder fiel ein einzelnes Blatt zu Boden und gab unterwegs weiße Sporen frei. Unter den Baumriesen wuchsen kleinere Bäume und üppiges Unterholz.

Masters wanderte in seinem *Feuerfalke* durch den Wald. Regelmäßig drehte er Torso und Kopf des Mechs, um nach links und rechts zu blicken. Nach vierzig Minuten bemerkte er ein Stück Waldboden, das von Granaten aufgerissen war. Wahrscheinlich der

Schauplatz des Kampfes, aber er wollte Chick erst rufen, wenn er sicher war.

Er trat um eine Gruppe eng zusammenstehender Bäume und sah die Leichen — zwei Frauen und einen Mann. Ihre Leiber waren vom MG-Feuer zerfetzt. Sie trugen die graugrüne Gefechtsmontur der loyalen Armee. »Schweber Trupp Eins von *Feuerfalke* Eins. Ich habe Ihre Toten.«

»Wie viele, Sir?«

»Im Moment nur drei. Möglicherweise sind in der Nähe noch mehr.«

»Sir, wenn Sie mir einen Rat erlauben: Bleiben Sie in ihrem Blechkameraden und warten Sie, bis wir bei Ihnen sind.«

»Okay«, bestätigte Masters, kümmerte sich aber nicht weiter um die Warnung. Er öffnete das Kanzeldach und zog eine Imperator-Maschinenpistole hinter dem Sitz hervor. Die MP über der Schulter kletterte er hinab auf den Waldboden, sah sich um und horchte. Rechts von ihm raschelte es. Er fuhr herum. Ein dunkelbepelzter Nager huschte durch das Unterholz, blieb stehen, sah ihn aus schwarzen, seelenlosen Augen an. Rannte abrupt einen Baumstamm hinauf und verschwand im gelben Blättergewirr.

Er wartete noch eine Weile, hörte aber nichts mehr. Dann trat er an die Leichen heran. Aus der Nähe konnte er weiße Maden in den Eingeweiden wimmeln sehen. Die Augen der toten Soldaten starrten leer und gebrochen gen Himmel. Offensichtlich hatten sich auch schon Aasfresser an ihnen zu schaffen gemacht.

Als Offizier war der Tod für Masters kein Unbekannter. Er hatte auch schon häufiger für das Wohl der Einheit Soldaten in den sicheren Tod geschickt. Aber gewöhnt hatte er sich daran nie. Er kannte Soldaten, denen das gelungen war, die gelernt hatten, bei Bedarf alle Gefühle abzustellen, so kalt und mechanisch zu werden wie ihre Mechs. Aber einen zerfetzten Leichnam konnten die wenigsten unbeteiligt abtun. Selbst die Leiche eines Feindes war dem lebenden Betrachter zu ähnlich, um ihm gleichgültig zu sein.

Die verwüsteten Körper, die er hier vor sich sah, fand er besonders schlimm. An einem Mechgefecht waren in der Regel höchstens ein paar Dutzend Maschinen beteiligt, und deren schwere Panzerung reduzierte die Verletzungen auf ein Minimum. Ich einem Mechkampf ging es um einen Test der Pilotenfähigkeiten des Kriegers unter Belastung. Das war etwas völlig anderes als das zufällige Schicksal eines Infanteristen, der von einem Kugelhagel durchsiebt wurde, als er mitten in der Nacht versuchte, eine Deckung zu erreichen.

Masters löste sich von den Leichen und suchte den Boden nach weiteren Soldaten ab. Die MP hatte er im Anschlag und die Ohren gespitzt, um sich nähernde Gefahren zu bemerken.

Die sechs Beinpaare, die zwei Meter über dem Boden baumelten, bemerkte er zuerst nur aus dem Augenwinkel. Einen verzweifelten Augenblick hoffte er, sich getäuscht zu haben. Aber als er sich umdrehte, traf ihn die ganze schreckliche Realität: sechs Leichen hingen an den unteren Ästen eines kleinen Baumes. Jemand hatte ihnen die Gürtel um die Handgelenke geschlungen und sie wie einen makabren Baumschmuck um den Stamm verteilt. Die Köpfe waren nach vorne gekippt, und die uniformierten Körper waren von Automatikfeuer zerfetzt, so daß er ihre Eingeweide sehen konnte.

Masters senkte die Waffe. Plötzlich war sie ihm schwer geworden. Nie zuvor hatte er so etwas gesehen. Das war das Werk von Wahnsinnigen, Psychopathen, nicht von Soldaten.

Unter Schock, mit zitternden Knien, näherte er sich der nächsten aufgehängten Leiche. Es war eine schwarze Frau, deren scharfe Gesichtszüge auf der rechten Kopfseite einen furchtbaren Kontrast zur zerfleischten linken Gesichtshälfte bildeten. Er fühlte ein überwältigendes Bedürfnis, sie zu berühren, sich zu vergewissern, daß ihr Körper tatsächlich existierte und nicht nur ein perverser Alptraum war.

Er trat unmittelbar neben sie. Der Gestank des Todes schlug über ihm zusammen. Die gelbe Fettschicht war freigelegt und abgeschält. Eine tiefes, dunkles Loch teilte ihre Rippen. Er hob die Hand ...

»Ich an Ihrer Stelle würde das lassen.«

Masters erstarrte. Seine Faszination angesichts des Leichnams — ein Orakel, ein Omen seiner Sterblichkeit — war durch die Stimme in seinem Rücken gebrochen. Er drehte sich um, die Hand noch immer nach der Leiche ausgestreckt. Sechs Meter entfernt standen ein Sergeant und drei Gemeine in grünen Panzerwesten. Die roten Chimärenaufnäher an den Uniformen identifizierte sie als von der Gräfin angeworbene Gibson-Truppen. Der Sergeant war ein stämmiger Kerl mit müden Augen. Seine Miene war ernst.

»Sir Masters? Sergeant Jacobs. Bitte treten Sie zurück. Die Leiche könnte vermint sein.« Er sprach mit der Direktheit eines Lehrers zu seinem Schüler.

Masters' Hand zitterte. Er war unsicher. Er hatte das Gefühl, in einen gefährlichen Abgrund zu stürzen. »Vermint?«

»Die Leiche, Sir. Mit einer Bombe. Bitte. Treten Sie zurück.«

Masters sah hoch. Er konnte weder am Leichnam noch an der Gürtelschnalle, die auf dem Ast lag, Sprengstoff finden. Nichts. »Es ist nichts zu sehen.«

»Innen drin, Sir Masters. Manchmal stecken sie eine Bombe in die Leiche. Wir wollen sie bergen — und rumms!« Seine Hände flogen auseinander und deuteten eine Explosion an.

»Na gut.« Benommen trat Masters zurück, auf demselben Weg, den er gekommen war.

Nach sechs Metern erreichte er den Sergeanten. Sie schüttelten die Hände. Der feste, muskulöse Griff seines Gegenübers war wohltuend beruhigend.

Zwei Soldaten, ein Mann und eine Frau, gingen zu den Leichen hinüber. Ihre Augen waren kalt, angespannt und starr, als sie die Leichen stumm betrachteten. Schließlich fluchte der Mann leise. Sie sahen sich suchend um. Schließlich gaben sie auf und kehrten zurück. Der Mann sagte: »Die Art kenn ich nicht. Ich weiß nicht, wie ich es machen soll. Sie sind zu hoch.«

»Wir müssen Sie zurückbringen«, erklärte der Sergeant. »Steht im Vertrag. Alle Säcke gehen voll zurück.«

»Kann schon sein. Aber es geht nicht. Ich stell mich nicht auf Zehenspitzen und steck die Hand da rein.« Masters sah einen Schweißtropfen an der Schläfe des Mannes herablaufen, obwohl es keineswegs heiß war. Aber sein Gesicht zeigte keinerlei Gefühl.

Chick überlegte eine Weile, dann sagte er: »In Ordnung. Wir schießen sie runter, einen nach dem anderen. Wenn sie hochgehen, wissen wir's. Wenn nicht, sehen wir nach.« Der Mann und die Frau nickten und zogen sich zurück. »Wichs!« brüllte Chick.

»Ich verstehe nicht«, meinte Masters.

»Sorry, Sir. Ist ein häßlicher kleiner Krieg hier. Sie legen gerne Bomben für uns. Du gehst deines Weges, und rumms — Beine weg. Andere fliegen in die Höhe, wenn man drauftritt. Die explodieren in Brusthöhe und reißen einem das Herz raus. Manchmal verminen sie auch die Leichen. Oder sie häuten sie.« Er nickte. »Ich hab schon gehäutete gefunden.«

»Warum?« Masters verstand es nicht. Sie waren tot. Zeit, das Schlachtfeld zu räumen.

Chick lachte. »Damit wir glauben, wir sind in der Hölle, Sir.« Er bot keine weitere Erklärung an. Ein Mädchen mit rosiger Haut und einem Scharfschützengewehr trat heran. Chick murmelte ihr etwas zu und deutete auf den Baum. Ihre Blicke folgten seiner Hand, und sie wurde bleich. Sie nickte und sah sich nach einer Schußposition um.

»Sir, vielleicht kommen Sie besser mit da rüber.«

»Natürlich.« Sie traten hinter einen Baum. Masters lugte um den Stamm und sah, wie das Mädchen sich an einem anderen Stamm abstützte. Sie zielte sorgfältig und drückte ab.

Ein Gurt zerriß, und ein Leichnam fiel zu Boden, Füße voran, sackte zusammen. Nichts geschah.

Noch ein Schuß, noch ein Gurt, noch ein Leichnam. Nichts.

Noch dreimal.

Die letzte Leiche war die der schwarzen Frau. Der Schuß knallte, der Gurt riß, der Leichnam schlug auf. Die Detonation schleuderte Schrapnell und Knochensplitter in alle Richtungen. Alle warteten wie erstarrt auf weitere Explosionen. Als es still wurde, atmeten sie weiter. »Saunders, an die Arbeit.«

Der Mann ging zurück zu den Leichen.

»Was macht er?«

»Er untersucht die Leichen auf Bomben. Es könnte sein, daß sie noch nicht ausgelöst wurden, und ich möchte nicht, daß sie losgehen, wenn wir nachher im 420 durchgeschüttelt werden.«

Masters nickte. Er fand keine Worte. Er sah sich um. Der Mann kniete neben einem Leichnam und schob langsam die Finger in eine der Wunden. Langsam, vorsichtig fuhr er mit der Hand in den Körper. Bis zum Handgelenk. Bis zum Ellbogen. Sein Blick ging in unbestimmte Weiten. Bei dieser Arbeit nützten ihm die Augen nichts. Er schaute ins Nichts und konzentrierte sich völlig auf den Tastsinn.

Masters drehte sich um und ging zurück zu seinem Mech.

Er hörte einen Söldner zu einem anderen sagen: »Keine zwei Wochen.«

Der zweite Mann antwortete: »Er ist Blake. Und er hat 'nen Blechkameraden. Diese Eps leben ewig.«

Er ignorierte sie und setzte sich in den Schatten seines *Feuerfalke,* lehnte sich an dessen gigantischen rechten Fuß. Bald hatte sich seine Atmung normalisiert. Ohne ein Wort zu Chick oder zum Rest des Trupps kletterte er ins Cockpit, startete den Mech und machte sich auf den Weg zur Taktischen Operationszentrale.

Während er durch die gelbe Landschaft auf dem Weg zur TOZ war, machte Masters sich Vorwürfe, weil er so naiv gewesen war. Solche Zwischenfälle hatte es schon vorher gegeben. Er hatte beim Studieren historischer Kriege davon gelesen. Solche Schrecken hatte es vor Jahrhunderten auf Terra gegeben und auch in der Geschichte der Inneren Sphäre.

Aber nicht in der letzten Zeit. Zumindest war ihm davon nichts bekannt. Er persönlich hatte so etwas nie erlebt und auch nie erwartet. Es war offenkundig, daß das, was sich auf Gibson abspielte, über sein Verständnis hinausging. Ein dunkles Zeitalter der Barbarei senkte sich über die Innere Sphäre. Die Arbeit von Jahrtausenden, zahllose im Krieg verschwendete Leben und nicht minder viele, die für den Frieden kapituliert hatten, drohten vergebens gewesen zu sein.

Während die Erschütterungen der Mechschritte durch sein Rückgrat bebten, wuchs seine Entschlossenheit, Thomas' Traum zu unterstützen. Thomas hatte es kommen sehen. Das war seine Gabe. Sein Freund betrachtete die Geschehnisse um sich herum und entdeckte drohende Gefahren, wie ein anderer aus dräuenden Wolken am Horizont auf bevorstehenden Regen schloß.

Als er noch eine Stunde marschiert war, hatte er sich weiter beruhigt. Bis jetzt hatte er nur die Untaten der GFL gesehen. Er konnte davon ausgehen, daß sie Barbaren waren und Blakes Wort und die loyalen Einheiten Gibsons sich so tapfer schlugen, wie es unter diesen extremen Umständen möglich war. Vielleicht waren die GFL-Guerilleros einfach nur wahnsinnig gewordene Bauern, wie es in Omen alle zu glauben schienen.

Seine Stimmung besserte sich. Noch kannte er nicht die ganze Geschichte. Vielleicht waren die Dinge gar nicht so schlimm, wie es aussah.

10

Nagasakital, Gibson
Prinzipalität Gibson, Liga Freier Welten

23. Januar 3055

Als Masters seinen Mech ins TOZ-Lager gesteuert und das Kanzeldach geöffnet hatte, kehrten seine Sorgen zurück. Die tief am Himmel hängende Spätnachmittagssonne blendete ihn zunächst, aber den Drill konnte er deutlich genug hören. »Töte! Töte! Töte! Töte!« brüllte ein Dutzend Soldaten in rhythmischem Sprechgesang. Er legte die Hand über die Augen und sah zwei Trupps, die über einen Paradeplatz liefen. Jedesmal, wenn sie mit dem linken Fuß aufkamen, stießen die Soldaten dieses Wort aus.

Es war eine veraltete Technik. Sie war schon gefährlich gewesen, als sie auf Terra eingeführt wurde, und jetzt war sie noch gefährlicher.

Die Barbarei breitete sich auch im eigenen Lager aus.

Er holte eine Hose und ein Sweatshirt hinter dem Sitz hervor und zog sie über Shorts und Kühlweste.

Präzentor Martialum Arian war ein bulliger Mann in den Fünfzigern. Sein Gesicht war faltig, hart und starr. Wenn er den rechten Arm bewegte, rollte er immer etwas übertrieben in der Schulter, als ob das Gelenk nicht mehr richtig in der Pfanne lag. Er hörte Masters höflich zu und ließ ihn lange ohne Einwand reden.

Masters für seinen Teil wechselte unablässig zwischen erregten Ausbrüchen, bei denen er vor Arian auf und ab tigerte, und langsamen, gedämpften Passagen, bei denen er sich kaum regte. Er hatte eine Menge zu sagen. Der größte Teil davon war anmaßend, und ein Teil recht unbeholfen. Er belehrte Arian gut zwanzig Minuten über die Gefahren der Ausbildung von Soldaten zu Mordmaschinen, bis er schließlich verstummte.

Arian stand hinter seinem Schreibtisch auf. Er sammelte einen Moment seine Gedanken, dann lächelte er höflich. »Wenn Sie abreisen möchten, verstehe ich das vollkommen.«

Masters hatte das Gefühl, als habe ihm jemand ein Bein gestellt. »Was?«

»Wenn Sie lieber abreisen möchten, dürfen Sie das gerne tun. Kehren Sie mit unserem Dank an den Generalhauptmann für Ihre Bemühungen nach Atreus zurück. Ich möchte Sie nicht in etwas verwickeln, das Sie abstoßend finden.«

»Wovon reden Sie?«

»Von Ihnen, Kapitan Masters. Von Ihnen. Sie sind gerade in mein Büro marschiert und haben mir erklärt, daß wir die Söldnerrekruten der Gräfin Dystar grundlegend falsch ausbilden. Aus Ihrem Blickwinkel mag das zutreffen. Sie sind ein kultivierter Mann. Wir haben alle schon von Ihnen gehört ... Um Himmels willen, Sie sind ein Ritter der Inneren Sphäre. Sie repräsentieren den Generalhauptmann persönlich. Ich dagegen führe Krieg auf einem Hinterwäldlerplaneten voller Bauern, die in den Wäldern Amok laufen. Unsere Taktiken, die uns vom Gegner aufgezwungen werden, stehen im Widerspruch zu Ihren Empfindungen.«

»Zu den Empfindungen jedes anständigen Soldaten.«

»Ah. Nun, ja.« Arian senkte den Blick, als fühle er sich persönlich getroffen. »Das ist wohl der Krieg. Manchmal verlieren wir unseren Anstand.«

»Ja. Manchmal. Aber dieser Entwicklung muß man sich widersetzen. Und sie rückgängig machen, wenn sie eintritt.«

»Sehen Sie, das ist der Punkt. Genau da trennen

sich unsere Wege. Im Augenblick haben *wir* keine andere Wahl. Sie wollen, daß ich aufhöre, die Söldner zum Töten auszubilden ...«

»Zum gedankenlosen Töten. Ich will nicht, daß sie Mordmaschinen aus ihnen machen.«

»Aber das Wesen des Krieges ...« Arian breitete die Arme aus.

»Das Wesen des Krieges verlangt von Ihnen, Jahrhunderten der Zivilisation den Rücken zu kehren?«

»Auch ich bin ein MechKrieger, Sir Masters, und auch ich würde es vorziehen, wenn wir die Ares-Konvention einhalten könnten. Aber ich habe die Situation nicht im Griff.« Seine Stimme verhärtete sich, und er ballte die Fäuste. »Ich habe gegen die Clans gekämpft, Sir. Ich weiß, was der Krieg, der totale Krieg aus Menschen machen kann.« Er hob beiläufig die Hand an seine verletzte Schulter und strich darüber wie ein anderer sich übers Haar gestrichen hätte. »Wenn unsere Gegner hier auf Gibson zivilisiert wären, schön. Wenn sie sich in ordentlichen Schlachtreihen zu den Mechgefechten aufstellen würden, die Sie wohl lieber sähen, auch gut. Aber das tun sie nicht, Sir Masters. Sie laufen durch die Wälder wie verdammte Tiere. Wir müssen unsere Einheiten aufteilen, um Jagd auf sie zu machen. Aber wir haben Studien angestellt und festgestellt, daß die Soldaten bei derartigen Einsätzen ihre Waffen seltener abfeuern als in der Gruppe. Also müssen wir sie darauf trainieren, ganz automatisch zu töten.«

Masters verlor die Geduld und rasselte seine Antwort herunter, als hätte er Angst, unterbrochen zu werden. »Das wissen wir doch alle! Die ersten Studien über die Notwendigkeit, Soldaten in Gruppen einzusetzen, stammen noch aus der Zeit vor dem Exodus, aus den terranischen Weltkriegen. Ohne den Druck der Kameraden töten Soldaten nicht. Wer in einer zivilisierten Gesellschaft aufwächst, lernt, daß es falsch ist, einen Menschen zu töten. Nur weil er später auf ein Schlachtfeld geschickt wird, verliert dieses Tabu nicht seine Wirkung. Wenn niemand in der Nähe ist, der es bemerkt, entscheidet sich der Soldat in den meisten Fällen gegen das Töten. Die Studien zeigten, daß nur fünfzehn Prozent der ausgebildeten Kampfschützen ihre Waffen überhaupt abfeuerten. Das wissen wir seit Jahrhunderten. Aber die Lösung besteht nicht darin, den Truppen die Zivilisation auszutreiben!«

Er ging hinüber zum Fenster und konnte selbst durch das Glas die Stimme eines Drillsergeanten hören, der eine Truppe Söldnerrekruten in Habtachtstellung anbrüllte: »Ihr wollt Ihnen die Augen rausreißen, ihr wollt ihnen die Eier abreißen, ihr wollt sie zerquetschen!«

Masters wandte sich ab und zwang sich zur Ruhe. »Präzentor Martialum. Das Problem bei Ihrer Taktik besteht darin, daß die Soldaten, die Sie dort draußen ausbilden, außer Töten kaum etwas fertigbringen werden. Ihre Gehirnwäsche macht sie zu Killern.«

»Sie sollen Killer werden!« Arian schlug mit der Faust auf den Schreibtisch.

»Ein Soldat tötet, weil das sein Beruf ist. Ein Killer tötet, weil er töten will. Das ist ein gewaltiger Unterschied.«

»Ein Unterschied, Sir Ritter, den zu machen Sie sich von der Sicherheit auf Atreus aus leisten können.«

»Ich bin nicht auf Atreus. Ich bin hier.«

»Jedenfalls unterstehen Sie meinem Befehl. Wenn Sie bleiben, werden Sie meine Befehle befolgen. Ich werde Ihre Besorgnis berücksichtigen. Haben Sie noch etwas zu sagen?«

»Eine Frage. Warum rekrutiert die Gräfin all diese Söldner? Auf diesem Planeten leben Milliarden Menschen. Wozu brauchen Sie Söldner?«

»Wir brauchen Sie nicht. Es hat nur gewisse

Schwierigkeiten beim Einsatz von Einheimischen gegeben. Sie scheinen mit dem Krieg Probleme zu haben.«

»Wie meinen Sie das? Das hier ist ihre Welt.«

»Sir Masters, ich habe eine Menge Arbeit. Das hier ist unser Krieg. Wenn Sie gehen wollen, tun Sie es jetzt. Wenn nicht, haben Sie Ihren Auftrag. Wenn Sie ihn annehmen, werden Sie gefälligst unsere Regeln beachten.«

Masters dachte nach. Er hatte ein unwirkliches Gefühl, als träume er das alles. Aber er mußte bleiben, um herauszufinden, was hier tatsächlich vor sich ging. »Ich bin hier und ich bleibe hier.«

»Gut. Sie werden die Lanzeneinheit im Nordquadranten des Nagasakitals übernehmen.«

»Ich weiß. Meine Tech hat mir die Daten überspielt.«

»Schön. Auf Wiedersehen.«

Sie salutierten, und Masters ging zur Tür. Es war ein Protokollbruch, das wußte er. Arian hätte ihm weitere Instruktionen geben müssen, aber diese Informationen konnte er sich auch von der Basis aus über Funk beschaffen und damit eine weitere Konfrontation vermeiden. Wahrscheinlich war das besser.

An der Tür blieb er stehen und drehte sich um. »Präzentor Martialum?«

Arian blickte von der Karte auf seinem Schreibtisch auf. »Sir Masters?«

»Funktioniert sie? Die Ausbildung? Hilft sie?«

Arian sah einen Augenblick aus dem Fenster. »Nein. Ehrlich gesagt, scheint nichts zu helfen.«

Masters erstarrte. »Wissen Sie, daß der Erste Stellvertretende Präzentor Starling etwas anderes behauptet? Er hat mir gestern abend erzählt, der Krieg verlaufe sehr gut. Und die Gräfin Dystar ist der gleichen Ansicht. Nur Präzentor Blane scheint über die Entwicklung des Krieges besorgt.«

Ein seltsamer Ausdruck trat auf Arians Gesicht. Allmählich erkannte Masters ihn als Indiz für Rivalitäten innerhalb von Blakes Wort. »Blane ist ein Panikmacher.«

»Aber Sie haben gerade selbst gesagt ...«

»Es kann unmöglich so schlimm sein, wie dieser Mann behauptet. Guten Tag, Sir Masters.«

»Guten Tag.«

Er drehte sich um und ging.

Auf dem Weg zurück zu seinem Mech sah er andere Söldner bei der Ausbildung auf dem Schießstand. Ihr Drillsergeant von Blakes Wort ließ sie herausbrüllen, wie sehr sie die Gibsonier sterben sehen wollten, bevor sie abdrückten. Masters war so entsetzt über dieses stumpfsinnige Killertraining, daß es eine Weile dauerte, bis ihm die zweite Sorge klar wurde, die in ihm aufkeimte. Die Gehirnwäsche war nicht darauf gerichtet, den Truppen einzutrichtern, daß sie den Feind umbrachten. Sie lernten, Gibsonier zu töten. Aber waren die Wahren Gläubigen jetzt nicht auch Gibsonier? Wo war die Grenze?

Der Lanzenvorposten lag auf einer flachen, annähernd viereckigen Bergkuppe. Auf drei Seiten fiel der Berg abrupt ab und erleichterte so die Verteidigung. Die vierte Seite war ein sanfter Hang, über den ein Mech oder Schweber bis an den Vorposten herankommen konnte. Als er in seiner Maschine den Hang hinaufkletterte, bemerkte Masters ein Schild am Tor, auf dem stand: »Masters' Lanze«.

Im Innern des Vorpostens sah er drei andere Mechs: einen *Totschläger,* einen *Dunkelfalke* und einen *Tomahawk.* Zusammen wirkten sie wie metallene Titanen bei einem Treffen mythischer Kreaturen. Alle drei waren humanoid, auch wenn ein Teil ihrer Arme offensichtlich in Kanonen oder schweren Lasern endete. Der *Tomahawk* bildete durch das wuchtige Drei-Tonnen-Beil in seiner rechten Hand für den Nahkampf gegen andere Mechs die Ausnahme.

Außerdem befanden sich auch T-420 im Lager. Etwa ein Dutzend Soldaten saßen auf dem dunkelgrünen Metall der Schweber und ruhten sich im Licht der untergehenden Sonne aus. Sie setzten sich auf und beobachteten den *Feuerfalke.* Masters bemerkte, daß die loyalen Gibson-Truppen schwarze Uniformen trugen, während die Söldner der Gräfin in den grünen Uniformen herumliefen, die er an diesem Tag schon einmal gesehen hatte. Die beiden Gruppen hielten Distanz. Auf keinem Schweber waren Uniformen beider Farben zu sehen.

Er stellte seinen Mech zu den anderen, öffnete die Kanzel und kletterte hinunter. Unten angekommen bemerkte er Jen, die zu ihm unterwegs war. »Hab gehört, was passiert ist«, begrüßte sie ihn. »Hier ist es eisig.«

»Wo ist der Befehlsstand?«

»Hier lang.«

Als er an den Truppen vorbeikam, unternahmen ein paar der Söldner halbherzige Versuche zu salutieren. Andere nickten ihm nur zu. Die loyalen Gibsonier dagegen hatten Freude am Salutieren und grüßten zackig und übertrieben. Es hatte den Anschein, als spielten sie nur Soldat.

Der Befehlsstand war ein Wellblechbau. Jen blieb an der Tür stehen. »Da wären wir. Ihr Gegenüber wartet drinnen.«

»Mein Gegenüber?«

»Ein loyaler Gibson-Kapitan. Befehligt seine Hälfte der Infanterie. Sie sind für Blake hier, er für Gibson. Beide führen den Krieg zusammen.«

»Okay. Wie heißt er?«

»Kapitan Ibn Sa'ud. Arabischer Abstammung. Und wie die meisten Gibsonier hüllt er sich in sein Kulturerbe wie in einen Mantel.«

Masters nickte und trat ein.

Die Karten zogen seine Aufmerksamkeit als erstes auf sich. Sie bedeckten sämtliche Wände, und die Nadeln und Pfeile, mit denen sie übersät waren, deuteten auf hektische Aktivität hin. Überall Gefechte, ein allumfassender Konflikt. Unter den Karten saß Ibn Sa'ud, die Füße auf dem Schreibtisch, und war in seinem Stuhl eingeschlafen. Zusätzlich zu seiner schwarzen Loyalistenuniformen trug er ein Dashiki. Sein Bart war dicht, aber sauber gestutzt, seine Haut dunkel, das Gesicht breit.

Als Masters auf das Metall der Bürowand klopfte, schnarchte Ibn Sa'ud laut und kippte mit dem Stuhl nach hinten. Er öffnete die Augen, erkannte die Gefahr und warf sich nach vorne, um nicht wegzukippen. »WAS?« brüllte er, als seine Hände auf den Schreibtisch schlugen. Dann blickte er Masters an, und seine Miene hellte sich auf. »Sind Sie Sir Paul Masters?«

Masters salutierte, und Ibn Sa'ud tat es ihm gleich. »Freut mich, Sie kennenzulernen«, erklärte Masters.

»Nein. Die Freude ist ganz auf meiner Seite. Hier, nehmen Sie Platz.« Mit einem knotigen Stock, der als Reitpeitsche hätte durchgehen können, deutete Ibn Sa'ud auf einen Stuhl neben sich. Beide Männer setzten sich und rückten ihre Stühle herum, so daß sie einander ansahen. Ibn Sa'uds Miene wurde sehr ernst, und seine Augen beinahe verschlagen. »So. Nun werden wir Krieg führen.«

Einen Moment dachte Masters, er müßte lachen, aber er konnte sich beherrschen. »Ich dachte, der Krieg wäre schon fast ein Jahr im Gange.«

Ibn Sa'ud starrte mit leerer Miene zurück, dann brach er in Gelächter aus. »Ja, ja.« Er wurde augenblicklich wieder ernst. »Aber jetzt werden wir wahrhaft Krieg führen. Wir werden sie in ihre Gräber hetzen.«

Ibn Sa'uds Worte waren vage genug, um Masters beinahe fragen zu lassen, wen sie ins Grab hetzen sollten, aber er entschied sich für Zurückhaltung. »Der Präzentor Martialum sagte, Sie würden mir die gängigen Vorgehensweisen erklären.«

»Wirklich? Nun, heute nacht gehen wir auf eine Vernichtungsjagd. Eine ausgezeichnete Strategie.« Der Mann war nahe daran, wie ein Kind in seinem Stuhl auf und ab zu hüpfen.

»Ich habe noch nie davon gehört.«

Ibn Sa'ud grinste und schlug mit dem Stock auf den Schreibtisch. Der Knall ließ Masters zusammenzucken. Ibn Sa'ud stand auf. »Ah! Der Schlüssel ist der Feind, müssen Sie wissen.«

»Der Schlüssel ist der *Feind?*«

»Ja. Wir wissen weder, wo er steckt, noch, wie er sich bewegt oder was er plant. Also schicken wir die Söldnertrupps raus in den Wald, um ihn zu suchen.« Er deutete mit dem Stock auf eine der Karten und strich wie zur Andeutung einer Suche über deren Oberfläche. Die Spitze des Stocks bewegte sich über Omen hinweg, und nach dem Maßstab der Karte suchten die Truppen gute dreihundert Kilometer in gerader Linie ab.

»Sie haben gerade gesagt, wir wissen nicht, wo sie sind. Wie können unsere Truppen sie da finden?«

»Sie finden uns.« Er grinste selbstzufrieden.

»Sie finden uns?«

»Sie sind ziemlich gut darin.«

»Wir schicken Streifen raus in die Nacht, damit sie entdeckt werden?«

»Und dann wissen wir, wo die Guerilleros sind.«

»Was macht die GFL, wenn sie unsere Truppen findet?«

Ibn Sa'ud schaute Masters mißtrauisch an. »Na, sie greifen natürlich an.«

»Wir schicken also unsere Truppen los. Die GFL stöbert sie auf und greift an. Jetzt wissen wir, wo sie sind.«

»Exakt.«

»Wir schicken unsere Truppen in einen Hinterhalt?«

»Ja!« Ein erneuter Stockschlag auf den Schreibtisch.

»Ist das alles?«

»Tch, tch. Keineswegs. Dann greifen Sie mit Ihrer BattleMechlanze ein und mähen den Feind nieder. Ihre Feuerkraft ist höchst beeindruckend, und gegen die restlichen Goffels können Sie gar nicht verlieren.«

»Die *restlichen* Goffels?«

»Natürlich. Sie erwarten doch wohl nicht, daß sie darauf warten, bis Sie auftauchen und sie niedermähen?«

»Natürlich nicht.«

»Exakt!«

»Was ist mit unseren Truppen?«

»Was soll mit ihnen sein?«

»Was wird aus ihnen?«

»Sie ziehen ab, sobald Sie eintreffen.«

»Aber vorher.«

»Kämpfen sie gegen den Feind.«

»Sie wandern durch den Wald, werden angegriffen und verteidigen sich, so gut sie können, bis die Mechs eintreffen?«

»Ja.«

»Das ist Wahnsinn.«

Plötzlich wirkte Ibn Sa'ud müde. Sein Enthusiasmus fiel in sich zusammen wie ein leckender Ballon. »Es ist ein wahnsinniger Krieg.«

Die Wut, die sich in Masters bei seinem Gespräch mit Arian aufgestaut hatte, brodelte wieder hoch. »Ja, weil wir ihn wahnsinnig machen!«

»Nein. Er ist einfach wahnsinnig. Wir passen uns nur an.«

»Wie kann er einfach wahnsinnig *sein?* Jemand muß dafür verantwortlich sein.«

»Wer würde so etwas tun?«

Masters neigte den Kopf und sah den Mann an. Die Frage war ernst gemeint. »Wir tun es.«

»Warum sollten wir?«

»Weiß ich nicht. Ich bin doch gerade erst angekommen.«

»Woher wissen Sie dann, daß wir für den Wahnsinn verantwortlich sind?«

Masters öffnete den Mund zu einer Antwort, aber seine Stimmbänder versagten ihm den Dienst, und er brachte nur ein kehliges Röcheln heraus.

»Möchten Sie ein Glas Wasser?«

»Nein. Danke. Was halten Ihre Leute von dem Plan?«

»Von welchem Plan?«

»Der Vernichtungsjagd.«

»Sie finden ihn großartig. Er schaltet eine Menge Goffels aus.«

»Sie lassen sich gerne als Köder benutzen?«

»Oh, nein. Meine Leute gehen nicht auf Vernichtungsjagd.«

»Nicht?«

»Die Söldner gehen. Meine Truppen sind zu wertvoll.«

»Wirklich?«

»Ich habe meine Befehle von Prinzipal Hsiang. Wir vermeiden jede Feindberührung.«

»WAS?« Jetzt war es an Masters, auf den Schreibtisch zu schlagen, mit der flachen Hand.

Ibn Sa'ud zuckte zurück. »Stimmt irgend etwas nicht?«

»Was hält Präzentor Martialum Arian davon?«

»Wovon soll er etwas halten?«

»Von allem. Von der Tatsache, daß Sie dem Feind ausweichen. Von der Tatsache, daß Sie Befehle von Hsiang annehmen. Was hat Hsiang mit alldem zu tun?«

Ibn Sa'ud reckte sich und hob die Augen zur Decke. »Er ist mein König.«

»Er ist ein gewähltes Politiker.«

»Er ist *mein* König.«

»Na gut. Warum hat er Ihnen verboten, den Feind zu stellen?«

»Wir müssen uns für den Fall eines Goffelangriffs bereithalten, nach Omen zurückzukehren.«

Masters zwinkerte mehrmals. »Was machen Sie dann überhaupt hier?«

»Wir arbeiten mit den Truppen von Blakes Wort zusammen. Schließlich ist das *unser* Krieg.«

Masters stockte. Er wußte nicht, was er sagen sollte. »Beeinflußt das nicht die Moral der Söldner?«

»Was soll's?« Ibn Sa'ud beugte sich vor und flüsterte listig: »Blakes Wort, Hsiang und die Gräfin Dystar sind reich.«

»Na schön. Ich muß jetzt gehen. Wir sehen uns später.«

Ibn Sa'ud wirkte verärgert. »Wo wollen Sie hin? Wir sind Offiziere. Wir arbeiten zusammen. Hier. Im Gefechtsstand.«

»Ich muß meinen Mech überprüfen. Mich vergewissern, daß er in Ordnung ist.«

»Sind Sie sicher?«

»Absolut.«

»Dann ist es gut.« Ibn Sa'ud stand auf und salutierte. »Bis später.« Masters erwiderte den Gruß.

Als er aus der Tür ging, drehte er sich zu einem letzten Blick um. Ibn Sa'ud war bereits wieder eingeschlafen.

11

Nagasakital, Gibson
Prinzipalität Gibson, Liga Freier Welten

23. Januar 3055

Er fand Chick in der Messe des Vorpostens, einem kleinen Zelt mit drei Tischen und Bänken zu beiden Seiten. Der Sergeant saß bei einer Gruppe Söldner, die sich alle in seine Richtung lehnten. Anscheinend erzählte er eine Geschichte. Der Gruppe brach in Gelächter aus, dann bemerkten sie Masters, und das Lachen verstummte. »Könnte ich Sie mal kurz sprechen, Sergeant?«

Die Söldner sahen Chick abwartend an, als wollten sie seine Loyalität auf die Probe stellen. Chick erwiderte die Blicke beruhigend, dann antwortete er. »Ja, Sir.«

Masters führte ihn aus der Messe ins Freie, aus der Hörweite anderer Soldaten.

»Sergeant, ich würde gerne Ihre Einschätzung dieser Vernichtungsjagden hören.«

»Sir?«

»Bitte, ich bin neu hier. Ich muß soviel wie möglich darüber in Erfahrung bringen, wie die Wahren Gläubigen diesen Krieg führen.«

»Ich bin nicht sicher, was Sie hören wollen, Sir.«

»Ich *will* überhaupt nichts hören, Chick. Ich will Ihre Einschätzung der Vernichtungsjagden. Funktionieren sie? Wie funktionieren sie? Sind sie ein Fehler? Warum sind sie ein Fehler?«

Chick verlagerte nervös das Gewicht von einem Fuß auf den anderen. Er erinnerte Masters an Jungfer Kris in der Burg.

»Ich stelle Ihnen keine Falle, Sergeant. Ich muß mehr darüber wissen, wie dieser Krieg abläuft. Gehen

Sie davon aus, daß ich keine Ahnung habe. Ich bin neu hier und weiß kaum etwas.«

Chick sah Masters in die Augen und versuchte zu entscheiden, ob er ihm vertrauen konnte. »Sie leiten es nicht weiter?«

»An wen?«

»Blakes Wort, Sir. Oder die Loyalen.«

»Sie stehen doch alle auf derselben Seite, oder, Sergeant?«

»Ich wünschte, es wäre so, Sir, aber ich kann nicht behaupten, daß dem tatsächlich so ist. Zumindest sehen wir — wir Söldner — es nicht immer so.«

»Na gut. Das ist privat. Ich muß es erfahren, denn wenn ich es nicht herausbekomme, wird das, was hier auf Gibson geschieht, so weitergehen.«

Chick fuhr sich mit der Zunge über die Lippen, als müsse er eine Beichte ablegen. Dann strömte es aus ihm heraus, leise, mit gedämpfter Stimme und vorsichtigen Blicken nach allen Seiten, um sicherzugehen, daß niemand etwas davon mitbekam.

»Nachtstreifen. Das ist ein Selbstmordunternehmen, Sir. Die schlimmste Art von Mission, die es gibt. Wir sollen zu den Goffels marschieren, damit wir angegriffen werden und dann die Mechs ausrücken und sie abknallen können. Wir sind nur der Köder, mit dem sie angelockt werden. Mehr nicht. Köder.« Chicks Hände zitterten. »Kapitan Mort, das war vor Ihrer Zeit, Sir, bevor es Verner erwischte, hat uns da rausgeschickt, um ein Regiment aufzuscheuchen. Er wußte, daß es da draußen war. Ihn interessierte keine Handvoll Goffels. Er wollte den großen Fang. Die Goffels sollten uns massakrieren, und dann wäre er mit den Mechs angerannt gekommen und hätte die Goffels niedergemacht. Einmal hat es funktioniert. Ich habe fast alle Mann verloren. Er schaffte hohe Abschußzahlen. Wurde mit einem Orden dekoriert und die Karriereleiter raufgeschubst.«

»Abschußzahlen?«

Chick sah ihn überrascht an. »Hat Ihnen keiner gesagt, worauf Sie sich eingelassen haben, Sir? Mit Abschuß- und Verlustzahlen hält Blake fest, wie's läuft. Hier.« Er suchte in seiner Brusttasche herum und zog ein zweimal gefaltetes Stück Papier heraus. Masters faltete den abgenutzten Bogen auf und hielt ihn ins Licht.

In der ersten Zeile stand ›Beförderungstabelle‹. Darunter folgte: ›Pluspunkte für‹ und eine Liste:

10 — pro möglichem Abschuß
10 — pro 50 Kilo Reis
10 — pro 50 Kilo Salz
20 — pro geborgener Mörsergranate
50 — pro erbeuteter feindlicher Handwaffe
100 — pro erbeuteter feindlicher Unterstützungswaffe
1000 — pro Kriegsgefangenem

In der nächsten Zeile stand ›Punktabzug für‹ und eine weitere Liste:

20 — pro im Einsatz verwundetem Söldner
40 — pro im Einsatz verwundetem loyalen Gibsonier
50 — pro im Einsatz verwundetem Wahren Gläubigen
200 — pro im Einsatz gefallenem Söldner
400 — pro im Einsatz gefallenem loyalen Gibsonier
500 — pro im Einsatz gefallenem Wahren Gläubigen

»Was ist das?«

»Das ist die Punktetabelle, Sir. Die Blakes benutzen sie zur Belohnung von Fußtruppen und MechKriegern. Blake-Offiziere werden entsprechend ihrem Punktekonto befördert.«

»Nein.«

»Doch. Sie drehen durch, wenn zu wenig Abschüsse reinkommen. Mort war da knochenhart. Wir sind andauernd zu Vernichtungsjagden ausgerückt. Der Wettbewerb ist immens. Es gibt zu wenige Positionen für ehrgeizige Offiziere. Es gibt knapp über hundert Bataillone der Wahren Gläubigen, und gut siebenhundertfünfzig Leutenient-Kolonels. Sie überschlagen sich, uns rauszujagen, damit die Abschußzahlen steigen.«

Masters starrte Chick an. »Was macht ihr hier? Das ist nicht euer Kampf. Was machen Ihre Söldner auf Gibson?«

»Werd ich Ihnen sagen. Die meisten dieser Jungs sind keine Berufssöldner. Ich habe viele Jahre Kampferfahrung, aber von diesen Frischlingen hat mancher nie vorher ein Gewehr gesehen.«

»Was machen sie hier?«

»Sie haben Hunger. Eine Menge von ihnen hat auf ihrer jeweiligen Heimatwelt eine Familie zu ernähren. Sie haben einen Job gesucht. Die Bezahlung ist gut. Sie hören, daß Blakes Wort gegen einen Haufen Bauern steht, und denken sich, das sei kein Problem. Aber es ist ein Problem, weil die Eps einen Dreck um sie geben. Für die sind diese Kinder nur Sprossen auf der Karriereleiter. Wenn sie ab und zu welche verlieren, wenn kümmert's? Dann kauft man sich halt 'ne neue Leiter. Ich verbringe die meiste Zeit damit, sie bloß am Leben zu halten.«

»Ich bin überrascht, daß es keine Massendesertionen gibt.«

»Wo sollen sie hin? Sie sind auf einer anderen *Welt*. Sie können nirgends hin.«

»Was machen Sie, wenn Sie den Feind stellen? Bei diesen Vernichtungsjagden?«

Chick schnaufte. »Stellen? Sir, wir sind gerade mal zwölf. Wir werden in kleinen Grüppchen losgeschickt, um ein größeres Gelände abzudecken. Wie Treiber bei einer Jagd, die das Wild aufscheuchen. Wir tun das einzige, was wir tun können. Wir rufen über Funk um Hilfe und versuchen am Leben zu bleiben.«

»Wir sollen heute nacht ausrücken.«

»Ich weiß, Sir.«

»Was halten Sie davon?«

Chick schüttelte nur den Kopf.

»In Ordnung. Danke für Ihre Hilfe. Wo finde ich die anderen MechKrieger?«

Chick grinste. »Belgrade und Valentine sind wahrscheinlich da drüben in der Hütte. Und der Blechkamerad — na, ich schätze, was den betrifft, sollten Sie mit denen darüber reden, Sir.«

»Der Blechkamerad?«

»Spinard. Wir nennen ihn den Blechkamerad. Er liebt seinen Mech. Sie finden ihn entweder in seiner Maschine oder bei Belgrade und Valentine.«

»Ich sehe Sie in einer Stunde.«

»Ja, Sir.«

Chick ging zurück zur Messe, und Masters ging quer durch das Lager zum Quartier der MechKrieger. Inzwischen war die Nacht hereingebrochen, und über ihm funkelten die Sterne. Er sah nach oben und erinnerte sich an die Ritterschlagzeremonie. Wo war Atreus? Er kannte die Sterne an Gibsons Nachthimmel nicht. Der Raumflug veränderte die Perspektive zu schnell; ein Hyperraumsprung — und man fand nicht mehr nach Hause.

Er klopfte.

»Herein!« rief eine Frauenstimme.

Er öffnete die Tür und trat ein. Auf einer Koje lag ein Mann und las. Auf einer anderen spielte eine Frau Solitär. Beide blickten beiläufig auf, sahen Masters, und sprangen von den Kojen. Sie nahmen Haltung an und salutierten.

»Stehen Sie bequem. Sir Masters. Freut mich, Sie kennenzulernen.«

»Gemeiner Belgrade«, stellte sich der Mann vor.

»Oberleutenient Valentine.« Die Frau.

Sie waren in den Zwanzigern, sauber gewaschen und enthusiastisch. Wahre Gläubige.

»Wo ist … Spinard?«

»Hier, Sir«, tönte eine Stimme aus dem Schatten.

Aus einer dunklen Ecke der Hütte tauchte ein Mann auf. Er war stämmig und bewegte sich, als wolle er einen Schlag abblocken. Seinem Aussehen nach war er entweder gerade erst aufgewacht, oder aber er hatte eine Woche nicht geschlafen. »Sind Sie in Ordnung, Soldat?«

»Sir, ja, Sir.« Seine Stimme klang müde, aber es lag keinerlei Besorgnis darin.

Wahrscheinlich war Spinard tatsächlich der Meinung, in Ordnung zu sein. Masters warf Belgrade und Valentine einen Blick zu, aber sie zuckten nur die Achseln.

»Gut. Wir rücken in weniger als einer Stunde zu einer Verfolgungsjagd aus. Um Zehn Uhr fünfundvierzig will ich alle in den Mechs sehen.«

»Ja, Sir«, bestätigten die drei MechKrieger.

»Belgrade. Ich möchte mit Ihnen reden.«

Masters verließ die Hütte, und Belgrade folgte ihm ein kurzes Stück ins Freie. »Ist Spinard in Ordnung?«

»In welcher Hinsicht meinen Sie das, Sir?«

»In welcher Hinsicht ich das meine? Was habe ich denn für eine Auswahl?«

»Unterleutenient Spinard ist einer der effektivsten Kämpfer dieses Postens. Seine Abschußzahlen liegen häufig über …«

»Sein Zustand. Sein geistiger Zustand. Wie steht es damit?«

»Er ist ein guter Soldat.«

»Wie ließe sich sein Geisteszustand beschreiben?«

»Auf der Grenze zur Schizophrenie würde ich sagen, Sir. Aber ich kenne mich nicht wirklich mit …«

»Betrachten Sie das als Problem?«

»Für ihn? Oder für seine Leistungen als Soldat?«

Masters rieb sich über die Stirn. »Wir vertreten offensichtlich verschiedene Denkschulen. Ist es möglich, daß ein Mensch ein Wrack ist, aber ein kompetenter Soldat?«

»Er ist kein Wrack, Sir.«

»Ich benutze ein extremes Beispiel, Soldat«, erwiderte Masters ärgerlich.

»Ich möchte noch einmal anmerken, daß Leutenient Spinard eine erstklassige Abschußbilanz hat. Ich denke nicht, daß seine Leistungen als Soldat beeinträchtigt sind.«

»Sie bewerten seine Leistungen als Soldat also ausschließlich an der Zahl seiner Abschüsse?«

Belgrade neigte in offensichtlicher Neugierde den Kopf. »Welchen anderen objektiven Standard könnte man anwenden, Sir?«

»Vergessen Sie's. Machen Sie sich fertig. Wir wollen sehen, wie das hier läuft.«

Belgrade ging zurück. Masters blieb eine Weile allein zurück. Bevor er sich bei Thomas über die Absurdität dieses Krieges beschweren konnte, mußte er alles mit eigenen Augen sehen.

Er wanderte über den Mechhof. Valentine wartete neben ihrem *Totschläger.* Belgrade kletterte die Leiter zum Cockpit seines *Dunkelfalke* hinauf, und Spinards *Tomahawk* vibrierte bereits.

Masters erreichte seinen *Feuerfalke* und legte die Hand auf die Sprossen der Leiter. Sie waren glatt, vom jahrelangen Gebrauch abgeschliffen. Langsam kletterte er an der Seite des Stahlgiganten empor und stieg durch die Luke ins Cockpit. Er legte Kühlweste und Neurohelm an, dann sprach er den geheimen Code, der ihm gestattete, die Maschine zu steuern. Als die Kontrollen zum Leben erwachten, zerschnitten bunte Lichter — rot, grün und blau — die Dunkelheit und tanzten über seine Hände. »Gut dann. Packen wir es an.«

Über Funk kam Chicks Stimme. »Schweber Trupp Eins bereit, Sir.«

Sergeant Donald meldete Trupp Zwei bereit, und Peterson meldete sich für die Fünf.

»Gut. Ausrücken.«

Masters drückte den Knopf für die Kurzstreckenanzeige. Blaue Punkte für die Schweber bewegten sich vom Mittelpunkt des Schirmes nach Norden. Er blickte hinaus und sah nur die Baumwipfel um die Basis im Mondlicht. Als er wieder zurück auf den Monitor sah, hatten die Schweber sich bereits aufgeteilt. Nach vierhundert Metern schaltete er die Anzeige auf Weitstrecke um.

»Masters' Lanze von *Feuerfalke* Eins. Wir rücken an den Fuß des Hügels vor und warten auf Kontakt.«

Er betätigte leicht das linke Pedal, und der Mech drehte sich zum Hang. Dann ließ er den *Feuerfalke* langsam hinabmarschieren, einen wuchtigen Schritt nach dem andern. Die Infanteristen, die das Tor der Basis bewachten, wirkten im trüben Licht der Laternen furchtbar klein und zerbrechlich.

Auf seinem Schirm sah er die drei anderen Mechs als blaue Quadrate in enger Formation hinter sich. Er öffnete einen Sprechkanal. »Im Bericht, den ich gelesen habe, war von einem GFL-Zug in diesem Gebiet die Rede.«

»Soweit wir wissen«, erwiderte Valentine gelassen. »Sie haben letzte Woche einen Ort namens Homs überfallen und einen Teil der Fabrikanlagen zerstört.«

Erstaunlich. Es war, als hätten die Menschen auf dieser Welt nie etwas von der Ares-Konvention gehört. »Valentine, haben die Gibsonier es sich angewöhnt, Industrieanlagen anzugreifen, bevor oder nachdem Ihre Leute hier eingetroffen sind?«

»Das weiß ich wirklich nicht, Sir.«

»Sie wissen es nicht?«

Pause. »Ich glaube nicht, Sir.«

»Wie können Sie das nicht wissen? Haben Sie sich nicht die Mühe gemacht, es herauszufinden?«

»Ich glaube, die Kämpfe waren schon einige Zeit im Gange, als Blakes Wort eintraf. Ich weiß wirklich nicht, wie sie vor unserer Ankunft geführt wurden.«

»Vor Ihrer Ankunft? Ich dachte, die Ankunft der Wahren Gläubigen hätte den Krieg ausgelöst.«

»Sir«, meldete sich Chick. Er sprach sehr leise, und Masters mußte die Lautstärke aufdrehen, um ihn zu verstehen. »Wir haben jetzt die Absitzpunkte erreicht und gehen zu Fuß weiter.« Der Schirm zeigte die Schweber einige Kilometer außerhalb der Basis. Sie hatten angehalten.

»In Ordnung, Lanze, machen wir uns auf den Weg.«

»Sir«, warf Belgrade ein. »Normalerweise warten wir hier, bis wir gerufen werden. Das erhöht unsere Chance auf einen Überraschungseffekt.«

»Wie viele verdammte Guerilleros erwischen Sie noch, nachdem Sie den ganzen Weg bis zum Hinterhalt gerannt sind?«

»Eine ganze Menge, Sir.«

»Na, heute werden wir es anders machen.« Masters setzte seinen Mech Richtung Wald in Bewegung, und die drei anderen Maschinen folgten. Unter den dunklen Bäumen wirkten sie wie mechanische Monster, die durch einen Zauberwald schlichen.

Masters dachte an Chick und seine Männer, die sich den Weg durch den Wald bahnten. Abgeschnitten von anderen Soldaten, ohne zu wissen, wann Entsatz eintreffen konnte. Es war sinnlos. Absolut sinnlos.

Während er den *Feuerfalke* durch den nächtlichen Wald steuerte, drangen die leisen Meldungen der Infanterietrupps aus den Helmlautsprechern. Er konnte die Angst in den Stimmen hören. Es war falsch, Soldaten so zu isolieren. Auch elektronische Kommunikationsmittel konnten daran nichts ändern. Die Ares-Konvention hatte der Kriegsführung dieser Art ein Ende bereitet: sinnlosen stupiden Kriegen, in denen die Truppen keine Ahnung hatten, was von ihnen erwartet wurde.

Er erinnerte sich an Erzählungen über die terranischen Weltkriege, die er gelesen hatte. Der erste der beiden, zu Beginn des zwanzigsten Jahrhunderts, hatte den Soldaten Dinge angetan, die er kaum glauben konnte. Vergessen waren die Gefechtsformationen gewesen, vergessen die Kraft zusammenarbeitender Soldaten. Vergessen die Bewegung, das Ziel der Anstrengungen. Nachdem die Deutschen und Franzosen ihre Gräben ausgehoben hatten, hatte sich die Front über Monate kaum bewegt. Die Soldaten hatten in nassen Gräben gesessen, die sich nahezu lückenlos vom Ärmelkanal bis zur Grenze der neutralen Schweiz zogen.

Seine Gedanken wanderten durch diese Gräben. Er stellte sich vor, wie es gewesen sein mußte, unter solchen Bedingungen zu leben. Auf der anderen Seite eines öden, von Granaten zerpflügten Felds wartete der Feind in einem ähnlichen Graben, manchmal nur drei Meter entfernt. Sah er da einen Helm? War das ein Mann, der auf seiner Seite genauso wartete wie Masters hier? Sollte er versuchen, ihn anzugreifen, über das Feld stürmen? Wie? Er wäre abgeknallt worden, bevor er den zweiten Schritt hätte tun können. Die feindlichen Gewehre waren es, die die Soldaten dazu verdammten, endlos herumzusitzen und wertlosen Boden zu verteidigen.

Masters stellte sich vor, wie der Morast der Gräben bis über seine Stiefel stieg. Zahllose Fälle von — wie hatte man es genannt? Schützengrabenfüße, ja, Schützengrabenfüße — Soldaten, die einzig und allein durch das lange Herumstehen in durchnäßten Schützengräben zu Krüppeln geworden waren. Wie lange noch, bis es ihn erwischte und sein Fuß amputiert werden mußte? Er stellte sich einen Leichnam vor, einen Freund, der tot neben ihm im Wasser lag. Vor Tagen verwundet. Er versuchte, die Ratten, die durch das Wasser schwammen, von der Leiche zu verscheuchen, aber er konnte es nicht. Irgendwann mußte der Mensch schlafen. Dann kamen die Ratten. Niemand kommt zu Hilfe. Es ist niemand zu sehen. Die Truppen sind über Hunderte Kilometer verteilt. Wer weiß, wann er das nächstemal jemand von der eigenen Seite sehen wird. Einmal in der Woche, vielleicht noch seltener.

Da ist der Helm wieder, knapp über dem Rand des feindlichen Grabens. Soll er schießen? Nein. Das ist der einzige Mensch, den er sehen kann. Wenn er schießt, ist er allein mit einem toten Freund mitten in der Verwüstung. Wenn er diesen Mann erschießt, ist er wirklich allein. Allein in seinem Graben mit einer Leiche und den Ratten, irgendwo mitten im Nirgendwo, ohne zu wissen warum. Der Wahnsinn läßt grüßen.

Chicks Stimme drang aus dem Lautsprecher. »Wir müssen langsamer vorrücken. Tennison hat einen Stolperdraht entdeckt. Wir überprüfen ...«

Eine laute Detonation krachte und übertönte beinahe einen Aufschrei.

12

Nagasakital, Gibson
Prinzipalität Gibson, Liga Freier Welten

23. Januar 3055

Das Krachen der Explosion und der kreischende Aufschrei hämmerten auf Masters' Trommelfelle ein. Er zuckte in die Polster seines Sitzes zurück und preßte die Hände an den Neurohelm. Ein Blick auf den Schirm zeigte, daß Chicks Trupp sich in gerader Linie nach Westen bewegte. Er drehte seinen *Feuerfalke* in einem weiten Wendekreis nach links, um zu den Fußtruppen zu stoßen.

»*Feuerfalke* Eins«, meldete sich Valentines Stimme. »Wir sollten noch nicht aufbrechen. Wir wissen nicht, ob sie den Feind gestellt haben.«

Masters wurde nicht langsamer. »Auf jeden Fall weiß der Feind jetzt, wo sie sind!«

»Sir, bei allem Respekt, aber sie könnten auch nur auf eine Mine getreten sein. Wir wissen nicht einmal, ob die Goffels in der Nähe sind. Aber wenn Sie jetzt mit dem Mech anrücken, verscheuchen Sie sie.«

Masters bremste. Er überlegte, was er tun sollte. Dabei stellte er fest, daß seine Hände zitterte. Dieses untätige Warten machte ihm zu schaffen. Valentine hatte wohl recht, aber sicher sein konnte er nicht. Er hatte keine Ahnung, wie die Dinge auf Gibson lagen. Strategien und Taktiken gründeten sich auf zu viele ungewohnte Konzepte. Wo war die Schlacht? Wo war der Feind?

Chicks Stimme drang aus den Lautsprechern. »Feuer Eins, hier ist Schweber Trupp Eins. Wir haben Tenison verloren. Alles ist ruhig. Keine Ahnung …«

Das Stakkato von MG-Feuer ertönte, gefolgt von

Chicks Stimme. »Einsatz! Einsatz! Sir, wir haben sie! Wir haben sie!«

»Abmarsch, Lanze!« rief Masters. Er riß seinen Mech erneut vorwärts. Mit voller Geschwindigkeit würde es etwa fünf Minuten dauern, bis sie Trupp Eins erreichten, vielleicht neun Minuten wegen der Bäume. »Trupp Zwo, Trupp Fünnef, zurück zur Basis.«

»Sind unterwegs, Sir«, meldete sich Donald.

»Ditto, Sir«, bestätigte Peterson.

Das Röhren von Automatikwaffen knallte durch die Lautsprecher. Das schwere MG von Trupp Eins donnerte seine Geschosse durch die Nachtluft. »Wir sind jederzeit bereit, euch den Spaß zu überlassen, Mechlanze, ihr braucht bloß hier aufzutauchen«, rief Chick.

Masters stürmte in seinem *Feuerfalke* durch den Wald. Das Blätterdach über ihm wurde dichter und der Wald immer dunkler. Er schaltete auf Infrarot. Die Sichtscheibe nach draußen verdunkelte sich und zeigte Masters die Wärmesignatur der Umgebung. Die Bäume gaben ein wenig mehr Wärme ab als die umgebende Luft und erschienen als vage dunkelgrüne Säulen.

»Was habt ihr aufgestöbert, Trupp Eins?«

»Zwei, drei Trupps, Sir. Einer im Norden, der andere im Osten. Ich weiß nicht genau ... Chub!« Ein lauter Feuerstoß dröhnte durch Masters' Pilotenkanzel.

»Chick!«

Er steuerte seinen Mech in wildem Slalom zwischen den Baumstämmen hindurch, suchte verzweifelt nach einer Öffnung. Selbst mit Infrarot war es schwierig, bei hoher Geschwindigkeit zu steuern. Er rammte kleinere Bäume und stieß sie um, machte viel zu viel Lärm und belastete seine Maschine über Gebühr. Im Augenblick machte das vielleicht nicht viel aus, denn ein BattleMech war eine robuste Maschine, aber auf lange Sicht konnten die dabei entstandenen Beschädigungen sein Ende bedeuten, wenn es einem Gegner gelang, einen Glückstreffer zu landen. Er trieb den

Mech zu noch höherer Leistung. Die Luft im Cockpit erwärmte sich. Reflexartig kontrollierte er die Wärmeskala. Die Wärmetauscher arbeiteten einwandfrei. Sie absorbierten den größten Teil der Hitze, die der Reaktor erzeugte, und verhinderten, daß der Mech ihm unter den Füßen wegkochte.

»Sorry, Mechlanze«, meldete Chick sich. »Wir sind noch da. Und Okay.« Das Automatikfeuer ertönte immer noch. Dann schrie Chick: »Zurück! Zurück!«

Masters blickte auf den Schirm. Er war fast da. Aber der Rest der Lanze war zurückgefallen. »Masters' Lanze!« rief er ins Mikro, »wo bleibt ihr?«

Valentine antwortete sofort. Unter ihrem hastigen Keuchen war Bewunderung zu hören. »Ehrlich gesagt, Sir, sind wir es nicht gewohnt, so schnell durch den Wald zu stürmen.«

»Dann werden Sie es lernen! Valentine, Belgrade, nach Westen abbiegen und die Goffels im Norden abschneiden. Spinard bleibt bei mir. Wir brechen mitten durch die Gruppe im Osten.«

»Bestätigt.« Spinards Stimme klang metallisch und seelenlos. Einen Augenblick lang ließ sie Masters schaudern, aber dann sah er durch die IR-Filter des Sichtfensters rote Lichtblitze — Wärmefackeln von GFL-Guerilleros, die zwischen den Bäumen Deckung suchten.

Mit der Rechten brachte er das Fadenkreuz über eine Gruppe leuchtend roter Silhouetten, die sich nach Osten durch den Wald bewegten. Der linke Arm seines Mechs hob sich und deutete gerade voraus. Er verharrte mit dem Daumen über dem blauen Feuerknopf und wartete auf eine klare Schußlinie. Noch nicht, noch einen Moment. Die Schußlinie wurde von zu vielen Riesenbäumen blockiert.

Er bewegte das Fadenkreuz ein wenig nach rechts und versuchte, die Bewegung der Guerilleros vorauszuberechnen. Er konnte nicht sicher sein, aber seiner

Ansicht nach mußten die Gegner sich direkt auf sein Fadenkreuz zu bewegen. Er blickte nach unten und vergewisserte sich, daß Chicks Signal keine Anstalten machte, vor seinen Mech zu laufen. Trupp Eins war weiter westlich, alles war frei. Die Guerilleros erreichten das Fadenkreuz. Es waren etwa ein Dutzend. Er ließ ihnen noch etwa einen Meter Vorlauf, dann senkte er den Daumen auf den blauen Auslöser.

Mit Donnergetöse schossen zwei Kurzstreckenraketen aus dem ausgestreckten Arm des *Feuerfalke,* und der schwere Laser feuerte in die Guerillerotruppe hinein. Der Laserstrahl schnitt durch kleinere Bäume und zuckte mitten in die Gruppe wie der Donnerkeil eines antiken Gottes. Ein Teil der Guerilleros starb auf der Stelle, andere wurden zu Boden geworfen.

Währenddessen sprühten die beiden auf die Guerilleros zurasenden Raketen goldenes Feuer. Die roten Gestalten standen auf und versuchten davonzulaufen, aber es war zu spät. Die Raketen schlugen in der Mitte der fliehenden Gruppe ein und schleuderten sie durch die Luft, wo das Schrapnell ihnen den Garaus machte.

Masters gab wieder Gas und stampfte weiter durch die Bäume. Mit angespannter Konzentration schob er den Daumen über den grünen Feuerknopf. Er riß den Steuerknüppel nach rechts und zielte auf eine Gruppe Guerilleros, die tiefer in den Wald flüchtete.

Er drückte den grünen Knopf durch, und ein dichter Hagel aus Kugeln und Impulslaserblitzen prasselte durch den Wald. Die Impulslaser fetzten durch die Bäume und ließen sie zersplittert zu Boden krachen. Die Kugeln schossen zwischen den Baumstümpfen hindurch und mähten die Guerilleros nieder. Ihre roten Silhouetten wurden herumgerissen und zu Boden geworfen.

Hinter ihm kam Spinard heran. Ein paar der Guerilleros rannten nach Westen, und Masters befahl Spinard, sie zu verfolgen. Dann wandte er seinen Mech zurück in die Richtung von Chicks Trupp. Valentines und Belgrades blaue Quadrate waren in schneller Bewegung. Wahrscheinlich setzten sie flüchtenden Guerilleros nach.

»Schweber Trupp Eins von *Feuerfalke* Eins. Wie ist Ihr Status?«

Chicks Stimme war leise. »Schweber Trupp Eins. Wir haben ein paar Verluste. Tennison, Fowler, Hunter. Vielleicht mehr. Aber die Goffels sind auf der Flucht. Im Westen hören wir so was wie Raketenbeschuß. Ich glaube, das ist Valentine ...«

Masters bemerkte vier Guerilleros, die sich hastig nach Norden bewegten; ferne rote Lichtblitze, die zwischen den Baumstämmen aufflackerten. Während er Chicks Bericht lauschte, drehte er seinen Mech und setzte ihnen nach. Die Guerilleros blieben einen Augenblick stehen. Wahrscheinlich sahen sie sich zu dem metallenen Koloß um, der hinter ihnen hergerannt kam. Dann wurden sie schneller. Masters wich einer dichten Baumgruppe aus und stürzte sich auf sie. In seinen Adern pulsierte das Adrenalin. Die Kanzel war heiß, und er fühlte seinen Körper zerschmelzen, während sein Geist den BattleMech in die Schlacht ritt.

Er hob das Fadenkreuz und preßte den grünen Feuerknopf, ohne genau zu zielen. MG-Feuer mähte die Guerilleros nieder.

»*Feuerfalke* Eins von Schweber Trupp Eins. Sir? Hören Sie?«

»Ich höre, Chick.«

»Es scheint vorbei zu sein. Wir sind schwer angeschlagen.«

»Valentine?«

»Ja, Sir?«

»Status.«

»Hab meine erwischt. Etwa fünf.«

»Belgrade?«

»Drei, Sir.«
»Spinard?«
»Vier, Sir.«
»Und zehn oder zwölf bei mir. Machen wir ...«
»Wir benötigen genaue Zahlen, Sir Masters. Und Abschußzahlen für Chicks Trupp während dessen Kampfhandlungen.«
»Vier«, warf Chick ein.
»Geschätzt oder genau?« fragte Valentine.
Nach einer langen Pause gab sich Chick geschlagen. »Geschätzt.«
»Wovon reden Sie?« fragte Masters. »Ich sagte, etwa ein Dutzend. Chick hatte etwa vier. Es ist Nacht. Wir haben sie erwischt. Machen wir, daß wir nach Hause kommen.«
»Sir, wir brauchen genaue Zahlen. So halten wir unsere Fortschritte fest.«
»Ich sage, wir verschwinden hier und marschieren zurück ...«
»Präzentor Martialum Arian wird genaue Abschußzahlen erwarten, Sir. Das ist ein Standardverfahren.«
»Soll das heißen, daß wir hier im Dunkeln rumstehen und Leichen zählen?« Masters unternahm keinen Versuch, seine Verachtung zu verbergen.
»Sir. Ja, Sir. *Wenn* Sie gestatten.«
Er hatte keine Lust, mitten im Feld einen Streit anzufangen. Genausowenig wollte er ein Standardverfahren umstoßen, ohne zuerst mit Arian zu reden. »Na schön. Bringen wir's hinter uns. Spinard und Belgrade, sofort zum Funkfeuer von Trupp Eins. Wir müssen unsere Trophäen besichtigen.«

Die vier Mechs wachten bei den Verwundeten von Trupp Eins, die auf den Schweber warteten, der jeden Moment eintreffen mußte. Als Masters an seinem Mech nach unten kletterte, sah er unter sich die Lichtkegel von Taschenlampen zwischen zehn Männern des

Trupps Eins umherwandern, die sauber auf dem Waldboden in einer Reihe lagen.

Valentine hatte ihm versichert, daß die Guerilleros niemals nach einem Gefecht erneut angriffen — jedenfalls nicht, solange eine starke Einheit vor Ort war. Sie wollte aussteigen und die Feststellung der Abschußzahlen überwachen, während Spinard und Belgrade in ihren Mechs blieben. Masters gab seine Erlaubnis. Er wollte nur schnell zurück zur Basis.

Auf dem weichen Waldboden angekommen, ging er hinüber zu den am Boden Liegenden. Chick legte einem der Verwundeten einen Druckverband an. Ein Teil der Männer stöhnte. Andere waren völlig stumm. Ihre Augen waren offen und glasig, leuchteten im reflektierten Licht der Taschenlampen.

»Chick«, fragte Masters leise. »Was ist passiert? Sie sagten, Sie hätten nur drei Mann verloren.«

»Zu dem Zeitpunkt wußte ich es nicht besser, Sir«, antwortete Chick, ohne seine Arbeit an dem Verband zu unterbrechen. »Ich hatte keine Ahnung, was geschehen war. Die meisten dieser Jungs werden uns nicht mehr zurückbegleiten.« Er stand auf. »Das war's. Acht Tote. Zwei Verwundete, Zustand stabil. Sie können zum Schweber laufen.«

»Acht?«

»Es war schlimm, Sir. Ich habe das Gefühl, daß wir übereinander gestolpert sind. Sie waren ebenso überrascht wie wir, aber sie hatten die dreifache Übermacht ...« Chick deutete mit den Augen an, daß sie besser beiseite gingen.

Sie wanderten ein Stück weiter. Chicks Taschenlampe leuchtete ihnen den Weg durch das Unterholz. »Scheint, daß Sie das wissen wollen, Sir, also werde ich es Ihnen erzählen. Die Moral hier ist unter aller Sau. Als der Angriff kam, brachen sie zusammen. Sie sind so ausgelaugt, daß sie nicht einmal wissen, was sie tun sollen, wenn die Goffels angreifen.«

Masters setzte zu einer Frage an, aber Valentine kam herüber, eine Taschenlampe in der einen Hand, einen Compblock in der anderen. Chick verstummte augenblicklich und drehte sich halb zur Seite, als müsse er noch etwas erledigen. Da das aber nicht wirklich der Fall war, blieb er, wo er war.

»Anscheinend haben wir die Trupps erwischt, die wir gesucht haben«, stellte Masters fest.

»Ja, Sir«, antwortete Valentine, ohne ihn weiter zu beachten. Sie schien ganz auf die Abschußzahlen konzentriert. »GI-Div hatte recht. Ein Zug. Wir haben sie erwischt und zum größten Teil eliminiert.«

»Und acht Mann verloren. Zwei Verwundete.«

Sie zuckte zusammen, aber Masters war sich ziemlich sicher, daß es nicht der Verlust der Soldaten war, der sie traf. Das Punktekonto der Lanze kam dadurch schwer ins Soll.

»Na ja, wahrscheinlich haben wir das bis Monatsende ausgeglichen.«

Valentine wanderte hinüber zu den Mechs. Der Lichtkegel ihrer Taschenlampe hüpfte durch die Dunkelheit. Masters nahm die Imperator von der Schulter und folgte ihr. »Kommen Sie, Chick, bringen wir's hinter uns.«

Der Wald lag schweigend. Abgesehen von ein paar Vögeln und dem Surren der Insekten herrschte Frieden. Masters hingegen war angespannt und starrte nervös in die Dunkelheit. Er fühlte sich nackt. Außerhalb seines Mechs durch eine Kampfzone zu laufen — das ergab keinen Sinn. Warum sollte er durch den dunklen Wald marschieren, geschützt nur durch seine Haut? Außerdem machte ihm der Wahnwitz dieses Krieges wieder zu schaffen. Erst schickte man Männer und Frauen als Köder aus, und dann blieb man seelenruhig im Feindesland, um die Leichen zu zählen. Die GFL brauchte nur aus der Deckung heraus auf freies Schußfeld zu warten.

Er stellte sich vor, wie sich der Krieg von Omen aus darstellte. Was mitten im Gefecht wahnsinnig erschien — die Vernichtungsjagden, die Abschußzahlen —, half den Bürokraten in der Stadt, den Krieg zu verstehen und zu verwalten. Sie zählten nicht mitten in einem nächtlichen Wald Leichen, sie tabulierten die Zahlen, die sie von den Soldaten bekamen, von neun bis fünf in der Sicherheit des Alten Walls. Für sie war der Krieg sehr sauber, sehr präzise, sehr logisch.

Er blickte hinüber zu Chick, der mißtrauisch die Bäume beäugte und ebenfalls auf einen Angriff wartete.

Valentine hatte keinerlei Bedenken dieser Art. Ihre Aufmerksamkeit war einzig und allein auf den Boden konzentriert, über den der Suchstrahl ihrer Taschenlampe huschte.

»Ah!« stieß sie leise aus.

Masters sah im Licht der Taschenlampe eine deutliche Blutspur auf dem Gras. »Was?«

»Blutspur«, meinte Chick tonlos.

Valentine gab etwas in die Tastatur ein.

»Zählt das?« fragte Masters erstaunt.

»Ja«, bestätigte Valentine und ging weiter.

»Wer auch immer die Blutspur hinterlassen hat, ist möglicherweise nur verwundet, nicht tot. Er könnte morgen wieder kämpfen.«

»Es zählt.« Ihre Stimme machte klar, daß sie zu diesem Thema nichts weiter zu sagen hatte.

Sie gingen weiter. Wenn sie eine Leiche oder eine Blutspur von mehr als fünf Metern Länge fanden, gab Valentine sie ein. »Was ist, wenn die Blutspur zu jemand gehört, dessen Leiche Sie bereits gezählt haben?« fragte Masters an einem Punkt.

»Die Anwesenheit statistischer Fehler wird als gegeben angenommen und in den Endergebnissen berücksichtigt.«

Darauf wußte Masters keine Antwort, also begnügte er sich mit: »Oh.«

Dann erreichten sie den Trupp, den Masters mit Kurzstreckenraketen, Impulslasern und MGs angegriffen hatte. Hier waren keine intakten Leichen zu finden. Die Mechwaffen hatten die Guerilleros zerrissen und über ein weites Gebiet zerstreut. Ein Teil der Körper war so zerfetzt, daß Masters ihre Teile kaum von den Baum- und Laubresten unterscheiden konnte.

Ein Schwindelgefühl ergriff Besitz von ihm, als er dieses Gemetzel betrachtete. *Das hatte er mit seinem Mech angerichtet.* Er hatte natürlich schon vorher Infanterie beschossen. Im Vierten Nachfolgekrieg, ganz am Anfang seiner Laufbahn als Mechpilot, hatten sich einmal Infanteristen in selbstmörderischer Verzweiflung den Mechs seiner Einheit entgegengestellt. Schon das hatte seine Auslegung des Kriegerkodex bis an die Grenze belastet. Aber zumindest hatte es sich damals um eine echte Schlacht gehandelt, einen Kampf Mech gegen Mech. Der Angriff der Fußtruppen war eine letzte, verzweifelte Geste gewesen. Hunderte Infanteristen hatten sie angegriffen. Ein großangelegter Sturmangriff. Es hätte funktionieren können.

Aber das hier. Mit Mechs Jagd auf Soldaten zu machen, die nur von Panzerwesten geschützt waren. Wozu? Sicher, vom technischen Standpunkt gingen die Mechs keinerlei Risiko ein, und schwere Verluste des Gegners waren garantiert. Die Technologie siegte.

Aber welche Funktion hatten die Soldaten dabei? Da konnte man ja gleich zu den Tagen des Atomkriegs zurückkehren, zu Druckknopfkriegen ohne die Notwendigkeit der direkten Konfrontation. Oder zu Giftgas.

Wo blieb die Ehre?

Er sah auf die verwüsteten Körper hinab. So sollten Soldaten nicht sterben. In der Vergangenheit war es schon so gewesen, aber hatten sie denn keinen Fortschritt erzielt? Warum geschah das jetzt alles wieder?

Valentine wanderte gelassen durch die blutige Szenerie und gab Daten in ihren Compblock ein. Masters sah sich um. Es war schlichtweg unmöglich festzustellen, wie viele Menschen hier gestorben waren. Manche der Leichen waren nur noch Brei, ganz und gar unkenntlich. »Was *machen* Sie da?«

»Sir, wie ich bereits erklärt habe ...«

»NEIN! Was machen Sie? Sie können unmöglich wissen, wie viele Tote hier liegen. Das ist nicht drin.«

»Sir, ich habe Ihnen bereits ...«

»Dieser Arm, da!« Masters deutete auf einen abgerissenen Arm. »Als was zählt der?«

»Ein Abschuß, Sir. Ein Goffelabschuß.«

Er rannte zu einem zerfetzten Torso. »Und das hier? Dieser weibliche Brustkorb?«

»Ein Abschuß.«

Er deutete auf einen Kopf. »Dieser männliche Kopf.«

»Ein Abschuß.«

Masters standen die Haare zu Berge. »Das ist lächerlich! Sie *geben vor*, daß sich Ihr Krieg durch statistische Analyse verifizieren läßt. Sie *geben vor*, für Ihre Aktionen eine wissenschaftliche Grundlage zu haben.« Er fühlte, wie ihm die Wirklichkeit zu entgleiten drohte. »Und ...« Er krächzte. »Und außerdem kann man einen Krieg sowieso nicht durch Menschen- und Materialverbrauch einschätzen. Was glaubt ihr eigentlich, was ihr hier macht?«

Valentine reckte sich in einer dramatischen Geste, und in ihren Augen funkelte die Überzeugung der Wahren Gläubigen. »Sir, ich bin eine treue Gläubige von Blakes Wort. Niemand, der außerhalb der Wahrheit von Blakes Wort steht, hat das Recht, mein Verständnis des Universums in Frage zu stellen. Sie benutzen die Technologie als bloßes Werkzeug. Die Wahren Gläubigen leben in Gemeinschaft mit der Technologie. Wir sind ein Teil von ihr. Sie ist Teil unserer Seele. Sie wissen nicht, wovon Sie reden. Sie verstehen das Universum nicht. Sie verstehen auch diesen Krieg nicht. Das ist unser Krieg, nicht der Ihre. Wenn Sie Fragen bezüglich der Methoden haben, mit denen wir ihn führen, schlage ich vor, Sie wenden sich an Präzentor Martialum Arian.«

Masters versuchte eine Antwort zu finden, aber als er den Mund öffnete, war er staubtrocken. Kein Laut kam aus seiner Kehle. Sie hatte ihm eine Heidenangst eingejagt. Wenn sie jedwede Aktion durch ihren Glauben rechtfertigen konnte und ihre Vorgesetzten bereit waren, das gleiche zu tun — durch einen blinden Glauben, der sich einfach darauf stützte, *Recht zu haben* — was konnte er dann ausrichten?

Sie schlossen die Zählung ab. Als sie fertig waren, hatte Valentine zweiundsiebzig Guerilleros gezählt. Die Zahl war utopisch, aber Masters beschränkte seinen Kommentar auf: »Das macht unsere Verluste allerdings erträglicher.«

Valentine gab ihm keine Antwort.

Die Meldung kam, als sie gerade wieder bei den Mechs waren. Belgrade und ein Gemeiner des ersten Trupps luden die Leichen auf den Schweber, als aus dem Funkgerät ein panischer Hilferuf ertönte: »Mechlanze, hier ist Schweber Trupp Zwo! Sie haben uns. Sie haben uns entdeckt. Himmel, hilf, sie haben uns entdeckt!«

13

Nagasakital, Gibson
Prinzipalität Gibson, Liga Freier Welten

23. Januar 3055

Masters rannte zu seinem *Feuerfalke* und stürmte die Leiter hinauf. Spinard, der seinen *Tomahawk* gar nicht erst verlassen hatte, setzte sich bereits in Bewegung. Der Mech brach dicke Äste von den kleineren Bäumen, als er sich in Richtung des bedrängten Trupps Zwei durch den Wald schob. Belgrades Maschine bewegte sich als nächste, und noch bevor Masters das Cockpit erreicht hatte, war auch Valentine schon unterwegs. Bevor er die Luke öffnete, brüllte Masters noch zu Chick und dem Gemeinen hinab: »Ladet die Toten ein und folgt uns! Aber bleibt hinter uns!« Dann zog er die Luke zu und folgte dem Rest seiner Lanze.

Er hastete durch den Wald, preßte abwechselnd das rechte und linke Pedal nach unten, um den Mech um die Bäume und durch schmale Lücken zu bewegen. Seine Gedanken rasten. Hatte es nicht geheißen, daß nur ein einziger Zug in diesem Abschnitt aktiv war? Hatten sie nicht gerade erst einen Zug ausgeschaltet? Für einen sauber geführten Krieg voller Tabellen und Berechnungen schienen die Informationen bemerkenswert unzulänglich.

Der Gefechtslärm, der über die Funkverbindung zu Trupp Zwei kam, wirkte wild und überwältigend. Er hörte eine unbekannte Stimme, nicht die von Sergeant Donalds. »Sie sind überall!« Dann war außer dem Rauschen der Statik nichts mehr zu hören.

Masters blickte auf den Schirm. Das Signal des Zweiten hing im unteren Drittel des Bildschirms, bei seiner momentanen Geschwindigkeit noch drei Minuten entfernt. Das war zu lange. Er beschleunigte, und brummend setzten die zusätzlichen Wärmetauscher ein. Eine dichte Gruppe riesiger Bäume ragte vor ihm auf. Er bremste ab, aber ohne stehenzubleiben — was er auf keinen Fall wollte —, würde er trotzdem Probleme haben vorbeizukommen.

Er drehte den Mech scharf zur Seite und fühlte, wie der *Feuerfalke* sich nach links legte. Wie immer, wenn seine Maschine kippte, verspürte er einen Augenblick lang Panik. Von seiner Position an der Spitze von fünfundvierzig Tonnen Metall schien der bloße Ansatz zu einem Sturz bereits unvermeidlich zum Aufschlag zu führen. Ein Sturz konnte den Mech schwer beschädigen, sogar intern. Die zahllosen Magazine mit MG-Munition und KSR-Raketen, die im Innern der Maschine verstaut waren, konnten in einem Feuerball explodieren, der ihn verschlang, noch während er auszusteigen versuchte.

Aber Masters' Neurohelm rettete ihn. Der durch leistungsfähige Sensoren mit seinem Körper verbundene Helm nutzte den Gleichgewichtssinn des Piloten dazu, den Kampfkoloß auszubalancieren. Die Gyroskope führten schnelle, winzige Anpassungen durch, die weitreichende Wirkungen hatten. Der rechte Fuß der Maschine kam exakt an der richtigen Stelle herab, und der Aufprall ließ Masters in seinem Pilotensitz hüpfen. Dann zog der Mech den linken Fuß nach und stand wieder sicher. Ohne die Erleichterung abzuwarten, gab Masters wieder Gas.

Er hörte noch immer nichts. Auf dem Schirm hatte Spinard Trupp Zwei fast erreicht.

»*Tomahawk* Eins? *Feuerfalke* Eins. Was sehen Sie?«

Schweigen.

»*Tomahawk* Eins?«

Schweigen.

»Spinard?«

»Nichts, Sir. Ich sehe nichts.«

Masters überprüfte noch einmal den Schirm. Spinards Quadrat lag exakt über dem Signal des Trupps. Wie konnte er da nichts sehen?

»Was ist mit Trupp Zwo? Können Sie etwas von unseren Truppen sehen?«

»Ihre Leichen sind hier, Sir«, antwortete Spinard wie im Traum. »Falls Sie das meinen. Aber sonst nichts.«

Masters schluckte schwer. Dunkle Bäume huschten vorbei. Ihre hohen Äste waren voller Schatten und seltsamer Formen. »Spinard«, fragte er langsam nach, »wie *meinen* Sie das?«

Schweigen.

Knapp vor sich sah er den *Totschläger* und den *Dunkelfalke* durch den Wald stürmen. Sie erreichten das Signal etwa gleichzeitig. Vor sich sah er den *Tomahawk* auf einer Lichtung stehen. Ein paar Schritte später sah er das offene Cockpit des Mechs. Er ging in seiner Maschine bis zum *Tomahawk,* während sich Valentine und Belgrade in Defensivposition aufstellten.

Masters schaltete das Flutlicht an den Beinen des Mechs ein. Blut lag über dem Unterholz wie Regen, und von den Büschen hingen Tuchfetzen.

Und durch dieses Gemetzel wanderte Spinard. Er schien benommen.

»Valentine, Belgrade, bleiben Sie in ihren Mechs und halten sie Wache.« Er öffnete die Kanzel und kletterte die Leiter hinab. Der frische Laubgeruch des Waldes hatte durch das Blutvergießen einen unverwechselbaren Beigeschmack erhalten. Jetzt konnte er die Granateinschläge und Mörserkrater sehen, die das Gelände bedeckten. Kugeln hatten in Brusthöhe die Rinde von den Bäumen geschält. Im nackten Holz funkelten die metallenen Geschoßeinschläge. Was sich hier abgespielt hatte, war von weit größerem Ausmaß gewesen als der Angriff auf Trupp Eins. Trupp Zwei war niedergemäht worden. Masters kannte sich mit Infanteriekämpfen nicht aus, deshalb konnte er sich bei seiner Einschätzung nicht sicher sein, aber er hatte den Eindruck, daß dies das Werk von mindestens einer ganzen Kompanie sein mußte. Der Angriff war blitzartig erfolgt, und anschließend hatte die GFL sich wieder in die Wälder zurückgezogen. Vielleicht konnten seine Leute sie verfolgen. Vielleicht aber auch nicht.

»Der Feind ist der Schlüssel«, hatte Kapitan Ibn Sa'ud gesagt. Er hatte recht. Es war das Spiel der GFL, und Blakes Wort kannte die Regeln ebensowenig wie er.

Er sah hinüber zu Spinard. Der Mann stand an einem Strauch, blickte auf ihn hinab und bewegte die Lippen, als spräche er. Masters ging hinüber. Spinard wirkte wie ein im Gebet versunkenes Kind, so intensiv fixierte er den Strauch vor sich.

»Spinard?«

Nichts.

»Leutenient Spinard?«

Jetzt hauchte Spinard die Worte, wie um Masters' Stimme abzublocken, so leise, daß Masters kaum etwas hörte. Er trat noch etwas näher. »Siebenundneunzig. Achtundneunzig. Neunundneunzig. Hundert. Einhunderteins. Einhundertzwei.«

Vorsichtig legte Masters Spinard die Hand auf die Schulter. Er verstummte. »Spinard, was machen Sie?«

Ohne die Augen von dem Strauch zu lösen, erwiderte Spinard: »Ich zähle. Einhundertdrei. Einhundertvier.«

Masters drückte Spinards Schulter. »Was zählen Sie?«

»Die Blätter, Sir. Einhundertfünf. Einhundertsechs. Einhundertsieben …«

Hinter ihnen erklang das tiefe Brummen des Schwebers von Trupp Eins. Masters drehte sich um und ging dem Geräusch entgegen. In seinem Rücken zählte Spinard weiter. Als er das Schlachtfeld überquerte, blieb

Blut und Schlamm an seinen Stiefeln kleben. Jetzt sah er die Leichen überall, unter den Sträuchern und in den Schatten des Waldes.

Er hatte keinen dieser Soldaten gekannt. Sie waren am Tag seiner Ankunft gefallen, und er kannte keinen von ihnen. Er klammerte sich an diesen Gedanken und fand Trost darin.

Chick stieg aus dem Schweber. »Verflucht«, war alles, war er sagte, als er sich umblickte. Der Gemeine folgte ihm. Masters sah, wie er von einem Gefühlsausbruch geschüttelt wurde, aber dann setzte der Soldat eine unbeteiligte Miene auf, als wollte er sagen: »Das schon wieder.«

»Es war mehr als nur ein Zug in diesem Gebiet.«

»Das können Sie laut sagen«, bestätigte Chick. Er bemerkte Spinard. »Was ist mit dem Blechkamerad?«

»Er ... er zählt die Blätter des Gebüschs.«

Einen Augenblick sah Chick ihn mit leerer Miene an, dann trat ein Grinsen auf seine Züge. »Er zählt! Ich habe mich gefragt, was, zum Teufel, in den letzten fünf Wochen mit ihm los war.«

»Wie?«

»Ich hab ihn seit über einem Monat vor sich hin murmeln sehen. Manchmal starrt er nur auf seinen Mech und murmelt etwas. Oder er starrt in der Messe sein Gemüse an und murmelt. Er wird wohl die ganze Zeit gezählt haben. Gezählt, gezählt, gezählt. Die Nieten an seinem Mech, die Maiskörner auf seinem Teller. Blakes Wort zählt.« Er sah zu den BattleMechs hoch, die um ihn herum aufragten. »Ich hasse diese Kerle.«

»Sergeant?«

»Sperren Sie mich in den Bau, wenn Sie wollen, Sir. Aber Sie gehören nicht zu ihnen. Sie sehen es doch selbst, oder? Sie wissen, daß das hier nichts als eine wertlose Leichenfabrik ist. Ich habe es schon vorher in Ihrem Gesicht gesehen. Und jetzt sehe ich es wieder. Ritter der Inneren Sphäre, richtig?«

»Ja.«

»In Ordnung. Was machen wir mit den Toten?«

»Suchen ... suchen Sie zumindest nach Überlebenden. Wir kommen später wieder ...« Er sah sich um. »Morgen über Tag werden wir die Kennmarken einsammeln. Bis dahin bleibt es so.«

»Was ist mit dem Blechkameraden?«

Masters sah sich um. »Darum kümmere ich mich schon. Steigen Sie wieder in den Schweber. Wir brechen sofort auf.« Er ging zurück zu Spinard, der inzwischen an einem anderen Strauch stand. »Wir müssen gehen.«

»In Ordnung.« Spinard drehte sich um und ging zurück zu seinem *Tomahawk*. Überrascht trat Masters einen Schritt zurück. Er hatte erwartet, den Mann überreden zu müssen. Statt dessen kehrte Spinard mit gleichmäßigen, gemessenen Schritten zu seinem Mech zurück und kletterte hinauf ins Cockpit.

Die Aktivitäten der nächsten Tage verliefen nach dem gleichen Schema, wenn auch die GFL-Abschüsse das Niveau jener Nacht nicht wieder erreichten. Das Bankkonto der Gräfin Dystar finanzierte ohne Probleme Ersatz für die Gefallenen, und Masters hatte das seltsame Gefühl, daß die Ersatztruppen auch eintreffen würden, wenn er sie nicht anforderte, frisch aus der Fabrik, bereit zur Ablieferung in den dichten gelben Wäldern.

Immer wenn sie ein paar GFLs abschossen, strahlte Kapitan Ibn Sa'ud vor Vergnügen. In jeder Nacht holte er nach der Rückkehr der Patrouille ein schweres Kontobuch hervor und notierte Plus- und Minuspunkte der Lanze. »Diese Nacht kürzlich war schlimm«, pflegte er mit einem Kopfschütteln festzustellen. »Das müssen wir bald ausgleichen.« Im Verlauf der Tage nahm seine Zuversicht ab, und er wurde immer besorgter, daß die Verluste in Masters' erster Nacht nicht rechtzeitig bis zum Monatsende, wenn Präzentor Martialum Arian die Resultate aller Vorposten einsammelte, auszugleichen waren.

Masters versuchte währenddessen jeden Tag, Arian zu erreichen, um eine Ende der ständigen Vernichtungsjagden zu fordern. Außerdem wollte er Ersatz für Spinard anfordern. Der Mann verbrachte immer mehr Zeit im Innern seines Mechs. Er schlief sogar in der Kanzel. Er verließ die Maschine nur noch auf ausdrücklichen Befehl oder zum Essen. Als Masters Ibn Sa'ud von seinen Sorgen erzählte, lachte der Kapitan nur und antwortete: »Keine Bange. Das vergeht. Habe ich schon millionenmal gesehen.«

Als Arian sich schließlich mit Masters in Verbindung setzte, war er außer sich. Außer sich, daß jemand Spinards Fähigkeiten in Zweifel zu ziehen wagte, nachdem dieser Mann eine der besten Abschußraten in Blakes Wort aufweisen konnte. Außer sich, daß Masters es wagte, die Aufhebung einer gut durchdachten Strategie zu fordern. Außer sich, vermutete Masters, wegen eines Unruhestifters, den er nicht loswerden konnte.

Sie stritten sich volle vierzig Minuten am Telefon, bis Masters sich bereit erklärte, Spinards Diensttauglichkeit nicht weiter anzuzweifeln, solange Arien ihm erlaubte, die nächtlichen Vernichtungsjagden zu stoppen. Dann atmete Masters tief durch und verlangte eine Kompanie loyaler Gibsonier. Arian wollte wissen, wozu, um Himmels willen, er die brauchte, und Masters erklärte, daß er zum Kampf gegen die GFL in den Wald wollte.

Arian wollte wissen, was, zum Teufel, daran auszusetzen sei, die Wälder mit Mechs zu säubern. Masters erklärte, daß die Mechs vielleicht für die Waffen der Guerilleros unverwundbar waren, aber im Wald einfach keine so effektive Arbeit leisten konnten wie Fußtruppen. Die Mechs waren ohnehin langsam, und die

Bäume bremsten sie noch mehr. Ohne Zweifel hörten die Guerilleros sie schon Minuten, bevor sie eintrafen, und konnten sich daher absetzen, lange bevor die Mechs eine echte Gefahr wurden. Arian stotterte etwas von überlegener Feuerkraft und der Überlegenheit der Technologie, und Masters ließ ihn reden. Als Arian zwischendurch nach Luft schnappte, warf er ein: »Aber das funktioniert nicht. Ich bin sicher, der Generalhauptmann wird mir recht geben.«

Schließlich gab Arian nach und versprach, die Truppen demnächst an den Vorposten zu überstellen. Kapitan Ibn Sa'ud, der das Gespräch verfolgt hatte, starrte Masters mit unverhülltem Entsetzen an. Als Masters aufgelegt hatte, fragte der Kapitan mit schriller Stimme: »Was machen Sie? Wozu brauchen Sie Loyalisten?«

»Um Krieg zu führen, Kapitan. Um Krieg zu führen. Die gegebenen Umstände verlangen eine korrekte Wahl der Mittel. Momentan verzetteln wir uns da draußen. Wir setzen unsere Truppen nicht wirksam ein. Sie sind nicht auf Streife, wo sie außer Sicht bleiben könnten. Sie stellen den Gegner nicht, weil wir sie in zu kleinen Einheiten losschicken, um eine Siegchance zu haben. Wir werfen Sie dem Gegner vor wie Köder. Es reicht.«

»Aber die BattleMechs sind unverwundbar.«

»Stimmt, aber sie leisten nichts. Ich bin erst eine Woche hier, und es ist bereits offensichtlich. Die BattleMechs können diesen Krieg nicht gewinnen. Wenn wir auftauchen, um die Überreste unserer Soldaten einzusammeln, lachen sich die Guerilleros wahrscheinlich krumm über unsere Metallriesen, die ihnen nichts anhaben können.«

»Sie ... Sie sind ein MechKrieger. Wie können Sie so etwas sagen?«

»Gerade *weil* ich ein MechKrieger bin. Eben deshalb. BattleMechs sind keine Dei ex machina, die aus dem

Himmel herabsteigen, um jedes militärische Problem zu lösen. Sie sind *eine* Lösung für *bestimmte* Probleme.«

»Dixa was?«

»Vergessen Sie's. Wir bekommen Truppen, die wir korrekt ausbilden werden, und dann werden wir anfangen, die GFL zu demontieren.«

In dieser Nacht konnte Masters kaum einschlafen. Als es ihm gelang, träumte er von Männern und Frauen, in deren Eingeweiden Bomben versteckt waren. Aber es herrschte kein Krieg. Sie wanderten durch eine Stadt und erledigten ihre Geschäfte, wie in Omen, gutgekleidet und zielstrebig. Und keiner von ihnen wußte, daß er eine Bombe in seinem Innern trug. Aber Masters wußte es. Er allein. Er ging durch die Stadt, und die Menschen mieden ihn, weil er sie so seltsam anstarrte. Aber das tat er nur, weil er unter ihrer Haut die Drähte und Kabel sehen konnte. Er erkannte, daß sie alle kleine BattleMechs waren — getarnt in Kostümen aus Menschenhaut. Aber niemand steuerte die kleinen Mechs. Alle dachten: »Ich sehe aus wie ein Mensch, ich brauche keinen Piloten.« Und so wanderten sie herum und bemerkten nicht, daß sie überhitzten, weil sie keinen Piloten hatten.

Zwischendurch feuerte irgend jemand, der völlig normal wirkte, plötzlich aus allen Rohren und erschoß alle, die in seiner Nähe waren, ohne es zu beabsichtigen. Es war wie ein Rülpser. Er zerfetzte alle, die um ihn herumstanden. Die Menschen in der Nähe, die das Gemetzel sahen und überlebten, schüttelten den Kopf. Ab und zu schien es immer wieder zu geschehen. Die Menschen gingen durch die Straßen und rülpsten Laser und Raketen oder wurden von jemand, der überhitzte und durchdrehte, in Stücke geschossen.

Masters rannte auf eine Frau zu, eine wunderschöne Frau — Jungfer Kris; er erkannte sie, als er sie berührte — und rief: »Halt. Sie tragen eine Bombe in Ihrem Leib.«

Sie lachte und antwortete: »Sie erzählen einem ja Sachen, hören Sie auf.« Und verwandelte sich in die Gräfin Dystar. Die Gräfin streckte die Hände aus und strich Masters über die Wange. Ihre Berührung war heiß, so heiß, daß seine Haut zerschmolz. Aber gleichzeitig war sie wundervoll.

Plötzlich stand er an dem Baum, an dem die Söldner aufgehängt worden waren. Die Gräfin war bei ihm, und er wünschte sich mit ganzer Kraft, nichts für die Menschen zu empfinden, die dort im Baum hingen, mit blutverschmiertem Gesicht, die Körper von hartem Metall aufgeschlitzt.

»Ich kann dir deinen Wunsch erfüllen«, sagte die Gräfin. »Ich kann dich vergessen machen. Ich kann dafür sorgen, daß du nichts mehr fühlst.« Die Berührung ihrer Finger wurde noch heißer, als sie über seine Brust und seinen Bauch fuhren. Er sah hinab. Unter seiner Haut verwandelten sich die Muskeln in Myomerbündel, und seine Haut wurde zu Metall. »Willst du es?« fragte sie. »Du kannst für immer glücklich und zufrieden sein; du mußt nur den Rest deines Lebens darauf ausrichten, dich abzulenken ...«

Sie beugte sich vor, um ihn zu küssen, und gerade, als sie ihre herrlichen warmen Lippen auf die seinen preßte, hörte er einen furchtbaren Schrei.

»Paul!« Eine Stimme in der Nähe, nein, weit über ihm, auf der anderen Seite des Traumozeans. »Paul, wachen Sie auf!« Jen stand über ihm in der Dunkelheit. In der Ferne, irgendwo auf dem Vorpostengelände, ertönten Schreie.

»Was?« stotterte er.

»Kommen Sie«, erklärte Jen. »Sie sollten eingreifen.«

14

Nagasakital, Gibson
Prinzipalität Gibson, Liga Freier Welten

6. Februar 3055

Die Schreie kamen von einem Punkt hinter den Latrinen. Als sie um die Ecke kamen, fiel Masters eine im Licht der Laterne silbrig glänzende Blutlache auf. Dann sah er einen Mann, der mit durchgeschnittener Kehle in der Blutlache lag. Seiner groben, schmutzigen Kleidung nach zu urteilen, war er ein Bauer gewesen.

Mehrere Loyalisten hielten zwei andere Bauern fest. Kapitan Ibn Sa'ud ging, ein schweres Messer in der Hand, auf einen von ihnen zu. Chick war auch da, offensichtlich erschüttert. Er sah zu, nahm aber nicht am Geschehen teil. »Himmel«, stieß Jen aus. »Das hatte ich nicht ...«

»Was, zum Teufel, geht hier vor?« brüllte Masters, und marschierte auf Ibn Sa'ud zu.

»Ah!« Kapitan Ibn Sa'ud wirkte hocherfreut, ihn zu sehen. »Meine Leute haben in einem nahe gelegenen Dorf diese Goffelsympathisanten aufgegriffen. Jetzt werden sie uns Informationen liefern.« Er trat zu dem zweiten Mann, der mit verzweifelten Blicken wortlos um sein Leben flehte. Einen Augenblick dachte Masters, der Kapitan wollte ihn mit dem Messer nur bedrohen. Aber gerade, als er sich an den Toten am Boden erinnerte, packte Ibn Sa'ud den Mann bei den Haaren, zog seinen Kopf nach hinten und zog ihm das Messer über die Kehle. Das Blut des Bauern spritzte aus der Wunde. Ibn Sa'ud bedeutete seinen Männern loszulassen, und der sterbende Mann fiel, sich im Todeskampf windend, zu Boden.

Geschockt und entsetzt rief Masters Chick zu: »Er soll damit aufhören!«

»Das ist seine Art des Verhörs.«

»Ha! Sehen Sie«, erklärte Kapitan Ibn Sa'ud, »der hier hat jetzt echte Angst.« Als er sich dem dritten Mann zuwandte, sprang Masters Ibn Sa'ud an und schlug seine Hand nach unten. »Ich sagte: aufhören!«

Der Kapitan ließ das Messer fallen und blickte Masters wie ein beleidigtes Kind an. »Warum machen Sie das? Das ist meine Arbeit. Dafür bin ich hier.«

Masters ignorierte ihn und drehte sich zu den loyalen Soldaten um, die den letzten Gefangenen festhielten. »Sperrt ihn ein, aber verletzt ihn nicht.« Die Soldaten blickten zu Kapitan Ibn Sa'ud, der nur noch auf den Boden starrte und nichts von dem mitzubekommen schien, was um ihn herum vorging. »Bewegung, oder ich prügel euch quer durch die Basis«, brüllte Masters. Die Soldaten zerrten den Gefangenen davon. »Sie und Sie!« Er deutete auf Jen und Chick. »In mein Quartier. Sofort.«

In seinem Zimmer setzte Jen sich auf Masters' Kommode. Chick blieb stehen. Masters ließ sich aufs Bett fallen.

»Was, zum Teufel, war das?« fragte er Chick.

»So etwas kommt vor. Ich habe es Ihnen doch gesagt, so führen sie Verhöre durch.«

»Er hat sie umgebracht.«

»Willkommen im Krieg.«

»Hören Sie mit diesem Scheiß auf!«

»Ich glaube, Sie sollten sich das hier ansehen«, meinte Jen und zog ein Stück Papier aus der Tasche. »Ich wollte es Ihnen morgen früh geben, aber ...«

Sie verstummte, und er nahm den Zettel. Auf dem Papier stand eine lange Liste. Ein paar Eintragungen erregten sofort seine Aufmerksamkeit:

> In Stacheldraht wickeln
> Kopf in den Schlamm tauchen — 80 Sekunden

Messer in den Rücken schnüren
Ohr durchschießen

»Was ist das?«

»Eine Liste, die ich gemacht habe, während ich den loyalen Soldaten zuhörte. Sie haben Witze darüber gemacht, wie sie mit Gefangenen umgehen.«

Er sah noch einmal auf die Liste: ...wenn Magen voller Wasser, prügeln, damit es zu... »Das kann nicht stimmen.«

»Doch«, erklärte Chick. »GFL und Loyale foltern auf Teufel komm raus.« Er blickte zur Decke. »Sie kommen vom selben Planeten. Ich verstehe es nicht.«

»Was ist mit den Söldnern von anderen Welten, Chick?« Als Chick den Blick abwendete, setzte er nach. »Raus damit.«

»Es ist die Hölle hier, Sir. Was sie mit uns anstellen ...«

»Ich glaube es einfach nicht!«

Chick sprach weiter. »Manchmal gehen wir einfach in die Dörfer. Verwüsten sie.«

»Was?«

»Sie nennen sie Freie Feuerzonen.«

»Was?«

»Freie Feuerzonen. Alles, was innerhalb der Zone lebt, ist Angriffsziel.«

»Ein Schlachtfeld?«

»Nein. Nicht wirklich. Man könnte es glauben, wenn man hört, wie wir darüber reden. Aber es sind einfach nur Gebiete, die als feindliches Gebiet klassifiziert sind. Riesige Gebiete. Alles, was in einem solchen Gebiet lebt, ist ein Feind und muß getötet werden.«

»Abschußzahlen«, flüsterte Masters. Es war kaum zu hören.

»Volltreffer, Sir. Ich habe keine Ahnung, wer die Freien Feuerzonen festlegt oder wie sie ermittelt werden. Soweit ich weiß, bestechen die Dörfer Leute wie Kapitan Ibn Sa'ud, damit ihr Dorf *nicht* zur Freien Feuerzone erklärt wird.«

»Ist das Ihr Ernst?«

»Absolut, Sir. Ich habe keine Beweise. Aber mir ist bis heute noch nicht klar, was, zum Teufel, ein Gebiet zur Freien Feuerzone macht. Abgesehen davon, daß man viele warme Leichen braucht, um die Abschußzahlen einer Lanze hochzutreiben. Wir schießen einfach Leute ab, und Blake und die Loyalisten versichern uns, daß wir das richtige tun.« Chick hob die Hand an die Augen. Er seufzte und sagte: »Ich feuere weiter, aber wenn man erst mal genug Zehnjährige abgeknallt hat ...«

Masters verschlug es die Sprache. Er sah stumm zu Chick hoch, sein Gesicht eine Maske des Entsetzens.

Chick ließ die Hand fallen und starrte zurück. »Kommen Sie mir nicht so. Diese Kinder — *sie bringen dich um.* Ich hab's gesehen. Sie laufen auf dich zu und werfen eine Handgranate in die Schweberluke. Das ist kein Krieg. Es ist einfach nur ein Gemetzel. Alle schreien was von Religion. Die Blakes wollen ihre Religion. Alle andern wollen ihre eigenen Religionen. Sie sind alle überzeugt, recht zu haben. Also dürfen sie umbringen, wen immer sie wollen. Mir ist inzwischen gleich, wen ich umbringe und wen nicht ...« Er atmete tief durch. Er schien kurz vor einem Nervenzusammenbruch zu stehen, aber er riß sich zusammen. »Tut mir leid, Sir.«

Peinliche Stille lag über dem Raum. »Na schön«, erklärte Masters schließlich. »Morgen gehe ich zurück nach Omen. Der Generalhauptmann erwägt Verhandlungen mit der GFL. Ich werde mit Präzentor Blane darüber reden, und dann werde ich Thomas Marik verständigen, daß die Lage hier außer Kontrolle ist. Denn das hier ist ... das hier ist Wahnsinn.«

Am nächsten Morgen erreichte Masters ein Anruf von der TOZ, bevor er in die Stadt aufbrechen konnte. Die beiden Renegatenmechs der Gräfin Dystar waren in der vorigen Nacht im Nagasakital gesehen worden. Er entschloß sich, seine Reise zu verschieben. Zwei wildgewordene Mechs waren zu gefährlich, um sie zu ignorieren. Er rückte mit der Mechlanze und den Söldner-Schwebertrupps aus.

In seinem Cockpit sah Masters auf den Schirm. Die Langstreckenanzeige informierte ihn über die Bewegungen der drei anderen Mechs seiner Lanze. Dann schaltete er wieder um auf Kurzstrecke. Seine Mechgefährten verschwanden und machten Chicks Schweber Platz. Auf der Sichtscheibe sah Masters den Schweber fünfhundert Meter weiter rechts wie ein Boot auf dem Wasser durch das hohe Gras gleiten.

Er schaltete das Funkgerät ein. »*Tomahawk* Eins, *Totschläger* Eins. Hier ist *Feuerfalke* Eins.« Nachdem Spinard und Valentine sich gemeldet hatten, fuhr er fort. »Sie nehmen das Gebiet um Padang. Die Mechs könnten dort oder zumindest in der näheren Umgebung postiert sein.« Die beiden MechKrieger bestätigten seinen Befehl. Dann rief er Belgrade. »*Dunkelfalke* Eins, Sie bleiben bei mir. Wir marschieren zum Zyklonkamm und wieder zurück.« Auf dem Schirm teilten die Punkte sich auf.

Wenn sie die Mechs nur fanden ... Das wäre mehr nach seinem Geschmack, auch wenn es noch nicht ganz korrekt war. Für eine richtige Schlacht brauchte es Herolde, einen von beiden Seiten akzeptierten Austragungsort, in Schlachtreihe aufgestellte BattleMechs.

Die Leute, mit denen er redete, die Zivilisten, dachten häufig, daß solche Schlachten, die den rituellen Gefechten solch alter terranischer Kulturen wie der des feudalen England oder Japan nachempfunden waren, wenig Raum für Taktik oder individuelle Fähigkeiten boten. Dem war jedoch nicht so. Möglicherweise war es vor Generationen so gewesen, als Soldaten in dichter Blockformation marschierten und aufeinanderprallten. Aber bessere Waffen und bessere Panzerung gestatteten dem einzelnen Krieger eine wichtigere Rolle.

Das war die Prüfung des rituellen Kampfes: Das Gefecht fand offen statt. Es verlangte von jedem Kämpfer die Kunst der Improvisation. Wenn es eine Überraschung gab, dann nur vor der Nase des Gegners. Die Wendungen im Kampfgeschick erforderten schnelles, flüssiges Denken unter härtester Belastung. Hier stellte der Krieger sein Können unter Beweis — indem er den Gegner in einem Augenblick übertölpelte.

Die Vernichtungswerkzeuge der Vergangenheit — Giftgas, Atomwaffen und andere — waren verboten, weil sie unmenschlich waren. Aber der Krieg an sich war unmenschlich. Der Krieg verlangte, daß Menschen einander umbrachten. Das war in sich unmenschlich. Nein. Der entscheidende Punkt war, daß Gas und nukleare Feuerbälle einfach nur freigesetzt wurden — sie boten keinen Raum mehr für die Fähigkeiten eines Kriegers. Ohne Bedarf für diese Fähigkeiten gab es keinen Bedarf mehr für den Krieger. Und ohne diesen Bedarf gab es für Menschen wie ihn keinen Platz mehr in der Gesellschaft.

Er wußte, daß irgend etwas in seinem Blut danach verlangte, unter Feuer Entscheidungen zu treffen. Er fühlte sich niemals so lebendig wie am Steuer seines Mechs, wenn er den Gegner im Fadenkreuz hatte, seine Kameraden am Abgrund des totalen Chaos führen konnte. Aber er wußte auch, daß sein Geschmack für dieses Erlebnis — im Gegensatz zu vielen anderen — Grenzen hatte. Für die meisten Zivilisten gab es kein Halten, nachdem sie ihren ersten Kampf erlebt hatten. Der Krieg wurde schnell zu einer nationalen Ehrensache, und damit waren Atomwaffen nicht mehr weit.

»Wir erreichen jetzt Padang, Sir«, meldete sich Valentine.

»Halten Sie mich auf dem laufenden.«

»Sie sind in Bewegung, Sir. Wir greifen an.«

»Wer ist in Bewegung, *Totschläger* Eins?«

»Die Dorfbewohner, Sir. Wir haben bestätigte Goffels.«

Masters fühlte, wie ihm die Situation entglitt. »*Bestätigte Goffels, Totschläger* Eins? Wie bestätigt?« Er blickte auf die Anzeige und sah, wie die Mechs Valentines und Spinards in Höchstgeschwindigkeit vorrückten.

»Sie sind in Bewegung, Sir.«

Hier stimmte etwas ganz und gar nicht. Er wendete seinen Mech, um zu Valentine und Spinard zu stoßen. »*Dunkelfalke* Eins, Sie bleiben bei mir. *Totschläger* Eins, was, zur Hölle, soll das heißen: ›Sie sind in Bewegung‹?«

»Sie sind in Bewegung, Sir. Ich kann es von hier aus sehen, und wir sind noch einen halben Klick entfernt. Sie rennen zwischen den Gebäuden umher.«

»Wie als Reaktion auf den Anblick zweier riesiger BattleMechs, die auf ihren Heimatort zustürmen?«

»Genau, Sir. Noch fünf Sekunden bis zum Feuern.«

»Nicht feuern, Valentine!«

»Ignorieren Sie das, Valentine«, ertönte Arians Stimme und mischte sich wie durch Zauberei in das Gespräch ein. »Vorgehensweise wie üblich.«

Masters war schockiert. Was machte Präzentor Martialum Arian auf seinem Funkkanal? Die modernen Kommunikationsanlagen gestatteten hohen Offizieren, sich in die Aktionen im Feld einzumischen, aber das war eine fürchterliche Idee. Direkte Befehle von Personen außerhalb des eigentlichen Gefechts komplizierten die Lage nur unnötig.

»Präzentor Martialum Arian«, warf Masters ein, »*Totschläger* Eins hat mir soeben gemeldet, daß sie ängstlich umherrennen. Ist das nicht völlig normal, wenn ein Mech auf einen zurennt?«

»Überlegen Sie mal, Sir Masters. Loyale Gibsonier haben von uns nichts zu befürchten. Nur Goffels haben Grund zur Panik.«

»Ich finde, Sie ...«

»Feuer«, meldete Valentine, und das Donnern von Raketenlafetten dröhnte durch die Lautsprecher.

»Himmel.« Masters gab Vollgas und riß den *Feuerfalke* vorwärts. Mit jedem Schritt warf der Mech riesige Brocken Erde auf. »*Totschläger* Eins, Feuer einstellen! Feuer einstellen! Das ist ein Befehl!«

»Kapitan Masters, Sie gefährden die gesamte ...« Arian wetterte auf ihn ein, aber Masters kümmerte sich nicht darum. Er erreichte den über Padang liegenden Bergkamm und blieb stehen, als er sah, was sich unter ihm abspielte. Wie Omen war auch das Dorf Padang kreisrund. Es bestand aus einigen hundert Holzhäusern. Am Rand des Dorfes begann das kilometerweit reichende Ackerland.

Spinards *Tomahawk* stand in der Mitte des Dorfes. Mit dem drei Tonnen schweren Beil in der rechten Hand des Mechs zertrümmerte er die Gebäude. Menschen wurden ins Freie geschleudert, flogen hoch durch die Luft, bevor sie auf den Boden oder gegen andere Häuser prallten. Ab und zu feuerte die Autokanone auf der rechten Schulter des Mechs. Die Granaten flogen bis zum Dorfrand und zerfetzten flüchtende Einwohner. Masters sah niemanden, der Gegenwehr leistete. Alle Überlebenden schienen nur darauf aus, so schnell wie möglich zu fliehen.

Währenddessen umkreiste Valentines *Totschläger* unermüdlich den Ort und suchte nach Einwohnern, die es bis an den Dorfrand geschafft hatten und zu entkommen drohten. Mit ihren Lasern tötete sie Dutzende Flüchtlinge.

Er setzte den Mech wieder in Bewegung. Während

er den Hang hinabstürmte, preßte er den Sprechknopf nieder. »Was macht ihr Wahnsinnigen da? Die leisten keine Gegenwehr!«

»Es ist eine Freie Feuerzone, Sir«, stellte Valentine fest. »Das sind alles Goffel.«

»Woher wissen Sie das?« brüllte Masters. Er rannte in das Dorf, bog in die Hauptstraße ein, versuchte, den verzweifelt in Deckung rennenden Dörflern auszuweichen. Er kam direkt vor dem *Tomahawk* zu stehen und packte mit der linken Mechhand den Schaft des Beils, als es gerade zu einem neuen Schlag ansetzte. Die gewaltigen Arme der beiden Mechs arbeiteten gegeneinander und erfüllten die Luft mit einem schrillen Kreischen. Durch den Schwung des Schlages behielt der *Tomahawk* die Oberhand. Masters fühlte, wie seine Maschine ins Wanken kam.

Er konnte nicht riskieren, umgeworfen zu werden, und ließ los. Der Arm des *Tomahawk* flog ungebremst abwärts, bis das Beil mit erschütternder Gewalt in den Boden fuhr. Sofort legte Masters die Hand des *Feuerfalke* auf den Beilkopf. Jetzt war die Schwerkraft sein Verbündeter und half ihm, den Arm des *Tomahawk* zu blockieren. »Stop! Hören Sie auf! Sie sind am Ende. Sie leisten keine Gegenwehr!«

»Kapitan Masters!« schrie Valentine. »Was tun Sie da?«

»Was geht da draußen vor?« verlangte Arian zu wissen.

Die Kanzel des *Feuerfalke* hatte sich durch den Sturmlauf und den Angriff auf Spinard erwärmt. Sie war nicht annähernd heiß genug, um eine Gefahr darzustellen, aber er fühlte es. »Sie leisten keine Gegenwehr«, artikulierte er langsam und sorgfältig. Plötzlich war er sich nicht mehr sicher, ob er diese einfache Wahrheit wirklich laut ausgesprochen hatte.

Valentine stellte ihr Feuer ein, aber dann sah Masters, wie sie ihre Geschütze auf ihn richtete. Sie feuerte nicht, möglicherweise aus Angst, Spinard zu treffen, oder vielleicht war sie noch nicht soweit, auf ihren Kapitan zu schießen. Er bemerkte Belgrade auf dem Bergkamm außerhalb des Dorfes. Er beobachtete das Geschehen, griff aber noch nicht ein. Und nur wenige Meter vor ihm hing das dunkle Cockpit des *Tomahawk*, in dem er Spinard wußte.

Unter ihm war es ruhig geworden. Masters sah keine einzige aufrechte Gestalt, nur Hunderte wie Stoffpuppen im ganzen Dorf verstreute Körper. Manche lagen in den Straßen, andere in den Trümmern von Häusern, die von Raketen, Granaten oder Spinards furchtbarem Mechbeil verwüstet worden waren. »Sie leisten keine Gegenwehr«, wiederholte er. »Es wird Zeit aufzuhören. Wir werden jetzt die Verwundeten versorgen.«

»Was?« fragte Valentine und zog das Wort in die Länge wie ein Kind, dem man den Nachtisch gestrichen hatte. »Das sind Tiere! In einer Freien Feuerzone! Wir sind nicht ...«

»Tun Sie, was Sir Masters verlangt, Leutenient«, meldete sich Arian. »Und beschaffen Sie mir Abschußzahlen. Ich melde mich gleich wieder.«

Masters gab das Beil des *Tomahawk* frei. Er blieb auf einen plötzlichen Gegenschlag gefaßt, aber Spinard bewegte seinen Mech ein paar Schritte zurück und schaltete ihn ab.

»Schweber Trupp Eins«, sprach Masters ins Mikrofon.

»Hier, Sir«, meldete sich Chick.

»Fahren Sie ins Dorf und sehen Sie nach den Verletzten. Suchen Sie auch nach GFL-Waffen und Guerilleros.«

»Ja, Sir.«

»Von den anderen Schwebertrupps erwarte ich dasselbe.« Nach einer Pause bestätigten die Sergeanten der übrigen Trupps.

Masters ließ sich in die Pilotenliege sinken und wischte sich den Schweiß von der Stirn. Erst hatte er auf der Feier in Friedenszeiten einen regulanischen Offizier angegriffen, dann hatte er in der vorhergegangenen Nacht seinen loyalen Mitkommandeur bedroht, und jetzt war er mit den MechKriegern unter seinem Befehl aneinandergeraten. Hatte er völlig das Gefühl für die Wirklichkeit verloren, oder war es die Welt, die unwirklich geworden war?

Unter sich sah er, wie die Infanteristen in das Dorf — oder das, was davon übriggeblieben war — ausschwärmten. Er sah Chick neben einem Leichenhaufen knien, und dann sah er, wie er seinen Funker herüberwinkte.

»Sir«, kam Chicks Stimme aus den Lautsprechern, »wir haben hier eine Menge, und ich meine *eine Menge,* Leute, deren Leben am seidenen Faden hängt. Wir haben weder die Geräte noch sonstige Mittel, uns um so viele Verletzte zu kümmern, und Hilfe ist keine zu erwarten. Was sollen ... was sollen wir mit ihnen machen? Sir.«

Masters rieb sich das Nasenbein und schloß die Augen. Was war aus den Idealen geworden, die Thomas und er erkannt hatten? Wann wurde der Krieg endlich sauber?

»Wollen Sie damit sagen, daß es keine Wahl gibt, Chick?«

»Hier und jetzt für die meisten von ihnen nicht. Aber sie leiden.«

»Na gut. Aber nur in extremen Fällen. Sorgen Sie dafür, daß das jeder versteht. Retten Sie, wen Sie können.«

Er öffnete die Augen und schaute hinab. Chick zog seine Mydron-Automatikpistole und richtete sie auf einen kleinen Körper — ein Kind vielleicht oder ein verstümmelter Erwachsener, aus dieser Höhe konnte er es nicht genau erkennen. Ein Schuß. Der Körper zuckte einmal, dann regte er sich nicht mehr. Chick senkte den Kopf.

Valentine kletterte an ihrem *Totschläger* nach unten. Über der Schulter trug sie eine Tasche. Er wußte, was sie darin hatte: die Werkzeuge ihres wahren Geschäfts. Nicht Waffen, sondern einen Taschenrechner. Sein Abscheu für sie und Blakes Wort stieg ins Unermeßliche. Er mußte Thomas davon berichten. Was immer man ihm erzählt hatte, wer auch immer die Lügen weitergegeben hatte — ob die Gräfin Dystar, Hsiang, Blakes Wort —, das war jetzt unwichtig. Das hier war der pure Schrecken. Genau deshalb mußten MechKrieger die Kontrolle über die Kriegswerkzeuge in die Hände nehmen, *edle* MechKrieger, die wußten, worin ihre Aufgabe bestand.

Sobald die Säuberungsarbeiten abgeschlossen waren, würde er in die Stadt zurückkehren. Masters öffnete die Luke des Cockpits und machte sich auf den langen Weg nach unten.

15

Padang, Gibson
Prinzipalität Gibson, Liga Freier Welten

6. Februar 3055

Padang war wie geschaffen für die Aufnahmen eines Antikriegsfilms. Masters haßte, was er hier sah, aber er mußte sich daran erinnern, daß er den Krieg nicht haßte.

Der Krieg war zuallererst eine Prüfung der Willenskraft. Jenseits aller Strategie und Technologie mußten die Soldaten Stellungen halten, Befehle ausführen und zusammenarbeiten. Wie brillant die Manöver eines Generals auf der Karte auch aussehen mochten, was zählte, waren die Entscheidungen der Soldaten auf dem Schlachtfeld — wenn die andere Seite das Feuer eröffnete. Eine Militäreinheit lebte und starb mit ihrer Fähigkeit, wie im Manöver weiterzuoperieren. Der Trick bestand darin, Ruhe und Entschlossenheit zu bewahren, bis der Gegner zusammenbrach. Nerven und Willenskraft. Damit wurde eine Schlacht wirklich gewonnen. Wenn nur ein Soldat zusammenbrach und die Flucht ergriff, bot sich dem Feind eine Öffnung. Und wenn es erst einmal soweit war, blieb die Öffnung nur in den seltensten Fällen klein. In einem solchen Augenblick konnte sich das Schlachtenglück entscheidend wenden.

Natürlich hatte die Technik dieser Philosophie des Krieges einen schweren Schlag versetzt. Moderne Waffen gestatteten die Kriegsführung aus großer Entfernung. Ein Knopfdruck genügte, eine Rakete zu starten, ohne der *Gefahr* der Vernichtung nahe zu kommen. Ohne Angst gab es auch keine Prüfung. Jeder Idiot konnte einen Knopf drücken.

Jetzt war es still im Dorf, totenstill. Und heiß. Es

war erst zehn, aber die Luft flimmerte schon vor Hitze. Fliegen schwärmten um die Leichen, die zerstükkelten Körper, die zerrissenen Frauen, die zermalmten Kinder.

Er stellte sich eine langsame Kamerafahrt entlang der leichenübersäten Szenerie vor. »Da! Seht es euch an! Tod! Krieg ist böse und falsch!« Was die Filmemacher immer vergaßen: Die Menschen, die einen Krieg führten, hielten diese Greuel grundsätzlich für notwendig und deshalb akzeptabel. Unlogisch? Sicher, aber wenn die Verhandlungen scheiterten, war die Zeit für Logik längst vorbei.

Hier auf Gibson war es genauso. Die Wahren Gläubigen brauchten eine neue Heimat, nachdem sie sich von ComStar abgespalten hatten, aber die Bewohner von Gibson wollten sie nicht aufnehmen. Sollte Blakes Wort zwischen den Sternen umherwandern, bis sie alle von der eisigen Kälte des Alls verschlungen worden waren? Nein. Sie waren von Thomas Marik, Generalhauptmann der Liga Freier Welten, hierher eingeladen worden und hatten eine Zuflucht versprochen bekommen. Und wenn sie um diese Zuflucht kämpfen mußten ...

Die Bewohner Gibsons konnten die Schrift an der Wand lesen. Die Wahren Gläubigen wurden schnell Teil von Hsiangs Freundeskreis und mit Aufträgen und Steuergeldern gemästet. Wer wußte, ob sie nicht eines Tages mehr von Hsiang verlangen würden? Ob sie den Menschen auf Gibson eines Tages ihre Religion aufzwingen würden? Die Gibsonier hatten kein Bedürfnis, schweigend abzuwarten und diesen Fanatikern ihr Seelenheil zu überlassen. Sie wollten die Wahren Gläubigen vertreiben, und zwar *jetzt*.

Und so lagen zerschossene Leichen in verwüsteten Häusern. So war es nun einmal. Im Krieg starben Menschen.

Aber mußten es so viele Zivilisten sein? Nein, aber

dies war ein Guerillakrieg, und die Zivilisten standen an vorderster Front.

Um ihn herum sammelten die Trupps die Verletzten mit Überlebenschance. Sie trugen sie zu Chicks Schweber, wo die Sanitäter eine provisorische Erste-Hilfe-Station eingerichtet hatten. Keiner der Bauern würde ganz geheilt werden können, und viele würden innerhalb weniger Wochen sterben.

Die Soldaten schienen nur widerwillig zu arbeiten, und sie warfen Masters häufig finstere Blicke zu, wenn sie glaubten, er bemerke es nicht.

Er sah vier Mann von Trupp Fünf neben einem Haufen Körper stehen und rauchen. »Bewegung da drüben!« brüllte er. Sie drehten sich langsam zu ihm um, schüttelten den Kopf und warfen die Zigaretten fort. Einer von ihnen beugte sich nach unten und zerrte eine schluchzende Frau unter den Leichen hervor. Sie war blutüberströmt, aber er konnte nicht erkennen, ob das Blut von anderen Opfern stammte oder ob sie selbst verletzt worden war.

Valentine kam vorbei. Ihr unbeteiligter Gang stand in lächerlichem Kontrast zu der angerichteten Verwüstung. Sie sah ihn nicht an, aber er fragte: »Wo ist Spinard?«

Sie wirbelte herum, und ihre Wut brach sich Bahn. »Was glauben Sie wohl, wo ...« Aber sie bekam sich wieder in die Gewalt, räusperte sich und antwortete: »Er ist in seinem Mech, Sir.«

»Ich habe ihm befohlen auszusteigen.«

»Ja, Sir. Das haben Sie. Aber ich würde die Chance, daß er sein Gesicht außerhalb des *Tomahawk* sehen läßt, als sehr gering einschätzen.« Sie ging weiter, suchte das Gelände ab und gab Zahlen in ihren Compblock ein.

Masters sah sich um. Er hätte nicht gewußt, wie er einen Dorfbewohner von einem Goffel unterscheiden sollte, und das sagte er ihr auch.

»Nun, für die Zwecke dieser Aufstellung zähle ich sie alle.«

Er war einen Augenblick wie vor den Kopf geschlagen. »Was?«

»Ich zähle sie alle. Unter einer der Hütten haben wir eine Kiste Waffen gefunden. Panzerabwehrwaffen. Ich weiß nicht, woher sie sie hatten, aber sie hatten sie. Dieses Dorf hat sie versteckt.«

»*Jemand* in diesem Dorf hat sie versteckt.«

»Und der Rest des Dorfes hat den Mund gehalten. Sie zählen alle.« Sie blickte auf den Rechner und nickte.

»Nach Berechnung dieser Abschußzahlen werden Sie und Spinard gut dastehen. Arian wird in Blanes Büro marschieren und melden können, daß der Krieg gut verläuft.«

»Das *ist* sehr gut für den Kriegsverlauf. Wir haben ein GFL-Dorf angegriffen und ausgeschaltet. Die Überlebenden werden es sich zweimal überlegen, bevor sie noch einmal gegen uns aktiv werden.«

»Die Überlebenden?« Er deutete auf die Verwüstung und mußte bei allem Entsetzen lachen. »Dieses Dorf ist eine einzige Ruine. Sie haben eine Kiste mit sechs Rak-Fäusten gefunden. Glauben Sie nicht, daß Sie ihre Zeit besser damit hätten zubringen können, die Quelle des GFL-Nachschubs zu suchen, statt Hunderte von Bauern zu töten, denen man die Kiste wahrscheinlich mit Waffengewalt aufgezwungen hat?«

Sie ignorierte ihn. »Das Dorf liegt in Trümmern«, stellte sie fest, als rezitierte sie einen Katechismus. »Jetzt werden sie in eine Stadt ziehen. Wahrscheinlich nach Omen. Um so besser. Dort können wir sie besser im Auge behalten. Das flache Land wimmelt von Guerilleros. Da können wir nichts ausrichten. In der Stadt gehören sie uns.«

Masters hob die Hände vor die Brust und legte die Fingerspitzen aneinander. Er erinnerte sich an die

Slums am Rande von Omen und das Gespräch mit Präzentor Blane in der Limousine auf dem Weg vom Raumhafen in die Altstadt. »Das ist das Befriedungsprogramm?«

»Sie haben also schon davon gehört.«

»Ja. Aber es entspricht nicht dem, was ich mir darunter vorgestellt hatte.«

»Wie auch immer.«

Sie wanderte weiter, und ihre Finger flogen über die Tastatur. »Valentine«, rief er ihr hinterher, »ist irgend jemanden in der Armee schon einmal der Gedanke gekommen, daß es dämliche Tricks wie dieser sind, die dafür sorgen, daß die GFL trotz Ihrer Vernichtungsprogramme ständig weiter wächst? Sie treiben die Neutralen in die Arme der Guerilleros!« Sie beachtete ihn nicht.

Masters hörte Kinderstimmen. Er blickte nach rechts und sah zwei kleine Knaben, etwa acht oder zehn Jahre alt, die an den Ärmeln von zwei Soldaten zerrten. Die Knaben trugen mit Schmutz und Blut bespritzte Kimonos. Tiefe Schnitte liefen über ihre Gesichter, und einer der beiden wischte sich ständig das Blut aus dem rechten Auge. Beide gestikulierten in Richtung Dorfrand, als wollten sie die Soldaten überreden, sie dorthin zu begleiten.

Die Infanteristen stießen die Knaben beiseite, und als sie keine Ruhe gaben, zog einer von ihnen seine Waffe und richtete sie auf den kleineren der beiden.

»Gemeiner!« brüllte Masters.

Die Knaben zogen sich ängstlich zurück. Der Gemeine erkannte Masters und senkte widerstrebend die Waffe.

»Stellen Sie fest, was die beiden wollen«, befahl Masters.

»Sir. Sie behaupten, ihre Eltern wären unter einem eingestürzten Haus verschüttet«, rief der Soldat zurück.

»Dann gehen Sie und holen Sie sie raus!«

»Das ist eine Falle«, rief der Infanterist erbittert. Dann senkte er verlegen den Kopf. »Es könnte eine Falle sein, Sir.«

Die Worte hallten durch Masters' Gedanken. Es konnte tatsächlich eine Falle sein. Diese Dinge passierten. Chick hatte ihm davon erzählt. Was nun? *Keine Hilfe für Kinder. Es könnte eine Falle sein.*

»Ihr zwei«, rief Masters, während er auf sie zuging. »Wir gehen zusammen.« Als er die Gruppe erreicht hatte, fragte er: »Eure Eltern sind da drüben?«

»Ja, Sir. Bitte«, drängte der ältere Junge. »Sie brauchen Hilfe. Sie sterben!«

»Bring uns hin.« Die beiden Soldaten, der eine blond, der andere dunkelhaarig, sahen Masters an, als habe er gerade ihr Todesurteil verkündet.

Die Gruppe bahnte sich einen Weg durch das verwüstete Dorf und erreichte bald dessen Rand. Ein schmaler Trampelpfad führte zu einer eingestürzten Hütte in etwa fünfzehn Meter Entfernung. »Sie sind da drin«, sagte der ältere Knabe. »Sie sterben.« Das letzte Wort flüsterte er fast, während er zu Masters aufschaute.

Die Knaben gingen weiter voran, gefolgt von dem blonden Soldaten, Masters und als Schlußmann dem zweiten Infanteristen. Unterwegs suchten Masters und die beiden Soldaten die Umgebung nach Heckenschützen und Minen ab, fanden aber nichts.

Dann bemerkte Masters, nur ein paar Meter vor dem Haus, daß die Knaben ihre Gangart veränderten. Es war nichts ausgesprochen Auffälliges an ihrer neuen Gehweise, nur etwas mehr Schwung beim Heben des Beines, wie, um einen über den Weg gespannten Draht zu vermeiden.

Einen über den Weg gespannten Draht.

Masters packte den blonden Soldaten, als er gerade mit dem Knöchel den Auslöser berühren wollte. Er riß ihn nach hinten weg, fort von dem Draht, und sie stürzten zu Boden. Der ältere Junge drehte sich um, erkannte, was geschehen war und kam zurückgerannt, um den Draht selbst auszulösen. Während Masters sich herumwälzte, um auf die Füße zu kommen, sprang der Knabe nach dem Draht, in der Hoffnung, Masters und die Soldaten noch zu erwischen.

Masters packte die Schultern des blonden Infanteristen und zerrte ihn weiter zurück. Die beiden rollten mehrmals übereinander weg.

Als die Mine explodierte, bekamen sie nur einen Schauer Erde mit, aber der dumpfe Knall, gefolgt von einem schrillen Kreischen war unverwechselbar. Unmittelbar darauf ertönte das leise Zischen von Nadlerschüssen. Masters blickte hoch und sah den dunkelhaarigen Soldaten auf dem Trampelpfad, im Gesicht das Blut des älteren Knaben. Der Soldat hielt sein Nadlergewehr im Anschlag und zog immer wieder den Abzug durch. Die Waffe feuerte dünne Metallsplitter, die für einen Augenblick im Sonnenlicht aufblitzten, als sie aus der Mündung schossen.

Masters sah den jüngeren Knaben davonlaufen, so schnell ihn seine kleinen, dünnen Beine tragen konnten. Der dritte Schuß traf den Jungen. Eine blutrote Spur zog sich quer über seinen Rücken, und er brach mit durchtrenntem Genick zusammen. Ohne einen Laut.

Eine schreckliche Stille legte sich über das Land. Masters und der blonde Soldat blieben einen Augenblick liegen und warteten, bis ihre Atmung sich beruhigt hatte. Er starrte auf die Überreste des älteren Knaben. Es war eine schwere Mine gewesen; beinahe hätte er sie erwischt.

Der zweite Soldat kam herüber und half seinem Kameraden auf. Dann gingen die beiden zurück ins Dorf, ohne Masters noch einen Blick zuzuwerfen.

Ein Kind von höchstens zehn Jahren hatte gerade

versucht, sie umzubringen. Gehörte tatsächlich das ganze Dorf zur GFL? Wieder einmal wurde Masters klar, daß er nicht die geringste Ahnung hatte, was auf Gibson los war. Er sah den beiden Soldaten hinterher. Am Ende ihres Weges ragte der *Tomahawk* auf, ein drohendes Mahnmal inmitten der Verwüstung. Was er zunächst als blindwütiges Gemetzel gesehen hatte, konnte man jetzt möglicherweise als Vergeltung mit gleicher Münze sehen. Blut für Blut. Oder in überlieferter Sprache: Auge um Auge, Zahn um Zahn. Konnte er Blakes Wort die Schuld für den Krieg geben?

Und ob er das konnte. Und er würde es tun. Je skrupelloser der Feind war, desto wichtiger war es, daß man sich nicht auf dieselben Methoden einließ.

Als er den Dorfrand erreichte, kam ihm Chick entgegen. Seine Miene ließ ernste Besorgnis erkennen, aber seine Haltung zeigte keine Anzeichen von Anspannung oder Furcht. Er kam auf Masters zu, als hätte er nur ein paar belanglose Einzelheiten zu besprechen.

»Sir«, teilte er ihm leise mit, »Sie sollten wissen, daß während Ihrer Abwesenheit ein Arrestbefehl für Sie von Präzentor Martialum Arian eingetroffen ist.« Masters drehte sich überrascht um, aber Chick sagte: »Bitte, tun Sie das nicht. Sie wissen nicht, daß ich es weiß, also wissen sie auch nicht, daß Sie es wissen.«

Masters blickte wieder auf den Boden und nickte beiläufig. Er bemerkte eine Fliege, die im Blut auf der Brust eines Toten klebte.

»Ich habe mich mit einigen Männern in meinem Trupp unterhalten«, fuhr Chick fort. »Mit Männern, denen ich traue. Wenn Sie eine Flucht versuchen wollen, bringen wir Sie mit dem Schweber in den Wald.«

»Ihnen ist klar, was Sie da vorschlagen?«

»Sir, ich schaffe das nicht mehr. Die Männer und Frauen, mit denen ich geredet habe, wollen auch nicht mehr mitmachen. Wenn wir Ihnen helfen und es überleben, erwarten wir eine Begnadigung durch den Generalhauptmann. Wir werden ebenso außerhalb des Zugriffs blinder Autorität stehen wie Sie als Ritter der Inneren Sphäre.«

Auf dem Weg in die Mitte des Dorfes dachte Masters nach. Wenn er festgenommen wurde, würde er kaum eine Chance bekommen, Thomas direkt zu verständigen oder auch nur einen vollständigen Bericht abzugeben. Und der Gedanke, Gefangener dieser Hurensöhne zu werden, widerte ihn an. Kapitulieren? Nein. Niemals.

»In Ordnung.«

»Gut. Hier ist mein Angebot: Meine Truppen halten den Schweber startbereit. Wir brauchen nur hinüberzugehen, bevor Valentine Sie entdeckt. Sie hat den Befehl erhalten. Wir steigen ein ...«

»Nein. Danke, aber ich brauche meinen Mech.«

Chick stockte. »Sir, Sie stehen gegen eine dreifache Übermacht. Der Schweber ist schnell genug, uns hier wegzubringen.«

»Nein. Geben Sie mir Feuerschutz, so daß ich meinen Mech erreichen kann. Dann fliehen Sie. Ich bin MechKrieger. Ich kämpfe mit meinem Mech, ich fliehe mit meinem Mech.«

»Na gut.« Chick löste eine Rauchbombe vom Gürtel. »Hier. Das könnte helfen. Wird Sie für kurze Zeit unsichtbar machen.«

»Danke.«

»Kapitan Masters«, rief Valentine. Er sah auf. Sie stand neben einem Leichenberg. Die Sonne brannte jetzt vom Himmel, und die Balken der zertrümmerten Häuser ragten wie Opferpfähle aus dem Boden.

»Viel Glück, Sir.«

»Gleichfalls. Schießen Sie erst, wenn sie das Feuer auf mich eröffnen. Wenn alles klappt, treffen wir uns am Nordende des Tals.«

»Ja, Sir.«

Valentine kam auf sie zu, und Chick marschierte ans andere Ende der Stadt zu seinem Schweber. Masters wurde schneller und ging direkt auf Valentine zu, die zwischen ihm und seinem *Feuerfalke* stand.

»Kapitan Masters«, sagte sie noch einmal, als sie näher kam. Um ihren rechten Mundwinkel spielte ein Lächeln.

»Leutenient«, erwiderte er und ging an ihr vorbei, ohne langsamer zu werden.

Sie blieb einen Moment überrascht stehen, dann setzte sie ihm mit langen Schritten nach. »Ich habe soeben eine Nachricht von Präzentor Martialum Arian erhalten.«

»Wie aufregend. Was für eine erfreuliche Mitteilung. Eine Nachricht. Schön, schön, wirklich schön. Etwas Besseres war ja wirklich nicht zu erwarten.« Der *Feuerfalke* war noch fünfzig Meter entfernt.

»Er hat mir mitgeteilt ...«

»Ja, was hat er gesagt? Was hat der Präzentor Martialum uns Aufregendes mitzuteilen? Ist er hocherfreut über die Abschußzahlen? Wieviel haben wir denn heute eingesackt? Fünfhundert, sechshundert verzweifelte, skrupellose Guerilleros? Oh, da ist ein besonders übles Exemplar«, sagte er und deutete auf den zerschmetterten Körper einer alten Frau, die ein totes Baby in den Armen hielt. »Gute Arbeit.«

Noch vierzig Meter.

»Er sagte ...«

»Nein, verraten Sie es mir nicht. Ich bin so stolz, Teil dieser großartigen Aktion heute gewesen zu sein. Wir haben alle drei Tage Urlaub bekommen ...«

»Spinard und ich haben tatsächlich ...«

»Wirklich? Die Absurditäten hier sind erstaunlich leicht vorherzusagen, wenn man sich gestattet, sich in ihrer sogenannten Logik zu suhlen.«

»Sir!« rief sie und blieb stehen.

Dreißig Meter.

Er ging weiter.

Über die Schulter rief er: »Eiscreme für die Truppen dieses Wochenende? Goldene Fleißsternchen für die Kinder? Kleine Bonuspünktchen für all unsere großen, erwachsenen Mörder?«

»Sir, der Präzentor Martialum hat ihren arroganten Arsch unter Arrest gestellt!«

»Tja, Leutenient, da gibt es nur ein Problem. Ich bin Ritter der Inneren Sphäre. Als solcher höre ich auf mein Herz, nicht auf euch verblödete Korinthenkakker!«

Zwanzig Meter.

»Harris, O'Donnally, entwaffnen Sie Kapitan Masters und nehmen Sie ihn fest!«

Masters rannte auf seinen *Feuerfalke* zu, so schnell ihn seine Füße trugen.

16

Padang, Gibson
Prinzipalität Gibson, Liga Freier Welten

6. Februar 3055

Er hörte einen der Soldaten — das mußte Harris sein — rufen: »Kapitan Masters! Bleiben Sie stehen!« Dann wurden mit einem blechernen Scheppern zwei Gewehre durchgeladen, und zu seiner Rechten ertönte das Krachen von MP-Feuer. Er rannte weiter auf den *Feuerfalke* zu. Die Imperator schlug gegen seinen Rükken. Plötzlich bellte links hinter ihm schweres MG-Feuer auf. Seine Angreifer schrien, als sie von Chicks Trupp mit dem Dryfus-Maschinengewehr des Schwebers beharkt wurden und in Deckung gehen mußten. Einen Augenblick fühlte er Erleichterung. Dann sprachen wieder die Waffen. Kugeln zwitscherten an ihm vorbei und prallten von den stämmigen Mechbeinen ab. Er wirbelte herum und riß die Imperator hoch, feuerte blind eine Salve. Er sah ein halbes Dutzend Soldaten hinter einem Leichenberg in Deckung springen. Valentine war auch dabei.

Chicks Schweber stieg heulend auf und raste ins Zentrum des Geschehens. Der auf seinem Dach montierte Laser feuerte wahllos. Masters nutzte die Gelegenheit für seinen Aufstieg zum Cockpit. In seiner Hektik nahm er die ersten Sprossen zu schnell. Er rutschte mit dem rechten Fuß ab. Er konnte sich an einer Sproße festhalten, aber sein rechtes Schienbein schlug gegen die Leiter. Der Schmerz durchfuhr ihn wie ein Stromschlag. Er verfluchte sein Alter und kletterte weiter.

Unter ihm tobte das Feuergefecht weiter, untermalt von lautem Gebrüll. Die meisten der Soldaten hatten keine Ahnung, daß Arian seine Verhaftung befohlen hatte. Sie versuchten herauszufinden, was los war, und schlossen hastige Allianzen.

Eine Kugel schlug in seine linke Seite und bohrte sich knapp über dem Hüftgelenk in sein Fleisch. Er stürzte nicht ab, weil sich im Augenblick des Treffers die Muskeln verkrampften und seine Hände die Sprossen fest umklammerten. Er knirschte mit den Zähnen und stieß wie im Reflex aus: »Komm schon, komm schon.«

Er sah hoch. Die Kanzel schien unendlich weit entfernt. Überall am Mech prallten Querschläger ab. Einer davon traf ihn in die Schulter. Plötzlich hing er nur noch mit einer Hand an einer Sprosse. Während er sich wie eine Wetterfahne drehte, sah er unter sich Chicks Schweber zu einem erneuten Angriff heranbrausen. Inzwischen schienen die Söldner sich in mehrere Gruppen aufgeteilt zu haben, die aufeinander, auf Chicks Schweber und auf Masters feuerten. Einige versuchten, die Kämpfe zu beenden, und Masters sah sogar eine aus der Kleidung eines Dorfbewohners improvisierte weiße Fahne.

Als weitere Schüsse um ihn herum einschlugen, erinnerte er sich an die Rauchbombe, die Chick ihm gegeben hatte. Mit dem verletzten Arm zerrte er sie von seinem Gürtel und hob sie an den Mund. Die Anstrengung kostete ihn Kraft. Er nahm den Sicherheitsring zwischen die Zähne. Das Metall war kalt und bitter. Er schwang sich herum, immer noch mit einer Hand an der Leiter hängend, und schob die Rauchbombe in das Kniegelenk des *Feuerfalke.*

Die Explosion produzierte eine dichte weiße Qualmwolke. Der Nebel aus Schwefel und Rauch, der unmittelbar neben Masters seine größte Dichte hatte, ließ seine Augen tränen. Er konnte nichts mehr sehen, aber er kletterte trotzdem weiter. Durch die Verletzungen in der rechten Schulter und linken Hüfte wurde jede Sprosse zur Tortur. Aber der Rauchschirm funktionierte. Zwar schlugen noch immer Geschosse auf dem Mech ein, aber er selbst bot kein direktes Ziel mehr.

Als er aus der Rauchwolke auftauchte, sah er den *Tomahawk* auf sich zukommen. Die riesigen Füße des Stahlkolosses ließen mit jedem Schritt den Grund erzittern. Als er näher kam, hob er den rechten Arm mit dem gewaltigen Beil.

Unter Schmerzen hastete Masters die letzten Sprossen empor, warf sich ins Cockpit und zog die Luke hinter sich zu. Er packte die Kühlweste und zog sich gerade den Neurohelm über den Kopf, als Spinard heran war. Das Beil fuhr herab und traf den Rücken des *Feuerfalke.* Noch während Masters die geheime Pilotenkennung eingab, kippte der Mech nach vorne.

Als der Reaktor des Kampfkolosses hochfuhr, flogen Masters' Finger über die Kontrollen. Der Mech fiel. Der Horizont schoß nach oben. Der Boden kam immer näher. Er riß eines der Beine des *Feuerfalke* nach vorne, um den Sturz abzufangen, und gab Vollgas, um den Schwung des Sturzes als Anstoß für einen Sprint zu nutzen. Ein Kampf gegen drei Gegner würde sehr schwierig werden, aber er wußte, daß er die anderen MechKrieger ausmanövrieren konnte. Er konnte es schaffen.

Er blickte auf seinen Schirm. Nur Spinards *Tomahawk* bewegte sich; Valentine und Belgrade waren wahrscheinlich noch nicht bei ihren Maschinen. Sollte er die Gelegenheit nutzen, ihre Mechs zu beschädigen? Das entsprach nicht dem Ehrenkodex, an den er und Thomas sich gebunden sahen, aber andererseits schien es eine Schande, eine solche Gelegenheit ungenutzt verstreichen zu lassen. Mit einem Grinsen entschied er, sie als Unholde zu betrachten — als Raubritter, die eine Strafe verdienten.

Während er weiter durch Padangs Felder stampfte, drehte Masters den Oberkörper des *Feuerfalke* und senkte das Fadenkreuz auf Valentines *Totschläger.* Es ging ihm darum, die Bewegungsmöglichkeiten der Maschine so zu beeinträchtigen, daß er nicht gleichzeitig gegen drei Mechs antreten mußte. Als das rechte Bein des *Totschläger* unter dem Fadenkreuz lag, preßte er den blauen Feuerknopf, und ein rubinroter Laserblitz zuckte durch die Luft.

Der Lichtstrahl traf das Bein und zerkochte dessen Panzerung. Gleichzeitig preßte Masters den grünen Feuerknopf seines Steuerknüppels und schoß zwei Kurzstreckenraketen ab. Die Raketen trafen ihr Ziel, und die Panzerung des Mechbeines fiel zu Boden. Darunter wurde ein zertrümmerter Aktivator sichtbar.

Masters blickte auf die Wärmeskala. Die Temperatur im Cockpit war rapide angestiegen, aber er konnte sich noch ein paar Schüsse auf Belgrades Mech leisten, bevor er sich endgültig verabschiedete. Selbst wenn er rannte, konnten die Wärmetauscher die zusätzliche Abwärme der Waffen innerhalb weniger Minuten abbauen.

Plötzlich zuckten rechts von ihm Laserstrahlen vorbei. Als er sich umsah, bemerkte er, daß Spinard das Feuer eröffnet hatte. Dann explodierte eine Autokanonengranate im Rücken seines Mechs und warf ihn nach vorne. Er hatte sich nicht die Zeit genommen, die Sicherheitsgurte anzulegen und schlug gegen die Sichtscheibe. Von dem Aufprall wurde seine rechte Schulter taub. Während er versuchte, sich aus den Kabeln und Gurten zu befreien und wieder auf den Sitz zu gelangen, rannte der *Feuerfalke* mit halber Kraft einfach geradeaus.

Er setzte sich wieder, bremste den Mech ab und trat auf das linke Pedal. Der *Feuerfalke* bog scharf nach links. Eine weitere AK-Granate flog vorbei. Er gab wieder Gas, rannte an dem *Tomahawk* vorbei. Er wollte noch einen Schuß auf Belgrades *Dunkelfalke* loswerden, bevor dieser zurückschlagen konnte. In der Ferne sah er Chicks Schweber davonjagen, ver- oder vielleicht auch gefolgt vom Schweber des Trupps Vier.

Bei der Rückkehr in den Ort sah Masters, wie Valentines *Totschläger* zum Leben erwachte und die Arme auf Schulterhöhe hob. Aus den Abschußrohren im Torso des Stahlmonsters zischten vier Kurzstreckenraketen. Masters bremste hart ab und schaltete auf Rückwärtsgang. Valentines Raketen flogen geradewegs auf ihn zu, auf Cockpithöhe. Er sah sie als blaue Kugeln mit orangeroter Aura. Er gab wieder Gas, und der Mech machte zwei Schritte nach hinten. Wie erwartet, hatte Valentine den Raketen einen guten Vorlauf mitgegeben, und sie schossen vorbei. Eine kam seiner Maschine so nahe, daß sie eine breite Rauchspur auf der Sichtscheibe hinterließ.

Sofort blieb er wieder stehen und schaltete mit einem erneuten Knopfdruck wieder in den Vorwärtsgang. Er bewegte sich langsam vorwärts, um seine Gegner zu täuschen, bevor er plötzlich volle Beschleunigung gab. Der *Feuerfalke* raste über die Felder von Padang, deren weicher Boden ständig nachgab und ihn zur einen oder anderen Seite wanken ließ.

Jetzt erwachte auch Belgrades Mech aus seinem mechanischen Tiefschlaf. Masters' Plan hatte nicht funktioniert — alle drei Mechs waren kampfbereit. Es wurde Zeit zu fliehen. Seine einzige Chance lag jetzt darin, die Mechs seiner Gegner so weit hinter sich zu lassen, daß sie ihn nicht mehr treffen konnten. Er beschleunigte voll und jagte auf ein Meer aus gelbbelaubten Bäumen zu. Valentines Mech würde mit Sicherheit langsamer vorankommen, also mußten die beiden anderen entweder auf sie warten oder ihm allein nachsetzen. Eine doppelte Übermacht war nicht so gefährlich wie eine dreifache, und bis jetzt war seine Lage gar nicht so schlecht.

Endlich nahm er sich die Zeit, in das Gurtgeschirr zu steigen. Die Verletzung an der Seite schmerzte, schien aber nicht allzu ernst. Die Schulter dagegen brannte wie Feuer, und wenn er sich bewegen mußte, nahmen die Schmerzen noch zu. Er sah zur Seite und bemerkte viel zuviel Blut, das am Arm hinablief und diesen wie eine Farbschicht bedeckte.

Rote Laserblitze und Raketen auf feurigen Düsenschweifen schossen an seiner Maschine vorbei. Ein gerader Kurs machte es seinen Verfolgern zu leicht, ihn zu treffen. Er senkte die Geschwindigkeit um ein Viertel und schlug nach beiden Seiten Haken. Er konnte keine engen Kurven gehen, aber es reichte, ihn vor Treffern zu schützen. Dann bremste er wieder ab, bevor sie sich an seine neue Bewegung gewöhnen konnten, und änderte seine Laufrichtung häufiger abrupt.

Auf dem Monitor verfolgten ihn Belgrade und Spinard gemeinsam, während Valentine immer weiter zurückfiel. Die Treffer am Bein des *Totschläger* bremsten sie doch erheblich. Er stürzte auf den Waldrand zu, in der Hoffnung, im Labyrinth der Baumriesen eine Fluchtroute zu finden. Dafür gab es zwar keine Garantie, aber er hatte keine Wahl.

Plötzlich kam ihm ein schrecklicher Gedanke. Er saß hier auf Gibson fest, genau wie die von der Gräfin Dystar angeworbenen Söldner. Wohin sollte er fliehen?

Keine Zeit. Er stürmte in den Wald. Das helle Sonnenlicht wurde plötzlich vom dichten gelben Blätterdach gedämpft. Die riesigen Baumstämme formten kurvenreiche Alleen, die meistenteils in Sackgassen endeten. Er konnte die Bäume niederreißen, wenn er in eine solchen Sackgasse geriet, aber sie kamen ihm standhaft und fest verwurzelt vor. Zu viele Schläge, und er mußte mit Panzerschäden rechnen.

Laserstrahlen schlugen in einen Baum rechts von ihm, gefolgt von weiteren Schüssen. Links und rechts zerplatzten Äste und Stämme unter den Treffern. Er sah auf den Schirm. Belgrade und Spinard kamen schnell näher.

Eine Serie von Explosionen erschütterte seinen *Feuerfalke.* Masters rief die Panzerungsanzeige auf und mußte erkennen, daß die halbe rückwärtige Torsopanzerung von Laserfeuer zerfressen worden war. Seine Verfolger mußten ihre Maschinen gehörig aufgeheizt haben, um so viele Schüsse abzufeuern. Er reagierte, indem er voll beschleunigte und auf die negativen Auswirkungen der enormen Abwärme auf Geschwindigkeit und Steuerung der gegnerischen Maschinen hoffte.

Durch die erhöhte Geschwindigkeit hatte er weniger Kontrolle über den *Feuerfalke.* Dadurch rammten Kopf und Schultern des Mechs gelegentlich tiefhängende Äste. Masters, der seinen Körper im Gleichklang mit dem Rumpf der Maschine vor, zurück und zu den Seiten beugte, versuchte, so viele Facetten des Geländes wie möglich im Auge zu behalten: dicke Luftwurzeln auf dem Weg, tiefe Gräben und große Geröllhaufen.

Zweimal konnte er nur knapp einer Frontalkollision mit einem Baum ausweichen. Beim erstenmal schaffte er es gerade noch abzubiegen. Beim zweitenmal mußte er unmittelbar vor dem Stamm die Maschine zum Stehen bringen und drehen, bevor er weiterlaufen konnte. Beim drittenmal verschätzte er sich und stieß mit der Schulter des BattleMechs gegen den Baum. Der Zusammenstoß riß den Baum ein Stück aus der Erde. Das Cockpit erbebte. Beinahe wäre der *Feuerfalke* zu Boden gegangen, aber Masters konnte noch rechtzeitig die Balance wiedergewinnen und rannte weiter.

Auf dem Monitor sah er Belgrade und Spinard schnell zurückfallen. Valentine war schon weit abgeschlagen. Es funktionierte. Wenn der Wald nur groß genug war, konnte er sich außer Reichweite der Ortungsgeräte absetzen, den Mech abschalten und sich verstecken. Er schaltete Funk- und Sensorsysteme ab. Es gab niemanden, mit dem er hätte sprechen wollen. Die drei Mechs hinter ihm verschwanden vom Monitor. Es war ihm egal. Es interessierte ihn nicht, *wo* sie waren, solange sie ihn nicht einholten. Wichtiger war, daß sie ihn auch nicht auf ihren Schirmen hatten. Sie waren darauf angewiesen, ihn auf Sicht zu verfolgen, und das konnte nicht mehr lange möglich sein.

Dann sah er vor sich den Wald lichter werden. Schlimmer noch, er glitzerte. Angst keimte in Masters auf, als er in wenigen hundert Metern Entfernung den Waldrand erkannte. Er stürmte zwischen den dicken Baumstämmen hervor und befand sich auf offenem Sumpfland am Rande eines großen Sees. Er suchte das Gelände nach einer Deckung ab. Der Sumpf erstreckte sich um den gesamten See und war seinerseits von steilen, felsigen Hügeln eingerahmt. Hier war an Deckung nicht zu denken. Wenn er entkommen wollte, mußte er die Hügelkette überquert haben, bevor seine Verfolger eintrafen.

Die Wärmeentwicklung des *Feuerfalke* war jetzt völlig unter Kontrolle. Nachdem er ohnehin keine Chance mehr hatte, unentdeckt zu bleiben, entschied er sich die Sprungdüsen einzusetzen, um schneller die Hügel zu erreichen. Er drehte nach Westen ab und löste die Düsen aus. Mit wachsendem Schub rissen die Raketentriebwerke in den Beinen des BattleMechs die Maschine in die Höhe, und der Andruck preßte ihn tief in die Polster. Der *Feuerfalke* flog in einem niedrigen Bogen durch die Luft. Die Sprungdüsen brannten grellweiß, während sie ihn über das seichte Sumpfwasser trugen. Masters entspannte sich, und sein Gleichgewichtssinn übernahm die Kontrolle. Gleichzeitig nahm er die Beine des Mechs zur Landung ganz leicht nach vorne.

Der *Feuerfalke* kam mit einem lauten Klatschen in seichtem Wasser auf und versank bis zu den Knien im Schlamm. Das war einerseits gut, weil das Wasser half, die von den Sprungdüsen entwickelte Hitze schneller abzuleiten. Andererseits brauchte Masters jetzt Zeit, die Maschine aus dem Schlamm zu befreien, bevor er wieder springen konnte.

Während des Fluges mußte er für jeden in der Nähe unübersehbar gewesen sein, also schaltete er die Sensoren wieder ein, um herauszufinden, was seine Gegner trieben. Auf dem aufflackernden Monitor erkannte er, wie die blauen Quadrate, die Belgrades und Spinards Maschinen kennzeichneten, ihren Kurs korrigierten und ihn durch den Wald verfolgten. Um Valentine zu finden, mußte er auf Langstrecke umschalten. Sie war weit weg, aber nicht weit genug.

Er benutzte die Kontrollmöglichkeiten des Neurohelms, um die Mechbeine aus dem Schlamm zu befreien, weil der Helm eine genauere Feinkontrolle ermöglichte als die Geschwindigkeitskontrolle. Während er sich die Bewegungen vorstellte, die er von den Mechbeinen erwartete, führte er ähnliche Bewegungen mit den eigenen Beinen aus. Eine genaue Entsprechung war nicht notwendig, den Neurohelmsensoren mußten lediglich die Bewegungsimpulse des Gehirns übermittelt werden. Es war ein schwieriges Unternehmen: Zu starke Konzentration oder heftige Bewegungen, und der Mech reagierte ungestüm und unvorhersehbar, und dann standen die Chancen nicht schlecht, daß er auf dem Rücken im Sumpf landete. Zu leichte Bewegungen und geringe Konzentration, und der Mech bewegte sich überhaupt nicht. Ein MechKrieger mußte wissen, welche Anstrengung einer bestimmten Situation angemessen war. Im Augenblick brauchte er Beinbewegungen, die über das normale Maß hinausgingen, um den Mech aus dem tiefen Schlamm zu befreien, aber er würde bremsen müssen, sobald ein Bein freikam.

Die jahrelange Pilotenerfahrung Masters' half ihm, die Maschine schnell zu befreien und auf höheres Gelände zu bringen. Der Mech sank noch immer etwas ein, aber nicht mehr so tief. Noch zwei Sprünge, und er hatte die Hügel erreicht. Wieder betätigte er die Düsenkontrollen, stieg empor und versank anschließend im Schlamm.

Die Schüsse trafen seinen Mech überraschend, früher als erwartet, noch während er zum zweitenmal sank. Raketen regneten auf den *Feuerfalke* herab und schüttelten ihn durch. Mindestens eines der Geschosse schlug durch und löste ein rotes Warnblinklicht der Kontrollen aus. Er mußte die Maschine bewegen. Er war noch immer weit genug von den Verfolgern entfernt, um ihnen ein schwieriges Ziel zu bieten, wenn er freikam, aber solange er hier im Schlamm festsaß ...

Sie kamen näher, vorsichtig, darauf bedacht, Masters' Probleme zu vermeiden. Näher. Noch näher ...

Masters zog das rechte Bein des Mechs hoch und setzte es ein Stück weiter vorne auf. Laserfeuer schlug ringsum ein. Die Treffer zerfetzten seine Rückenpanzerung, und er mußte seine Anstrengungen, sich aus dem Schlamm zu befreien, unterbrechen, um den Rumpf der Maschine in Belgrades und Spinards Richtung zu drehen. Dadurch bot er ihnen die intaktere Frontpanzerung. Und solange sie in Sichtweite waren ...

Er senkte das Fadenkreuz auf Belgrade. Masters war ein unbewegtes Ziel, und Belgrade, der in gerader Linie auf ihn zumarschierte, war genauso leicht zu treffen. Masters drückte nacheinander alle Auslöser seines Steuerknüppels, bis auf den des Raketenabwehrsystems, und feuerte eine Breitseite aus Raketen, schwerem Laser und mittelschweren Impulslasern auf den Verfolgermech ab. Belgrade wich nach rechts aus, aber genau das hatte Masters erwartet. Er bewegte sich direkt in die Schußlinie des *Feuerfalke,* und die Treffer hüllten den rechten Arm des *Dunkelfalke* in einen Funkenhagel.

Nun widmete sich Masters wieder seinen Befreiungsversuchen. Er konzentrierte sich, blendete den gegnerischen Beschuß aus und richtete seine gesamte Aufmerksamkeit auf die Bewegungen seiner Maschine. Erst das rechte Bein, dann das linke.

Er war frei.

Ein Blick auf den Monitor ... Was?

Plötzlich waren vier weitere Mechs aufgetaucht, irgendwo zur Linken ...

Er schaute instinktiv zur Seite, sah aber nur Wasser. Nein, da war etwas, ein Zittern auf dem See. Dann stieg Dampf von der Wasseroberfläche empor, wie Hitze vom Lauf einer Kanone ...

TEIL 3

KAMPF

17

Padang, Gibson
Prinzipalität Gibson, Liga Freier Welten

6. Februar 3055

Eine Mechlanze hatte sich unter der Oberfläche des Sees versteckt und verriet sich jetzt durch das schnelle Hochfahren der Reaktoren.

Eine neue Treffersalve schüttelte Masters' *Feuerfalke* durch. Ein Rotlicht flackerte auf. Spinard hatte die Stromkabel zu seinem schweren Laser durchschossen. Masters ging davon aus, daß auch die Neuankömmlinge zu Blakes Wort gehörten. Er mußte weg von hier. *Sofort!* Er hetzte mit seinem Mech durch den Sumpf. Jeder Schritt warf drei Meter hohe Brackwasserfontänen auf. Er holte den See wieder ins Blickfeld. Aus dem Wasser stiegen vier Mechs empor, ein *Kreuzritter,* ein *Katapult,* ein *Kampfschütze* und ein *Paladin.* Von ihren Metallrümpfen strömte das Wasser und verdeckte ihre Farben. Dann erkannte Masters orangeschwarze Spiralformen — Regulaner!

Die Bemalung der Mechs zeigte leicht unterschiedliche Muster, was auf Maschinen aus vier verschiedenen Regimentern hindeutete, aber alle vier stammten aus dem Fürstentum Regulus. Was hatten die hier zu suchen?

Während er seinen Mech weiter auf die Hügel zutrieb, beschäftigten sich Masters' Gedanken nur noch mit dieser Frage. Konnte Regulus, wie die Gräfin es im Scherz behauptet hatte, wirklich die GFL unterstützen und so mit dem Krieg auf einem Hinterwäldlerplaneten wie Gibson ihre Opposition gegen Thomas Marik in handfeste Politik umsetzen? Das ergab einen Sinn: Gibson und die Wahren Gläubigen waren ein Testfall für Thomas' Pläne.

Das Wasser rund um den *Kreuzritter* begann zu sieden, als er auf den Flammen seiner Sprungdüsen senkrecht in den Himmel stieg. Zuerst kletterte er noch recht langsam empor, aber dann verringerte er die Distanz zu Masters in seinem *Feuerfalke* beträchtlich.

Der rannte weiter, so schnell er konnte, aber der *Kreuzritter* landete unmittelbar vor ihm. Masters steuerte hart nach links, um auszuweichen, aber bevor er vorbei war, riß der *Kreuzritter* den Arm hoch und rammte ihn ins Cockpit des *Feuerfalke*. Die ganze Pilotenkanzel dröhnte unter dem Aufprall, und Masters wurde mit Gewalt erst zur einen, dann zur anderen Seite geschleudert. Der Mech kippte nach links, und Masters bremste ab, um ihn wieder in die Gewalt zu bekommen.

Schüsse schlugen in den Rücken des Kolosses ein, und auf der Befehlskonsole blinkten reihenweise rote Warnlichter auf.

Das sah gar nicht gut aus.

Als er sich zu dem *Kreuzritter* umdrehte, bemerkte Masters, daß die drei übrigen regulanischen Mechs Spinard und Belgrade angriffen. Er sah gerade noch, wie eine Autokanonensalve in das bereits angeschlagene Bein von Belgrades *Dunkelfalke* schlug.

Er stürmte auf den *Kreuzritter* zu und konfigurierte im Laufen die Waffensysteme neu. Das neueste Modell des *Kreuzritter* besaß Raketenabwehrsysteme, die seine Lafetten praktisch wertlos machten, daher legte Masters alle Laser auf die grünen und blauen Feuerknöpfe.

Der *Kreuzritter* gab eine Lasersalve ab, die rechts an Masters' Cockpit vorbeizuckte. Als er dicht genug an den Regulaner heran war, zog Masters den Steuerknüppel zurück, bis sich das Fadenkreuz auf den Kopf des *Kreuzritter* legte. Er hatte nur einen guten Schuß, daher beschloß er zu warten, bis er sein Ziel unmöglich verfehlen konnte. Er atmete ruhig und entspannt, handelte genau und gelassen. Aber trotz all seiner Gefechtserfahrung murmelte er in einer Art Stoßgebet »Bitte«, als sein Daumen über den Feuerknöpfen zitterte.

Der riesige Kopf des *Kreuzritter* ragte unmittelbar neben ihm auf, nahm die ganze Sichtscheibe ein. Er drückte den Daumen auf beide Knöpfe und feuerte die Impulslaser direkt auf den Kopf des *Kreuzritter* ab. Die Lichtbündel bohrten sich durch die Panzerung und rissen gewaltige Breschen in das Cockpit. Als Masters die gegnerische Maschine passierte, brach neben ihm ein orangegelbes Feuerwerk aus.

Er rannte hundert Meter weiter und wendete den Kampfkoloß in weitem Bogen. Der Kopf des *Kreuzritter* war in lodernde Flammen gehüllt; der Mech wankte. Dann riß ein riesiger Feuerball auf einer Seite den Torso auseinander. Der Mech kippte nach hinten und wurde von gewaltigen dunklen Wogen begraben.

Masters wandte sich hastig den anderen Maschinen zu. Spinards *Tomahawk* war bereits ausgeschaltet. Die drei übrigen regulanischen Mechs umkreisten Belgrade und deckten ihn mit Raketen und Strahlwaffen ein.

Masters war hin- und hergerissen: Sollte er seine Flucht fortsetzen oder Belgrade zu Hilfe kommen. So sehr er Blakes Wort entkommen wollte, er wollte die MechKrieger der Wahren Gläubigen auch nicht den Regulanern ausliefern.

Nach einem kurzen Augenblick des Zögerns stürmte er ins Gefecht. Im selben Augenblick drehte sich der *Kampfschütze* zu ihm um und hob die schweren Laser. Masters wich scharf nach links aus, und die Schüsse prallten von der Panzerung ab. Er setzte zu einem weiteren Ausweichmanöver an und sah Belgrades Maschine zusammenbrechen.

Die Rückenpanzerung seines *Feuerfalke* war nur noch papierdünn. Auf dem Monitor sah er Valentine in ihrem *Totschläger* heranstürmen. Masters entschied sich zum Rückzug. Er bewegte sich zurück in den Wald, schaltete auf Sprechfrequenz und sagte: »*Totschläger* Eins von *Feuerfalke* Eins. Wir sind auf regulanische Mechs gestoßen.«

»*Totschläger* Eins hier«, antwortete Valentine trokken. »Ich glaube Ihnen jedes Wort, *Feuerfalke* Eins.« Sie hatte keinerlei Veranlassung, ihm zu trauen. Auf dem Monitor sah er, wie sie den Kurs änderte, um ihn abzufangen.

Als er in den Wald rannte, beschossen die Regulaner seinen Mech weiter mit Strahlwaffen und Raketen. Äste prasselten auf seinen Mech nieder.

Und Valentine kam immer näher.

»*Feuerfalke* Eins an *Totschläger* Eins. Hören Sie zu. Sie sind drei zu zwei in der Übermacht. Wir müssen zusammenarbeiten, bis wir mit den Regulanern fertig sind. Zusammen können wir gewinnen.«

Er bekam keine Antwort. Von zwei der regulanischen Maschinen hatte er sich absetzen können, aber die dritte, der *Kampfschütze,* blieb ihm dicht auf den Fersen. Er blieb stehen, um sich seinem Verfolger zu stellen, bevor Valentine und die beiden anderen Regulaner ihn erreichten. Aber noch während er abbremste, krachte es in seinem Funkgerät: »Masters. Kapitan Masters?« Die Stimme klang bekannt, aber er konnte sie nicht einordnen. »Man stelle sich vor. Ganz allein mitten im Nirgendwo.«

Kolonel Roush. Sein Sparringspartner bei der Ritterschlagfeier.

Masters versuchte hinter ein paar Bäumen in Dekkung zu gehen, aber noch bevor er sie erreichte, landete Roush zwei Volltreffer, die den Rücken des *Feuerfalke* durchschlugen. Die Hälfte der Computeranzeigen erlosch, dann krachte und kreischte der Reaktor, und der Mech erstarrte.

Instinktiv flog seine Hand zum Auslöser des

Schleudersitzes, verharrte aber knapp über dem roten Knopf, als er sich an das dichte Gitter dicker Äste erinnerte, das knapp über seinem Cockpit hing. Wenn er jetzt ausstieg, standen seine Chancen schlecht. Vielleicht würde er die Kollisionen überleben, doch bestimmt nicht unverletzt. Aber er mußte Thomas über die Regulaner auf Gibson unterrichten. Er hatte keine Wahl.

Er schlug auf den Auslöseknopf, und unter dem Pilotensitz röhrten die Düsen der Rettungsautomatik. Das Cockpit erbebte, dann flog das Kanzeldach davon, und er wurde ins Freie geschleudert. Während ihn der Andruck in die Polster preßte, wurde es gelb um ihn herum. Der Sitz prallte gegen einen knorrigen Ast, brach sich eine Bahn durch das Geäst. Jeder Schlag dröhnte mit alptraumhafter Gewalt durch Masters' Schädel. Der Schleudersitz kippte nach rechts. Plötzlich hing Masters kopfüber in der Luft. Sein Gesichtsfeld verschwamm zu einem Potpourri aus Gelb- und Brauntönen. Dann krachte er gegen etwas, das seinen Steigflug abrupt beendete. Er fühlte, wie er fiel. Noch vor dem Aufprall verließen ihn die Sinne.

Als sie ihn an den Armen packten, erkannte er sie nicht. Sie zerrten ihn aus dem Pilotensitz und ins Zwielicht des Waldes. Dann erinnerte er sich an Gibson, an den Krieg und die GFL. Er wehrte sich nicht. Er hatte keine Kraft mehr.

»So, *Sir* Masters«, sagte Roush. Diesmal war er nüchtern, aber in seinen Augen stand derselbe Haß wie in der Nacht der Feier auf Atreus. Ohne Vorwarnung versetzte er Masters einen Kinnhaken. Der Schmerz schnitt wie ein Messer durch sein Hirn. Für einen Augenblick befürchtete er, wieder ohnmächtig zu werden. Dann sprach Roush weiter. »Sie haben Glück. Aber wenn Blakes Wort erlebt, was wir für diese Bande geplant haben, werden Sie sich wünschen, sich nie auf Mariks Angebot eingelassen zu haben.«

Sie schleppten ihn zu einem Höhleneingang, wo Roush den Guerilleros auftrug, Masters bis zu seiner Rückkehr zu bewachen. Flankiert von Guerilleros wurde Masters in ein Tunnelsystem geführt. Manche stellten ihm ein Bein oder stießen ihn gegen die Tunnelwände; ein paar kamen sogar mit einem Messer in der Hand auf ihn zu und versprachen, sich ›um ihn zu kümmern‹.

Schließlich ließen sie ihn irgendwo allein. Er saß mit dem Rücken an einer rauhen, mit Vorsprüngen übersäten Wand, die Hände mit einem groben Seil gefesselt. Er hatte keine Ahnung, in welcher Richtung der Ausgang lag. Er war zu erschöpft gewesen, als sie ihn hierhergeschafft hatten. Aber während er — nach seiner Schätzung stundenlang — in dem Tunnel hockte und wartete, sammelte er Kraft und Entschlossenheit.

Nach einiger Zeit brachten die Guerilleros Spinard. Auch seine Hände waren hinter dem Rücken gefesselt. Sein Gesicht war von Schnitten und Blutergüssen gezeichnet. Sie stießen ihn neben Masters zu Boden. Einer der Guerilleros, ein Araber, lachte und erklärte: »Der steht nicht unter regulanischem Schutz wie du. Bis der Kolonel zurückkommt, gehört er uns.« Der Mann beugte sich herab und setzte sein Messer unter Spinards rechtes Auge. »Das könnte dir auch passieren«, sagte er zu Masters. Die Spitze der Klinge bohrte sich in Spinards Haut, durchstieß sie aber nicht. »Auf unsere Welt kommen, was? Mit Blake auf unsere Welt? Ihr wollt uns alle umbringen, wie?«

Masters versuchte die Situation zu entschärfen. »Er will Sie nicht alle ...«

Aber der Mann unterbrach ihn und fletschte sein gelbes Gebiß. »Halt's Maul, *Ritter.* Das ist nicht dein Krieg. Du stehst bloß auf der Seitenlinie und läßt uns von den Blakes überrennen. Du und dein Generalhauptmann! Was habt ihr je für uns getan?«

»Die Gräfin ...«

»Halt's Maul!« Der Mann konzentrierte seine Aufmerksamkeit wieder auf die Stelle unter Spinards Auge. »Was meinst du, *Wahrer Gläubiger?*«

Masters behielt den Guerillero genau im Auge. Er war bereit, Spinard zu verteidigen, so gut es ging, falls der Mann ihn tatsächlich verletzte. Aber dann geschah etwas Seltsames.

Während der Guerillero Spinard verhöhnte, verschwand sein Grinsen.

Masters sah Spinard an. Dessen Augen blickten an dem Guerillero vorbei und offenbarten einen Schrekken, eine wortlose, private Angst, die so tief war, daß es schien, Spinard könne sie nie offenbaren, selbst wenn irgend jemand fähig gewesen wäre, sie zu ergründen. Masters wandte sich wieder an den Guerillero. »Lassen Sie ihn«, sagte er leise.

»Halt's Maul!«

Aber der Guerillero stand auf und wich zurück. »Wir kommen wieder«, erklärte er, ohne den Blick von Spinard zu wenden. Der zweite Mann beobachtete den MechKrieger mit ähnlicher Besorgnis. Dann verschwanden beide im Gang.

Masters räusperte sich. »Spinard?« Nichts. »Leutenient Spinard?«

»Ja.« Spinards Stimme knirschte wie die Luke eines uralten Panzers, eines längst vergessenen Panzers, in dem die Skelette seiner toten Besatzung eingeschlossen waren.

»Leutenient? Wie geht ...? Sind Sie in Ordnung?«

»Nein, Sir.«

»Nein? Sie sind nicht in Ordnung?«

»Nein, Sir.« Spinards Augen blickten unbewegt weiter ins Leere, wenn er sprach. Seine Stimme war absolut ausdruckslos.

»Hat man Sie geschlagen?«

»Ja, Sir.«

Sie sagten lange nichts. Guerilleros wanderten an

ihnen vorbei durch den Gang. »Ich könnte Ihnen vielleicht etwas besorgen«, stellte Masters fest. »Möchten Sie irgend etwas?«

»Nein.« Er machte eine Pause. »Wenn ich mein Metall wiederhaben könnte, Sir.«

»Ihr Metall?«

»Meinen Mech, Sir.«

Masters mußte fast lachen. »Sie wollen Ihren Mech zurück? Ich glaube, das geht im Augenblick etwas über meine Möglichkeiten.«

Spinard ignorierte ihn. Er redete monoton weiter, als würden sie sich nach einem guten Essen in der Offiziersmesse unterhalten, während sie durch das Fenster blutrot die Sonne untergehen sahen. »Ich hätte gerne mein Metall zurück. Wir haben diese dünne, verletzliche Haut. Sie verstehen, sie können dich erwischen, verstehen Sie, Sir? Die Welt, meine ich. Alles. Jeder. Du weißt nicht, was sie mit dir machen werden, und du willst es nicht ... spüren. Du willst es nicht spüren. Im Metall ist es besser. Da bist du sicher.«

»Spinard?«

»Sehen Sie, Sir, ich hab es mir ausgerechnet. Da ist der Tod, und er wird immer mehr und mehr, und in meinem Kopf habe ich das Bild von all diesen Leichen, wie die Sterne ... die Sterne, wissen Sie ... wenn man sie bei Nacht sieht ... aus dem All, meine ich ... und da sind sie alle, und es scheint unendlich so weiterzugehen, es hört überhaupt nicht mehr auf, so viele sind es. Und es gibt Sterne, die siehst du nicht einmal, so schwach sind sie — das sind die Kinder, wissen Sie, Sir, das sind die Kinder, die ich umbringe. Und dann gibt es Sterne, die von anderen überdeckt werden, das sind die Großväter und Großmütter. Sie werden von den näheren, heißeren Sternen überstrahlt. Und auch wenn es scheint, ich könnte alle Toten zählen, gibt es immer mehr, mehr als ich registrieren kann, weil es so viele Tote gibt wie Sterne. Und das hält man kaum im

Kopf. Und es werden immer mehr, die Toten, wie Sterne, vom Weltall aus gesehen, endlos übereinander geschichtet, und gezählt, katalogisiert …«

»Leutenient?«

»Sehen Sie, Sir, ich will sie nicht spüren. Ich brauche die Wärme meines Mechs. Ich brauche die Metallwand zwischen mir und den kalten Toten. Ich will die Welt nicht spüren. Ich will es nicht wissen … Ich wünschte … Die Kälte holt dich, wissen Sie, sie kommt und verletzt dich. Du glaubst, du kannst jemand vertrauen, du glaubst, du möchtest vielleicht etwas spüren, aber das kannst du nicht, wissen Sie … Wissen Sie, was ich mir wünsche, Sir?«

»Nein. Was wünschen Sie sich, Leutenient?«

»Ich wünschte mir, ich könnte Metall sein. Verstehen Sie, Sir? Verstehen Sie. Als ich in meinen Mech gestiegen bin, wenn …« Er seufzte, suchte nach Worten. »Wenn mein Fleisch schmelzen und in das Metall des Mechs dringen könnte. Das wünsche ich mir. Ich bräuchte nicht mehr ein- und auszusteigen. Ich wäre sicher, Metall, kein Gefühl. Ich könnte verletzen, töten, tun, was ich tun muß, aber nichts dabei fühlen.«

Masters konnte sich nicht zurückhalten. »Das ist falsch, Spinard.«

»Nein, Sir. Sehen Sie, wir töten Menschen als wären sie … Äpfel, die abgeerntet werden, wenn Sie verstehen, was ich meine. Es sind keine Menschen. Sehen Sie, Menschen sind keine Menschen mehr. Oder wir haben uns geirrt, was die Menschen angeht. Wir haben gedacht, Menschen wären etwas Besonderes, hätten eine Seele. Das war ein Irrtum. Wir sind nur Objekte, die von der Verwaltung zermalmt werden. Denn die Verwaltung funktioniert. Menschen sind zu kompliziert. Die Verwaltung ist einfacher. Aber trotzdem tut das Leben weh. Wenn Menschen nur Tiere sind, wie Hunde oder Katzen, warum bin ich dann traurig? Es dürfte nicht weh tun, verstehen Sie. Wenn ich mein

Mech *sein* könnte, sicher sein im Metall, töten und dabei sicher sein, dann wäre ich in Ordnung. Dann würde ich mich nicht mehr schlecht fühlen.«

Spinard verstummte und starrte geradeaus. Dann schloß er die Augen.

Bei Spinards Monolog lief es Masters eiskalt über den Rücken, wurde die Saat einer paranoiden Vorstellung, daß Spinards Wahnsinn sich wie eine Infektion über Gibson ausbreiten könnte, in ihn gepflanzt. Er mußte nach Omen, zum Hyperpulsgenerator, ohne daß irgend jemand von Blakes Wort davon erfuhr, damit er Thomas über diesen Krieg berichten konnte. Oder vielleicht Präzentor Blane. Vielleicht konnte er ihm vertrauen. Das hier konnte jedenfalls nicht warten. Thomas mußte erfahren, wie katastrophal die Lage auf Gibson war.

Er zerrte wieder an den Fesseln. Sie waren so fest wie zuvor. Gut daran war nur, daß er die Hände auf dem Rücken hatte, außer Sicht der vorbeigehenden Guerilleros. Er zupfte sanft an dem Seil, drückte und betastete die Knoten um seine Handgelenke. Dummerweise hatte er sich vorher nie für Knoten interessiert. Obwohl er die gesamte Oberfläche der Knoten abtasten konnte, gelang es ihm nicht, ein Bild von ihnen zu formen. Lange zog er an einzelnen Stücken und schob die Finger in die Lücken zwischen den Schlingen. Er scheuerte sich an dem groben Seil die Fingerspitzen wund, ohne die geringste Ahnung, ob er die Knoten damit löste oder noch fester zog. Die ganze Zeit saß Spinard stumm und mit geschlossenen Augen neben ihm. Nach etwa einer Stunde begannen Masters' Gedanken abzuschweifen, und er hantierte an dem Seil, ohne bewußt nachzudenken. Es wurde mehr zu einer Gewohnheit als zu einem Versuch, sich zu befreien.

Dann gab der Knoten um sein rechtes Handgelenk etwas nach.

Nicht viel, aber doch genug, daß er eine Chance sah, die Fesseln abzustreifen. Er arbeitete wieder konzentriert weiter, noch eine halbe Stunde, obwohl die Finger wund waren und schmerzten. Als sich ein großes Stück Seil löste, seufzte er unwillkürlich auf. Als er das lose Ende durch den Knoten zog, fühlte er, wie dieser auseinanderfiel. Er behielt die Hände auf dem Rücken und arbeitete an dem Knoten um das andere Handgelenk, als ein schwarzes Stiefelpaar vor ihm auftauchte.

»He«, rief ein dunkelhäutiger Mann, »was machst du da?«

18

GFL-Basis, Gibson
Prinzipalität Gibson, Liga Freier Welten

6. Februar 3055

Der Guerillero trug eine schwarze Gefechtsmontur und über der Schulter eine Valton-Maschinenpistole. Masters sah sonst niemand auf dem Gang und entschied, daß jetzt der Moment gekommen war. »Ich versuche zu fliehen«, antwortete er. »Das mach ich. Ich versuche zu fliehen.«

»Dachte ich mir's doch«, sagte der Guerillero und lachte. Seine weißen Zähne strahlten. »Steh auf, damit ich deine Fesseln überprüfen kann.«

Masters rollte etwas herum und kam auf die Knie. Die Arme hielt er weiter auf dem Rücken, als wären sie noch gefesselt. Er gab vor, aufstehen zu wollen, und erklärte schließlich: »Tut mir leid ... Mein Arm. Ich wurde an der Schulter getroffen. Ich kann nicht ...«

Der Guerillero beugte sich vor und packte Masters fest an der linken Schulter, woraufhin dieser plötzlich die Arme nach vorne riß. Er packte mit einer Hand die Schulter des Gibsoniers und rammte ihm die Faust in die Magengrube. Dem Guerillero trieb es die Luft aus den Lungen, und er klappte nach vorne. Aber es genügte nicht, ihn auszuschalten. Als Masters aufstehen wollte, versetzte ihm der Mann einen Tritt ans Kinn und warf ihn gegen die Wand.

»Ausbruch!« schrie der Guerillero. Masters stieß sich ab und warf sich auf den Mann. Sein Schwung trieb sie beide an die gegenüberliegende Tunnelwand. Masters riß den GFL-Mann herum und packte ihn von hinten. Er zog das lose Ende des noch immer um sein Handgelenk geschnürten Seils über den Mund des

Guerilleros, um ihn zum Schweigen zu bringen, bevor jemand ihren Zweikampf bemerkte. Der Guerillero wehrte sich, und durch die Belastung der verletzten rechten Schulter kamen die Schmerzen wieder in ihrer ganzen Schrecklichkeit.

Aus dem Augenwinkel bemerkte Masters eine Guerillera, die den Korridor entlangkam. Fast im gleichen Augenblick riß sie die Waffe hoch, aber er zerrte seinen Gegner herum und benutzte ihn als Schild. Das Knattern von MP-Feuer hallte durch den Tunnel, und der Mann in seinen Armen wurde heftig durchgeschüttelt. Seine Schreie wurden vom Seilknebel erstickt.

Den leblosen Körper weiter als Deckung benutzend, zog Masters die Waffe von dessen Schulter. Er richtete sie auf die Guerillera und feuerte blindlings mehrere Salven ab. Die Frau warf sich hinter einer Gangbiegung in Deckung. Masters hatte die Leiche gerade aus dem Weg gezerrt, als die Guerillera wieder auftauchte. Diesmal zielte er. Und traf. Sie schrie laut und furchtbar auf. Dann sank sie blutüberströmt zusammen.

Masters blickte auf Spinard hinab. Der MechKrieger von Blakes Wort hatte sich nicht gerührt, als die Schießerei begann. Er würde sich auch in Zukunft nicht mehr rühren. Ein Querschläger war ihm in den Schädel gedrungen. Masters seufzte schwer. Er wünschte sich, mehr Macht zu haben, mehr Möglichkeiten zu tun, was er tun wollte, die zu beschützen, die Schutz benötigten. »Man tut, was man kann«, wie Thomas es einmal ausgedrückt hatte.

Er zog die MP von der Schulter des Guerillero. Dann ließ er den Leichnam langsam wieder zu Boden sinken.

Er rannte hinüber zu der zweiten Toten, holte das Magazin aus ihrer Waffe und lief weiter. Er hatte keine Ahnung, wie er hier herauskommen sollte, konnte nur hoffen, seine Lage irgendwie zu verbessern.

Es dauerte nicht lange, bis er auf weitere Guerilleros

traf, die vom Lärm des MP-Feuers im Tunnelsystem alarmiert worden waren. Er wurde noch dreimal in ein Feuergefecht verwickelt, aber er hatte keine andere Wahl. Wenn er nicht im Kampf fiel, erwartete ihn ein Foltertod in den Händen der GFL. Also stürmte er vorwärts, griff die Guerilleros an und erschütterte durch seine Entschlossenheit deren Selbstvertrauen. Steine und Erde flogen von den Tunnelwänden, losgesprengt von Fehlschüssen und Querschlägern. Die Guerilleros beobachteten schockiert, wie Masters in vollem Tempo auf sie zustürmte, ohne sich um ihre Überlegenheit zu kümmern. Immer wieder zögerten sie, wurden unsicher, und in diesen Momenten der Überraschung konnte Masters sie nacheinander zur Strecke bringen.

Immer wieder tauschte er leere Waffen gegen die der Toten und Verwundeten. Eine Waffe nach der anderen feuerte er leer, während er durch die Tunnel hetzte.

Aber schnell wurde die Übermacht der Guerilleros zu groß und der Abstand zwischen den Begegnungen zu kurz. Als ihn sechs Mann stoppten, mußte er zurück und durch Seitengänge weiterlaufen, die er zuvor ignoriert hatte. Da er nicht wußte, wohin er lief, mußte er damit rechnen, im Kreis zu laufen. Ganz zu schweigen von der Möglichkeit, jeden Augenblick in ein Kreuzfeuer von beiden Enden eines Korridors zu geraten und in Stücke geschossen zu werden. Angst und Erschöpfung schlugen über ihm zusammen.

Als er um eine weitere Ecke bog, hüpfte ihm das Herz im Leibe, denn etwa hundert Meter voraus fiel strahlender Sonnenschein in den Gang. Er rannte los, auf den Lippen einen Sprechgesang: »Noch ein Stück, noch ein Stück, noch ein Stück ...«

Jetzt sah er, daß er sich einer großen Höhle näherte, die ins Freie führte. Vor der Tunnelöffnung bemerkte er die Silhouette eines vorbeigehenden Guerilleros.

Anscheinend wußte man in diesem Teil des Tunnelsystems noch nichts von seiner Flucht.

Masters rannte ans Ende des Tunnels und spähte in die Höhle. Sie war weit und niedrig und führte geradewegs in leicht bewaldetes Terrain. Anscheinend diente sie der GFL als Fahrzeugdepot, denn ein halbes Dutzend Guerilleros arbeiteten in ihrem Innern an leichten Geländewagen. Einige Wagen waren mit Maschinengewehren bestückt, andere mit leichten Lasern. Das war nicht unbedingt die beste Methode, schwere Waffen zu transportieren, aber wahrscheinlich hatten die Guerilleros keine andere Möglichkeit.

Als er einen Kistenstapel sah, der mit schwerem Tuch abgedeckt war, huschte er in die Deckung des Stapels und arbeitete sich näher an die Geländewagen heran. Auf einer der Kisten, deren Abdeckung etwas verrutscht war, machte er eine Aufschrift aus. Es war Teil einer mit Schablone aufgemalten Kennung. ›Davey.‹ In seinem Hinterkopf machte es Klick, aber gerade, als er die Plane anheben wollte, um den Rest der Aufschrift zu lesen, hörte er plötzlich rechts von sich Schritte.

»He!« rief ein Techniker. Masters drehte sich um und sah, wie der Mann in seine Richtung zeigte. Hinter dem Tech rückte eine Gruppe Guerilleros näher. Masters sprang aus der Deckung und feuerte. Die Guerilleros warfen sich in Deckung, während er auf einen Geländewagen ohne aufmontiertes Geschütz zurannte. Er brauchte ein leichtes Fahrzeug, um möglichst schnell voranzukommen.

Er rannte zwischen den abgestellten Wagen vorbei und benutzte die Fahrzeuge und ihre Geschütze als Deckung. Als er einen offenen Geländewagen erreichte, der am Höhleneingang geparkt war, sprang er auf den Fahrersitz und betete innerlich, daß der Schlüssel steckte. Er hatte Glück. Er drückte den Anlasser, der Motor sprang an, und er steuerte den Wagen den

Hang hinab. Hinter ihm wurden andere Motoren angelassen, und er legte einen höheren Gang ein.

Er fuhr auf einem Trampelpfad, der durch einen gelben Wald führte. Unmittelbar hinter der ersten Kurve verließ er den Weg, steuerte den Geländewagen hinter eine Baumgruppe in Deckung und schaltete den Motor aus. Wenige Sekunden später röhrten drei Verfolgerfahrzeuge vorbei. Der Trick hatte funktioniert, aber er konnte nicht hoffen, die Guerilleros längere Zeit zu täuschen. Masters sprang aus dem Wagen, packte die MP und rannte durch den Wald. Er rechnete ständig damit, die Rufe der Guerilleros zu hören, aber dazu kam es nicht. Eine gute Stunde rannte er immer tiefer in den Wald hinein, um eine möglichst große Strecke zwischen sich und die GFL-Basis zu bringen.

Als er schließlich langsamer wurde, rang er nach Luft wie ein Ertrinkender, aber er hielt nicht an. Auch als die Sonne sich dem Horizont näherte und die Sterne am Himmel erkennbar wurden, ging er weiter. Niemand schien ihm zu folgen, aber Masters wußte nicht, ob die Guerilleros herausbekommen hatten, in welche Richtung er gelaufen war. Er durfte auf keinen Fall anhalten. Lange nachdem die Kälte der Nacht sich über den Wald gesenkt hatte, seine Muskeln steif und seine Wunden taub geworden waren, marschierte er immer noch weiter. Stunden später waren seine Augen so müde, daß er über Wurzeln und Steine stolperte. Schließlich stürzte er, fiel auf die Knie und fühlte, wie sich ein dumpfer Schmerz in seinen Beinen ausbreitete. Er lachte leise. Es hätte stärker schmerzen müssen. Er würde sich nur für einen Augenblick hinlegen. Nur um die Augen auszuruhen. Im Höchstfall zehn Minuten. Er streckte sich auf dem Gras aus. Der Boden war viel wärmer als die Nachtluft. Dankbar schloß Masters die Augen.

Die Stimmen und das Sonnenlicht trafen seine Sinne gleichzeitig, und er rollte hastig herum, erschreckt, ängstlich.

Er bemerkte einen Orientalen und ein junges Mädchen von vielleicht zwölf Jahren, wahrscheinlich seine Tochter, die auf ihn herabschauten. Das Mädchen versteckte sich hinter ihrem Vater, aber dessen neugieriger und besorgter Blick blieb unverändert. Masters erkannte, daß er auf einem Grasstreifen zwischen zwei Äckern eingeschlafen war. In der Ferne sah er ein großes hölzernes Bauernhaus, aus dessen Kamin Rauch stieg. Er dachte an Padang, an das Blut, und schloß die Augen.

»Fehlt Ihnen etwas?« fragte der Mann.

»Ja. Meine Schulter.« Er hob die Finger an die Wunde. Die Berührung schmerzte fürchterlich, und die Haut fühlte sich weich und zerschunden an.

»Schon gut. Schon gut. Keine Sorge. Entspannen Sie sich. Lin, geh und sag Mama, sie soll die Notausrüstung zusammensuchen.«

»Aber ...«

»Geh und sag Mama, daß du einen verwundeten Soldaten gefunden hast, der Hilfe braucht.«

Masters erinnerte sich, daß er Uniform trug, und bekam Angst. Das Mädchen lief davon.

Der Mann beugte sich zu Masters herab, um ihm aufzuhelfen, stockte aber, als dieser fragte: »Auf welcher Seite sind Sie?«

Das Lächeln des Bauern war leicht und gelassen. »Ich bin auf gar keiner Seite. Ich bin kein Soldat.« Er half Masters auf die Füße. Der Ritter hielt die Imperator-MP des letzten Guerilleros fest, den er erschossen hatte.

»Nein. Aber wer sollte Ihrer Meinung nach gewinnen?«

»Ich möchte, daß der Krieg aufhört. Das ist alles. Blakes Wort ist schlecht. Sehr schlecht. Arrogant. Und sie unterstützen Hsiang, dieses korrupte, stinkende Reptil.« Der Mann atmete tief durch, nachdem er Masters praktisch auf die Füße gehoben hatte. Die beiden wanderten zum Haus. »Und die GFL sind Bastarde, die uns an das Fürstentum Regulus zurückverkaufen würden. Ich will keinen Sieger. Ich will Frieden. Wo es Sieger gibt, gibt es auch Verlierer. Und wo es Verlierer gibt, droht schon der nächste Krieg.« Der alte Mann führte Masters vorsichtig zum Haus und achtete darauf, daß keiner seiner Nachbarn ihn dabei sah, wie er einen Krieger von Blakes Wort aufnahm. »Die GFL ist im Dorf«, erklärte er.

»Was?«

»Keine Bange. Ich werde Sie nicht verraten.«

Im Haus säuberte der alte Mann Masters' Wunden, die sich bereits entzündet hatten, verband ihn, gab ihm zu essen und eine Matte auf dem Boden. Masters wollte vor Einbruch der Nacht wieder aufbrechen, aber der Bauer bestand darauf, daß er blieb. Er wäre nicht in der Verfassung, alleine loszuziehen, stellte der Mann fest. Er würde bleiben müssen, bis er wieder bei Kräften war.

»Warum tun Sie das?« fragte Masters ehrlich verwirrt.

»Würden Sie für mich nicht dasselbe tun?«

»Vermutlich ...«

»Selbst wenn nicht. Das ist egal. Ich tue es für Sie.«

»Was ist mit der GFL im Dorf?«

»Oh, die würden Sie umbringen.«

»Nein. Ich meine, warum tun Sie das, wenn die GFL im Dorf ist? Gehören Sie zur GFL?«

»Nein. Ich bin Vater und Bauer. Und jetzt schlafen Sie. Sie brauchen Ruhe.«

Er schlief.

Masters blieb zwölf Tage. Lee, der Bauer, bestand darauf, daß er das Haus nicht verließ, aus Angst die GFL könnte ihn entdecken. »Können Sie mir ihre Namen geben?« fragte Masters.

»Nein, nein. Ich erzähle denen nichts von Ihnen, und ich erzähle Ihnen nichts von denen.«

Immerhin fand Masters heraus, daß er etwa eine Woche Fußmarsch von Omen entfernt war. Und in den langen nächtlichen Gesprächen mit dem Bauer erfuhr er noch mehr.

»Was heißt das, Hsiang ist korrupt?«

»Es stimmt. Er hat seine Amtszeit unbegrenzt verlängert.«

»Ich dachte, er wäre vom Volk gewählt worden.«

»Nein, das hat er arrangiert. Er arrangiert alles.« Das Bild des Zuhälters mit seiner Gattin/Hure am Abend der Begrüßungsfeier trat wieder vor Masters' inneres Auge. Er erinnerte sich auch daran, wie Jungfer Kris darauf bestanden hatte, daß er nicht verstehen konnte, worum es in diesem Krieg ging. »Lee, die GFL kämpft gegen Blakes Wort, richtig?«

»Jetzt ja.«

»Wie meinen Sie das?«

»Die Ankunft von Blakes Wort war ein Glücksfall für die GFL. Sie lieferte ihr einen Gegner aus dem All, gegen den sie ganz Gibson vereinen konnte.«

»Die GFL hat schon Krieg geführt, bevor Blakes Wort hierherkam?«

Der Bauer neigte fragend den Kopf. »Ich dachte, Sie hätten gesagt, Sie kommen von Atreus. Aus dem Marik-Commonwealth.«

»Ja.«

»Wir bitten Atreus seit Jahren um Hilfe. Die GFL wurde gegründet, um Hsiang zu vertreiben. Damals hatten wir keinen Krieg. Wir wollten auch keinen Krieg. Aber die Gräfin hat uns nicht zugehört. Also haben wir versucht ...« Er ließ die Schultern sinken. »Soll das heißen, das Marik-Commonwealth wußte nichts davon?«

»Thomas wußte jedenfalls nichts.«

»Aber wie ist das möglich?« Zum erstenmal verlor Lee seine innere Ruhe. »Wir haben aus eigener Tasche die Reisekosten für Boten nach Atreus bezahlt. Mein eigener Neffe hat zwei Wochen vor dem Palast auf einen Termin mit einem Beamten gewartet.«

»Die Liga Freier Welten besteht aus Hunderten von Planeten. Es gibt viele Funktionäre, viele Bürokraten.«

»Ah.« Der Bauer setzte sich, und Müdigkeit legte sich auf ihn wie ein Mantel. Einen Augenblick erinnerte er Masters an Thomas Marik. »Na, jedenfalls haben wir jetzt Krieg, wie ihn die GFL-Führer unbedingt wollten. Aber das Volk, das Volk wollte keinen Krieg. Wir wollen nicht kämpfen. Wir wollen Frieden. Es war unmöglich für das Volk, gegen die eigene Regierung in den *Krieg* zu ziehen. So etwas macht ein Volk normalerweise nicht. Aber dann kam Blakes Wort. Und wir hatten Krieg. Wir wurden Opfer einer Invasion.«

»Sie sind nicht als Invasoren gekommen.«

»Haben Sie schon mal mit einem von ihnen geredet?«

»Zugegeben. Aber sie sind nicht alle ...«

»Also haben wir Krieg.«

»Und die Leute werden weiterkämpfen, bis Blakes Wort abzieht?«

»Natürlich. Wir werden ihren Aufenthalt hier unbezahlbar machen, und früher oder später werden sie abziehen. So funktioniert ein Guerillakrieg. Der Gegner wird zermürbt, ausgelaugt, dazu gebracht, alles einzusetzen, was er aufzubieten hat.«

»Aber Gibson ist jetzt ihre Heimat. Der Generalhauptmann hat ihnen erlaubt, sich hier anzusiedeln.«

»Er hätte vorher etwas gegen Hsiang tun müssen.«

»Das wußte er nicht.«

»Da haben Sie's.«

»Was wird geschehen, wenn die GFL an die Macht kommt?«

»Das wäre auch schlimm. Viele von ihnen sind Diebe und Sadisten und genauso grausam wie die Wahren Gläubigen.«

»Foltern sie Wahre Gläubige?«

»Sie foltern jeden. Was glauben Sie, warum ich Sie verstecke? Weil ich nicht versorgen darf, wen ich versorgen will, nicht helfen darf, wem ich helfen will. Die GFL hat die Ernte dieses Dorfes beschlagnahmt. Ich habe keine Stimme. Wenn sie herausfänden, was ich tue, würden sie mich umbringen. Sie stellen sich selbst als Retter der Bauern hin. Pah! Sie dienen sich dem Fürstentum Regulus an, denselben Unterdrükkern, von denen wir uns vor hundertfünfzig Jahren befreit haben. Regulus hat nur ein Ziel — unsere Welt wieder für sich zu beanspruchen. Und die GFL ist bereit, uns gegen die Regierungsgewalt auf Gibson zu verkaufen.«

»Sie machen sich also keine Sorgen wegen Blakes Wort?«

Lee lachte. »Sorgen. Ich zittere vor Angst. Haben Sie auf Atreus wirklich von nichts gehört?« Er seufzte. »Sir Masters, bestimmte Fraktionen von Blakes Wort haben Prinzipal Hsiang eine Menge Geld dafür bezahlt, ihren Willen zu bekommen. Sie erheben überhöhte Steuern, sie haben Schlüsselpositionen in der planetaren Regierung übernommen, und wir haben Angst, möglicherweise grundlose Angst, daß sie uns ihre Religion aufzwingen wollen. Diese beiden Punkte, Steuern und Religion, waren die Gründe für unseren Bruch mit Regulus vor hundertfünfzig Jahren. Wir werden uns das auch jetzt nicht gefallen lassen.«

»Aber wenn Blakes Wort zwar hier auf Gibson bliebe, jedoch keine Bedrohung mehr darstellen würde ...«

»Wenn so etwas möglich wäre. Aber die Gräfin scheint mit dem Lauf der Dinge zufrieden.«

Masters hatte zu wissen geglaubt, wie die Dinge lagen, als er auf Gibson eingetroffen war, aber jetzt wurde ihm klar, daß er keinen Schimmer gehabt hatte. Sprach der Bauer die Wahrheit? Oder vielleicht war es nur die Wahrheit, wie Lee sie kannte, und es ging noch weit mehr vor. Ideale bedeuteten nichts im Angesicht der Ignoranz. »Ich reise heute noch ab.«

»Sie sind noch nicht kräftig genug.«

»Danke für Ihre Besorgnis, aber ich kann nicht länger warten.«

»Nun gut. Aber Sie werden mir erlauben, Ihnen etwas Proviant mitzugeben.«

Das Angebot rührte Masters. »Wie können Sie so großzügig zu mir sein, der ich bis vor kurzem noch mit Ihren Unterdrückern zusammengearbeitet habe?«

»Sie haben mich nicht erschossen, oder?«

»Verzeihung?«

»Sie haben eine Maschinenpistole dabei, Sir Masters. Sie haben sie nicht benutzt. Im Krieg gibt es mehr als genug Grausamkeit. Ich habe es satt. Ich behandele Sie gut, weil Sie mich gut behandeln. Ich bete, daß Sie Blakes Wort und die GFL dazu bringen, sich ähnlich zu verhalten.«

»Das übersteigt meine Macht.«

»Aber ich sehe Ihnen an, daß Sie es versuchen werden. Deswegen helfe ich Ihnen. Und wünsche Ihnen viel Glück.«

19

Nam, Gibson
Prinzipalität Gibson, Liga Freier Welten

20. Februar 3055

Masters brach spät in der Nacht auf. Er wanderte unter mondlosem Himmel zügig durch den Wald, bewaffnet nur mit Proviant und einem Kompaß. Die Maschinenpistole hatte er in einem Feld vergraben. Er hatte nur noch ein paar Schuß Munition gehabt, und die Waffe hätte nur unnötige Aufmerksamkeit erregt. Als Verkleidung trug er ein Baumwollhemd und einen breitkrempigen Strohhut, Sachen, die ihm der Bauer mitgegeben hatte.

Als die Sonne am Horizont erschien, suchte Masters sich unter den Wurzeln eines großen Baumes einen Unterschlupf und verschlief den Tag. Erst nach Sonnenuntergang machte er sich wieder auf den Weg. Sieben Tage lang war er nur nachts unterwegs. Tagsüber hielt er sich versteckt. In der dritten Nacht hörte er in der Ferne Gefechtslärm — Artillerie und Laser. Er beachtete ihn nicht und marschierte weiter auf die Stadt zu.

In der siebten Nacht überquerte er einen Hügelkamm und sah die hellerleuchteten Häuser von Omen. Das Mondlicht spiegelte sich am Alten Wall. Er wanderte über eine weite Ebene in die Stadt.

Die Sonne stand bereits am Himmel, und die Bewohner der Slums gingen ihren Geschäften nach. Die meisten von ihnen ähnelten dem Bauern, der ihm geholfen hatte — kräftige Schultern, von harter Arbeit gezeichnete Hände —, aber ihre von Angst und Trauer zerfurchten Gesichter verrieten die Trostlosigkeit ihres

Daseins. Zwischen ihnen bemerkte er stolzierende junge Burschen, anscheinend eine Art Schläger, die durch die Straßen wanderten und die Slumbewohner mit Beleidigungen und herablassendem Gelächter verspotteten.

Er hatte Hunger. Sein Proviant war aufgebraucht, deswegen blieb Masters an einem kleinen Obststand stehen. Er suchte sich zwei der besten Äpfel aus und bezahlte mit Geld, das er von Lee bekommen hatte. Er wollte gerade weitergehen, als er einen Pistolenlauf im Rücken spürte.

»Sir Masters«, sagte eine leise Frauenstimme. Er erkannte sie, wußte sie aber nicht einzuordnen. »Bitte bleiben Sie ruhig und machen Sie keine hastigen Bewegungen. Dreißig Meter von hier steht eine Hütte aus vernietetem Blech. Können Sie sie sehen?«

Er nickte. Plötzlich erkannte er, wer mit ihm sprach. Es war Jungfer Kris.

»Sie werden langsam dorthin gehen. Wenn Sie sich schneller als mit gemächlichem Spaziergängertempo bewegen oder nicht direkt auf die Hütte zusteuern, werde ich Sie erschießen.«

Konnte er sie überwältigen? Er war sich nicht sicher. Fürs erste gehorchte er wohl besser. »Okay.«

Während er die Straße hinunterging, beobachtete er die Leute, denen er begegnete. Er wollte wissen, ob sie Jungfer Kris halfen, wußten, was sie tat. Aber ihm fiel niemand auf.

Sie erreichten die Hüttentür, und er öffnete sie. Sie traten ein. Einen Moment spielte er mit dem Gedanken, die Tür hinter sich zuzuschlagen, aber bevor er handeln konnte, wurde er mit einem Tritt in den Rükken auf den Lehmboden gestoßen.

Während er sich herumwälzte, fiel die Tür zu. Dunkelheit umfing ihn. Die Sonne auf dem Metalldach und den Wänden hatte die Hütte in einen Glutofen verwandelt. Schon nach wenigen Sekunden war Masters schweißgebadet. Das einzige Licht fiel durch die dünnen Ritzen zwischen den Metallbögen. Langsam paßten sich seine Augen an die Dunkelheit an.

»Sie sind ein vielbegehrter Mann, Sir Masters.«

»Wirklich?« Das erste, was er bemerkte, als er zu ihr aufsah, war die schwere Sternsacht-Pistole in ihrer Hand. Dann stellte er belustigt fest, daß sie ebenfalls ein einfaches Hemd und einen Strohhut trug. »Sind Sie auch verkleidet?«

»Besser als Sie.«

»Ohne Zweifel.«

»Vor drei Wochen hat Blakes Wort versucht Sie festzunehmen. Die GFL will Sie zurück, und in den letzten Tagen hat das Fürstentum Regulus seine diplomatischen Anstrengungen, Sie für den Angriff auf Kolonel Roush auf Atreus zur Rechenschaft zu ziehen, weiter verstärkt. Gerüchten in der Altstadt zufolge ist eine Delegation von Regulus auf dem Weg nach Gibson, um die Sache direkt zu regeln.«

»Nein«, stieß er mit gespieltem Entsetzen aus und setzte sich an die Wand.

»Doch. Und Ihr Lehnsherr hat natürlich auch nachgefragt, wie es Ihnen geht.«

»Es tut gut, Freunde zu haben.«

»Ja. Ja, das tut es.« Sie lächelte und setzte sich auf den Boden. Ihre Waffe blieb jedoch auf ihn gerichtet.

»Wer sind Ihre Freunde, Jungfer Kris? In wessen Gewalt bin ich?«

»Wieder bei der GFL, fürchte ich.«

Er blinzelte überrascht. »Ich hätte schwören können, Sie wären ein Maulwurf Hsiangs.«

»Wenn es ein Trost für Sie ist, Hsiang hat tatsächlich eine ungemein üble Geheimpolizei.« Ihre Miene verriet düstere Erinnerungen, aber sie schüttelte sie schnell wieder ab. »Nein. Ich gehöre zur GFL.«

»Gibt es viele GFL-Mitglieder in der Altstadt?«

»Mehr als genug.«

»Und Sie arbeiten für die Gräfin. Haben Sie sich bei ihr eingeschlichen?«

»Ja.«

»Ich scheine verflucht wenig darüber zu wissen, wie das politische System Gibsons funktioniert. Können Sie mir sagen, wo die Loyalitäten der Gräfin liegen? Zu welchem Lager gehört sie?«

»Wie meinen Sie das?«

»Ich meine, offiziell ist sie eine Vasallin Thomas Mariks, aber soweit ich es beurteilen kann, hat sie ihm einiges von dem Elend auf dieser Welt verschwiegen. Arbeitet sie mit Hsiang zusammen? Mit Blakes Wort? Oder ist sie tatsächlich loyal und bekommt nur nichts mit?«

»Ist das Ihr Ernst?«

»Absolut. Ich ...« Er stockte. Die Erinnerung daran, mit welchem Selbstvertrauen er auf Gibson angekommen war, war ihm peinlich. »Ich bin völlig blind hier gelandet und versuche seitdem, so schnell wie möglich so viel wie möglich zu lernen.«

»Sie wissen es wirklich nicht?«

»Nein.«

»Sie arbeitet sowohl mit Hsiang wie mit Blakes Wort zusammen. Sie hat alle Kontakte geschlossen, alle Geschäfte in die Wege geleitet. Sie kassiert die meisten Steuern, ebenso den Profit der Kriegsanstrengungen. Hsiang ist nur eine Marionette, die ohne fremde Hilfe im Handumdrehen zusammenklappen würde.«

»Sie ist eine Verräterin?«

»Gibson hat sie zumindest verraten, ja.«

»Und Thomas Marik ebenfalls. Ihre oberste Loyalität sollte dem Generalhauptmann gehören.«

Jungfer Kris starrte ihn ungläubig an. »Wollen Sie mir erzählen, er hat damit nichts zu tun?«

»Ich schwöre Ihnen, er ist ebenso unschuldig an dieser Sache wie ich.«

»Wie ist das möglich?«

Masters dachte einen Augenblick schweigend nach, dann antwortete er: »Ich habe vor kurzem erfahren, daß der Konflikt mit Hsiang schon begonnen hatte, bevor Blakes Wort hier eintraf.«

Sie rollte die Augen. »Ja.«

»Dann nehme ich an, die Gräfin hat schon vor dem ComStar-Schisma mit ComStar-Fraktionen hier auf Gibson zusammengearbeitet.«

»Ja.«

»Na also. Was die interstellare Kommunikation angeht, hängen wir wie alle anderen von ComStar ab. Selbst wenn irgendein Beamter persönliche Botschaften wie die von Gesandten der GFL nach Atreus überbrachten Mitteilungen erhalten hat, haben diese vielleicht nicht das Gewicht einer HPG-Nachricht besessen. Offizielle Botschaften haben mit Sicherheit Vorrang. Das sollte zwar nicht sein, aber ich wette, so war es. Und zusätzlich könnte Blakes Wort gefälschte Nachrichten nach Atreus geschickt haben, die speziell darauf angelegt waren, die Bitten der GFL zu neutralisieren.«

Sie schüttelte den Kopf. »Nein, nein. Sie ... sie führen eine religiöse Handlung aus, wenn sie den Hyperpulsgenerator bedienen. Jede ihrer Handlungen ... Es ist nicht nur eine Frage des Geldes für sie. Es ist eine heilige Verantwortung. Sie sind Fanatiker. Sie würden diese Verantwortung niemals mißbrauchen.«

»Stimmt. Was aber, wenn das Schisma bereits begann, Jahre bevor sich Blakes Wort tatsächlich von ComStar abgespalten hat, bevor die Dissidenten in der Liga Asyl suchten. Präzentor Blane und ich sind gemeinsam von Atreus zurückgeflogen, und wir haben uns über das Schisma unterhalten. Er hat mir erzählt, daß es auch innerhalb von Blakes Wort andere, kleinere Fraktionen Abtrünniger gibt. Der Orden sucht noch nach seiner neuen Identität. Vielleicht war eine Gruppe von Personen in der HPG-Station militanter —

möglicherweise durch Beziehungen zu ROM — und betrachtete die Verfälschung von Botschaften als einen Preis, den sie zahlen mußte, um Blakes Vision zum Sieg zu verhelfen.« Erregt sprang er auf, ohne an die auf ihn gerichtete Waffe zu denken.

»Was tun Sie?« fragte Jungfer Kris überrascht.

»Ich muß Präzentor Blane erreichen und mit ihm reden. Er ist ein alter Freund des Generalhauptmanns. Ich hoffe, ich kann ihm vertrauen. Außerdem habe ich sowieso keine andere Wahl. Ich muß Thomas berichten, was hier vor sich geht, und das kann ich nur, wenn ich einen Wahren Gläubigen finde, der auf meiner Seite steht.«

Jungfer Kris fuhr sich nachdenklich mit der Zunge über die Zähne, ohne ihn aus den Augen zu lassen. »Sie sind naiv, Sir Masters«, stellte sie fest. »So naiv, daß man es für ein Täuschungsmanöver halten könnte. Aber ich glaube Ihnen. Ich hätte nie gedacht, daß die Ritter der Inneren Sphäre solche Unschuldsengel sind.«

Diese Einschätzung amüsierte ihn und machte ihn zugleich verlegen. »Einer unserer sympathischeren Züge.«

»Leider habe ich schlechte Neuigkeiten für Sie, auch wenn sie Ihre Theorie unterstützen. Präzentor Blane wurde von den Sicherheitskräften von Blakes Wort festgenommen. Sein früherer Stellvertreter, Präzentor Starling, hat das Ruder der Wahren Gläubigen auf Gibson übernommen.«

Jungfer Kris und Masters verbrachten den größten Teil des Tages damit, zurück zur Altstadt zu marschieren. »Ich will nicht das Risiko eingehen, daß ein Taxifahrer Sie erkennt«, erklärte sie. »Sie sind ziemlich berühmt.« Sie blieben dicht zusammen, hatten die Hüte ins Gesicht gezogen und unterhielten sich im Flüsterton.

»Wo halten sie ihn fest?«

»Woher soll ich das wissen. Wir reden von ComStar...«

»Blakes Wort.«

»Was immer. Es ist ein seltsamer Haufen. Ich kann ihre Gedankengänge jedenfalls nicht nachvollziehen. Nach allem, was ich weiß, könnten sie ihn überall eingesperrt haben, sogar in einer Uhr, einem dieser alten Standkästen. Hört sich das nicht genau nach der Art Folterinstrument an, die Blakes Wort benutzen würde? Ein rhythmischer Schlag jede Sekunde.«

Er dachte an Spinard. »Dazu brauchen sie keine Uhr.«

»Was?«

»Nichts. Wie sollen wir ihn finden? Hat die GFL irgendwelche Kontaktleute bei Blake?« Jungfer Kris sah ihn wortlos an. »Sorry«, entschuldigte er sich. »Das war eine blöde Frage.«

»Wir werden ihn schon irgendwie finden. Sie werden Kontakt mit Thomas aufnehmen, und dann werden wir sehen, was passiert.« Ihre letzten Worte hatten einen sarkastischen Unterton.

»Sie glauben mir immer noch nicht.«

»Natürlich nicht.«

»In Ordnung.«

»Wollen Sie wirklich, daß Gibson wieder an Regulus fällt?« fragte er nach einer Weile. Er wußte noch immer nicht, wie alle Teile des Puzzles zusammenpaßten, und suchte nach weiteren Informationen.

»Nein«, antwortete sie leise. Dann wurde ihre Stimme scharf. »Aber irgend etwas mußten wir tun. Die Gräfin Dystar hat nach Hsiangs Amtsantritt alle unsere Gesuche ignoriert. Jetzt wissen wir natürlich, warum. Wir haben Monate gebraucht, um zu erkennen, was los war.«

Masters schüttelte den Kopf. »Es ist unglaublich, daß wir nichts davon gewußt haben.«

Sie wanderten lange schweigend weiter, drängten sich durch den Strom der Menschen auf dem Weg zur Arbeit. Der Verkehr hatte in kürzester Zeit gewaltig zugenommen, und die Stadt erwachte mit gewaltigem Lärm zum Leben.

»Wie haben Sie die Regulaner dazu gebracht, Sie zu unterstützen?«

»Sie sind nicht in offizieller Mission hier. Es sind nur MechKrieger, die von ›privaten Sponsoren‹ im Fürstentum Regulus bezahlt werden.«

»Nach all dem bösen Blut zwischen Ihrem Volk und Regulus war das Ihre einzige Option?«

Sie seufzte. »Einige von uns hassen den Gedanken. Aber die Regulaner haben sich bei vielen unserer Führungskräfte eingeschmeichelt. Und Sie haben ihnen Macht versprochen.« Sie biß sich auf die Unterlippe.

»Also gibt es auch in den Rängen der GFL Meinungsverschiedenheiten.«

»Wieso akzeptiert jeder Mensch in der eigene Regierung ein komplexes Spektrum politischer Ansichten und fällt gleichzeitig aus allen Wolken, wenn andere nicht blind einem einzigen Grundsatz hinterherhecheln?« fragte sie wütend. »Natürlich gibt es Meinungsverschiedenheiten!«

»Ich weiß auch nicht, woher es kommt«, erwiderte er ruhig. »Aber erlauben Sie mir, darauf hinzuweisen, daß sich Ihre gesamte Einschätzung Thomas Mariks und meiner Wenigkeit auf die Gräfin Dystar stützt, nur weil sie ihm Gefolgschaft geschworen hat. Sie sind blindlings davon ausgegangen, daß wir alle das gleiche Spiel spielen. Jetzt scheinen Sie Frieden zu wollen. Ich will die Mauern einreißen und den Kompromiß finden, den wir benötigen ...«

»Keine Kompromisse. Blakes Wort muß weg.«

Er schüttelte den Kopf. »Das ist unmöglich. Erstens hat mein Lehnsherr Blakes Wort hier eine neue Heimat versprochen, und dieses Versprechen kann er nicht zurücknehmen. So einfach ist das. Zweitens hat Blake den Konflikt zwar zugespitzt und der GFL eine Gelegenheit geliefert, das Volk hinter sich zu bringen, aber die wirklichen Probleme haben Sie doch mit der Gräfin und Hsiang, richtig? Also ändert sich nichts, wenn Blakes Wort abzieht. Der Krieg würde höchstwahrscheinlich verebben, aber Sie würden immer noch von habgierigen Schurken regiert, die sich die Wahrheit nach Belieben zurechtbiegen. Stimmt's?«

»Ja.«

»Also müssen wir uns auch damit beschäftigen.«

»Was interessiert Sie das? Für Sie spielt das doch keine Rolle.«

»Da irren Sie sich, auch wenn ich verstehen kann, wie Sie zu dieser Einschätzung kommen. Diese Welt gehört Thomas Marik. Ich habe geschworen, den Besitz meines Lehnsherren zu schützen. Ich diene Thomas Mariks Vision, und in dieser Vision ist kein Platz für Betrug wie den, unter dem Ihr Volk gelitten hat.«

»Das hört sich zu einfach an.«

»Die *Worte* sind einfach, weil wir wissen, wie wir uns verhalten sollten. Es sind die *Taten,* die uns Probleme machen. Aber ich werde einen Versuch unternehmen.«

»Und wie wollen Sie all das zustandebringen?«

»Sie vergessen etwas: Ich bin ein Ritter der Inneren Sphäre. Ich habe Dutzende Freunde mit wirklich großen BattleMechs.«

20

Omen, Gibson
Prinzipalität Gibson, Liga Freier Welten

27. Februar 3055

Als Masters und Jungfer Kris spät abends den Alten Wall erreichten, taten ihm seine Beine weh. »Hier entlang«, sagte sie, und führte ihn durch ein verrostetes Tor am Fuß des Alten Walls. Dahinter erwartete sie ein finsterer Gang.

»Das Licht funktioniert nicht mehr, aber es geht die ganze Zeit geradeaus.« Sie trat in die Dunkelheit und strich mit der Hand leise über die Wand, während sie weiterging. Masters folgte ihr. Die Wand war mit Rost bedeckt, der unter seinen Fingerspitzen abblätterte.

Nach einem langen Weg durch die Finsternis traten sie aus dem Tunnel in die Altstadt und das helle Licht der Großstadtnacht. Wenige Wochen zuvor war ihm der Alte Wall wie die Arme einer Mutter erschienen, die sich schützend um die Gebäude legten. Jetzt wirkte dieselbe Mauer kalt, schwer und erdrückend.

»Kommen Sie«, forderte Jungfer Kris ihn auf. »Wir werden einen Freund besuchen. Er könnte vielleicht wissen, wohin sie Präzentor Blane gebracht haben.«

»GFL?«

»Ja.«

»Wenn es Ihnen nichts ausmacht, warte ich hier. Oder nein, im Park, im Nordpark vor dem Palast.«

»Sie vertrauen mir nicht?«

Er grinste und wiederholte ihre eigenen Worte. »Natürlich nicht.« Dann wurde er ernst. »Im Augenblick vertraut keiner von uns dem anderen, aber wir spielen beide mit, um herauszufinden, ob der andere uns verraten will. Ich werde im Park auf Sie warten. Wandern

Sie einfach ein bißchen herum, wenn sie kommen. Ich werde Sie finden.«

»Na gut.« Sie sah ihn mit einem seltsamen Ausdruck an. »Für einen edlen Ritter sind Sie ganz schön vorsichtig.«

»Ich lerne dazu.«

Im Park beschloß Masters, in einem Baum auf Jungfer Kris' Rückkehr zu warten. Er wanderte durch das von kugelförmigen Milchglaslaternen erleuchtete Gelände, bis er einen Baum fand, der ihm geeignet erschien. Er sprang hoch zum untersten Ast und zog sich hinauf.

Sein Arm schmerzte noch, aber es war kein Vergleich zu der Agonie, die er vor fast drei Wochen durchgemacht hatte. Er kletterte zum nächsten Ast hoch, stand auf und packte den nächsthöheren. Jetzt kam er leichter vorwärts, denn in dieser Höhe hatte er erheblich mehr Äste zur Auswahl. Bald saß er in zehn Metern Höhe. Er blickte hinab auf die Bänke und Laternen des Parks und hinaus auf die Wohntürme der Altstadt.

Sein Atem ging schnell. Die Kletterpartie hatte ihn nach dem langen Fußmarsch völlig erschöpft. Trotzdem beschlich Masters ein Hochgefühl. Wie lange war es her, daß er auf einen Baum geklettert war? Es mußten mindestens fünfundzwanzig Jahre sein, seit seiner Teenagerzeit. Vielleicht noch länger, denn bei der letzten Gelegenheit, an die er sich erinnern konnte, war er acht oder neun gewesen. Das Hinaufklettern einer Mechleiter, ein alltäglicher Teil seines Lebens, zählte dabei nicht; das Gefühl war ein ganz anderes. Sprossen machten die Sache einfach, während ein Baum jedesmal wieder eine Art Rätsel darstellte. Für jeden Baum mußte man einen eigenen Weg finden, vielleicht sogar für jede Kletterpartie. Mit dem Alter wuchsen auch die Gliedmaßen und die Kraft eines Kindes, und derselbe Baum lieferte ganz neue Möglichkeiten, wenn vorher unerreichbare Äste in Griffweite kamen.

Wenn man einen Mech hinaufkletterte, war es leicht, das alles zu vergessen. Die Leichtigkeit, die Eintönigkeit — man wurde faul. Man wurde ... was? Eine Maschine?

Wie Spinard?

Ja. Gleichzeitig Mensch und Maschine, die immer wieder gedankenlos ein und dasselbe tat.

Die grobe, unregelmäßige Rinde lag wunderbar in seiner Hand. Sie erinnerte ihn an Diagramme des menschlichen Gehirns, eine graue, faltige Masse.

Das Gehirn. Gerade hatte sich ein Geheimnis zu erkennen gegeben, aber wie die Knoten seiner Fesseln in der GFL-Basis konnte er es nur ertasten, nicht in seiner Gesamtheit sehen. Es hatte etwas damit zu tun, was er für sich und andere MechKrieger erstrebte. Es war zu einfach, die Technologie zu verteufeln. Die menschliche Gesellschaft beruhte auf Technologie. Raumflug, Häuser, BattleMechs beruhten alle auf Wissenschaft und Technik, und Masters war nicht gewillt, sie aufzugeben. Die Menschen waren Werkzeug benutzende Wesen. Die Natur hatte Männer und Frauen dazu bestimmt zu bauen, und bauen würden sie auch in Zukunft.

Nein, da war noch etwas anderes. Was war es, woran Thomas und er festhalten wollten?

Die Idee vom Menschen als ein Werkzeuge benutzendes Wesen ging ihm nicht aus dem Sinn. Sie war unvollständig, berücksichtigte die Komplexität des menschlichen Wesens nicht. Auch Schimpansen benutzten Stöcke, um Ameisen auszugraben. Er hatte sogar von Tieren gehört, möglicherweise waren sie inzwischen ausgestorben, die kleine Holzstücke sammelten, um Bäche einzudämmen und die Umwelt ihren Erfordernissen anzupassen. Viele Tiere benutzten Werkzeuge. Was machte den Menschen besonders?

Er dachte an *Le Morte d'Arthur.* Das war es. Menschen entwickelten eine Sprache und benutzten sie dazu, sich über Dinge zu unterhalten, die teilweise überhaupt nicht existierten. Er konnte heute eine Geschichte über ein England lesen, das vor zweitausend Jahren verschwunden war, ein England, das nie real existiert hatte, denn Malorys Erzählungen waren erfunden. Sie beschäftigten sich mit einem Ideal.

Ein Schimpanse konnte nur mit dem arbeiten, was real *vorhanden* war, aber Menschen konnten danach streben, die Wirklichkeit selbst zu verändern.

Menschen waren keine Werkzeuge benutzende Wesen, sie waren Symbole benutzende Wesen. König Arthur. Merlin. Lancelot. Ideale für den Geist des Menschen, um ihm gegen die Verzweiflung zu helfen, die Technologie mit sich bringen *konnte,* wenn auch nicht mußte. Thomas ging es um nichts Geringeres, als der Menschheit die Menschlichkeit zu bewahren.

Eine Bewegung unter dem Baum erregte seine Aufmerksamkeit, und er sah Jungfer Kris, die inzwischen einen recht schicken Overall trug. Er suchte die Umgebung nach Verfolgern ab. Als er keine bemerkte, arbeitete er sich durch die Äste nach unten.

Jungfer Kris bemerkte ihn. »Hat's Spaß gemacht?« fragte sie, als er am Boden angekommen war.

»Ich habe nachgedacht.«

»Brauchen Sie dazu immer Höhenluft?«

»Ich habe über Worte und Geschichten nachgedacht.« Er hatte das Gefühl, den Schlüssel für etwas gefunden zu haben, aber noch wußte er nicht, in welches Schloß er paßte. Geschichten, Geschichten, Geschichten. In der Bibliothek hatte Thomas etwas über Geschichten gesagt: »Später wirst du es verstehen.«

»Geht es Ihnen gut?«

»Ja.« Er schaute sie an und benutzte sie dazu, sich auf die Gegenwart zu konzentrieren. Sie hatte sich nicht nur umgezogen, sondern auch gebadet. Ihre dunkle, glatte Haut faszinierte ihn. »Sie sind wunderschön.«

»Das bin ich öfter. Aber ich glaube, wir haben uns um einen eingekerkerten Präzentor zu kümmern.«

»Haben Sie herausgefunden, wo er steckt?«

»Angeblich in einer Zelle des Blakes-Wort-Gebäudes am Stadtrand. Die Büros sind anscheinend ebenso streng bewacht wie die HPG-Station.«

»Es gibt also keine Möglichkeit ...«

»Für uns beide? Nein. Selbst wenn wir ihn rausholen könnten, müßten wir noch zur Station, deren Alptraum von Sicherheitsmaßnahmen überwältigen ... Ich sehe keinen Weg, das zu erreichen.«

»In diesem Fall ist ein Kampf vielleicht auch nicht die beste Lösung.«

»Was schlagen Sie vor?«

»Gewehre haben wir in dieser Geschichte ohnehin schon gehabt«, dachte er laut vor sich hin. »Zumindest ein simples Feuergefecht.«

»Was?«

Er blickte sie an. »Was würde die bessere Geschichte ergeben?«

»Wie bitte?« Auf ihre Miene trat Besorgnis, und sie sah sich um, als ob er mit ihr spielte und sie in einen Hinterhalt gelockt hatte.

Masters trat ein paar Schritte zurück. Sein Gesicht verzog sich zu einem fröhlichen Grinsen. Er hob die Arme und drehte sich um die eigene Achse, ein Zirkusdirektor, der einen Löwenbändiger ankündigte. »Was ist die beste Geschichte? Was könnten wir unseren Kindern erzählen?«

»Ich habe keine Kinder.«

»Das kann noch kommen.«

»Wovon, in Allahs Namen, reden Sie?«

Masters lachte. »Wenn wir versuchen, uns einen Weg freizuschießen, werden wir dabei sterben. Richtig?«

»Höchstwahrscheinlich.«

»Okay. Das ist eine schlechte Geschichte. Also brauchen wir eine bessere, stimmt's?«

»Tut mir leid ...«

»Diese Stadt ist voll von habgierigen, selbstsüchtigen Gestalten, Jungfer Kris, die von ihrem Hunger nach Macht zusammengehalten werden. Aber sind sie eine Einheit? Ziehen Hsiang, Starling und die Gräfin am selben Strang?«

»Nein.«

»Sie«, rief er, und deutete auf Jungfer Kris — ein Magier, der jemand aus dem Publikum auf die Bühne holte. »Wen von den dreien halten Sie als Einheimische für den Stärksten?«

»Sie sind alle drei gleich wertlos.«

»Bitte versuchen Sie, meine Frage zu beantworten. Wer ist der Stärkste?«

»Wovon reden Sie?«

»Für die Kinder, die Kinder, die wir alle einmal haben können. Einzelheiten.«

»Das läßt sich nur schwer sagen«, erwiderte sie. »Drei Fraktionen, aber alle unvollständig. Bis jetzt haben sie zusammengearbeitet ...«

»Also entstammt ihre Stärke der Kooperation?«

»Natürlich erwächst ihre Stärke aus der Kooperation. Haben Sie seit Ihrer Ankunft hier überhaupt nichts mitbekommen?« Sie warf die Arme in die Luft und schien davonstürmen zu wollen, als sich plötzlich ihre Augen weiteten.

Masters grinste. »Und wenn wir sie gegeneinander ausspielen?«

»Ja«, erklärte sie leise. »Ja. Dazu gab es bisher noch keine Gelegenheit.«

»Aber die Lage war auch noch nie so kritisch. Es muß Wahre Gläubige geben, die zu Präzentor Blane halten und nicht gerne zusehen, wie sein Rivale die Macht ergreift. Gleichzeitig werde ich, ein Favorit des

Generalhauptmanns, von allen drei Parteien gejagt, aus ganz unterschiedlichen Gründen. Und Blane ist ebenfalls ein Freund von Thomas Marik. Regulus hat soeben BattleMechs eingeflogen, wahrscheinlich zu enormen Kosten für die GFL-Führung. Die meisten Mitglieder der GFL werden kaum ein Interesse daran haben, einen Unterdrücker gegen einen anderen einzutauschen. Die Risse im Bündnis weiten sich. Das könnten wir zu unserem Vorteil ausnutzen.«

Sie kam näher. Ihre Stimme war warm und freudig erregt. »Haben Sie einen Plan?«

»Ich arbeite daran. Sagen Sie, hat die GFL einen Plan für einen Aufstand in Omen?«

»Ja, wir haben ihn vorbereitet ...«

Er hob die Hand. »Führen Sie ihn nicht aus. Das werde ich nicht gestatten.«

»Aber ...«

»Kein Wenn und Aber. Ich sehe gerne zu, wie die Geier auf dieser Welt einander zerfleddern, aber ich lasse nicht zu, daß die Stadt sich bei einem Volksaufstand selbst zerstört. Ich bin nicht nur als Friedensstifter gekommen, sondern auch, um Thomas' Vision zu verwirklichen. Zivilisten, die einander in den Straßen niederschießen, passen nicht in Thomas Mariks Lebenswerk. Wir werden eine Lösung finden, und es wird eine herrliche Geschichte ergeben.«

»Zu wem gehen wir zuerst?«

»Zu dem, der die größte Angst hat.«

»Ich habe eine dringende Botschaft von der Gräfin Dystar«, teilte Jungfer Kris dem Posten am Palast Prinzipal Hsiangs mit.

»Wer ist das?« fragte der Wachmann.

»Meine Eskorte. Es ist schon spät.«

»Sie kann ich durchlassen, aber er bleibt hier. Auf dem Palastgelände sind Sie sicher.«

»Meinen Sie wirklich? Ich hätte ihn lieber bei mir.«

»Haben Sie einen Passierschein für ihn?«
»Nun ja, nein.«
»Dann darf ich ihn nicht einlassen.«
Masters schätzte den Wachmann ab. Hinter ihm bemerkte er weitere Posten. Hsiangs Palast zu stürmen, stand nicht zur Diskussion. Wenn es sein mußte, konnte Jungfer Kris allein mit Hsiang fertig werden. Es würde schon funktionieren.
»Na schön«, gab sie nach.
»Ich warte hier, Herrin«, verabschiedete er sich.
In Begleitung eines Wachmanns ging sie in den Palast. Dort würde sie Hsiang berichten, daß sie zufällig mitgehört hatte, wie die Gräfin und Präzentor Starling Pläne schmiedeten, seine Regierung zu stürzen. Als loyale Gibsonierin hielt sie es natürlich für ihre Pflicht, ihn davon zu unterrichten.
Masters setzte sich und wartete, ob die Posten den Köder schluckten. Natürlich taten sie es. Jetzt konnte er seine Wartezeit ausnutzen.
»Was ist denn so wichtig, daß deine Herrin um diese Zeit noch herkommt?« fragte ihn einer der Posten.
»Ich weiß nur sehr wenig«, erklärte Masters und hielt den Kopf unter dem Strohhut bescheiden gebeugt. »Aber eines ist sicher: Meine Herrin hat Angst.«
»Angst?«
»Habt ihr es noch nicht gehört? Die Söldner der Gräfin Dystar und die MechKrieger von Blakes Wort reden.«
»Wovon reden sie?« fragte ein anderer Posten.
»Genug. Ich hab schon genug gesagt.«
»Du hast überhaupt nichts gesagt.«
»Mehr sollte ich auch nicht sagen.«
Einer der Posten stieß mit dem Gewehrkolben nach Masters' Schulter. »Rede, oder du übernachtest heute im Krankenhaus.«
»Sir, bitte. Zwingt mich nicht, von Dingen zu reden, die doch nur dumme Gerüchte sind.«

»Was für Gerüchte? Gerüchte von wem?«

»Gerüchte der Dörfler, Sir. Draußen, auf dem Land. Aber wir reden Unsinn. Es ist eure Zeit nicht wert.«

»Die Entscheidung überlaß ruhig uns. Rede.«

Masters machte eine dramatische Pause, um den Wachen klarzumachen, wie schwer es ihm fiel, darüber zu reden. Dann erzählte er: »Wir haben gehört, daß die Söldner der Gräfin und die Krieger von Blakes Wort planen, sich zusammenzutun.«

»Sie arbeiten schon die ganze Zeit zusammen. Was ist daran so besonderes?«

»Ich habe gehört, daß sie planen, aber das ist natürlich nichts als ein Gerücht ...«

»Rede, Mann!«

»Sie wollen Prinzipal Hsiang absetzen und die Regierung übernehmen.«

Beide Posten verstummten. Dann stieß einer von ihnen aus: »Was?«

»Das ist Unsinn«, meinte der andere.

»Ganz bestimmt«, bestätigte Masters.

»Blakes Wort würde so etwas nie zulassen.«

»Nicht solange Präzentor Blane das Sagen hat«, stimmte Masters zu.

Die Wachen sahen ihn mißtrauisch an. »Wie meinst du das?« fragte einer von ihnen.

»Präzentor Blane ist ein Freund der Gibsonier«, antwortete Masters fröhlich. »Er hat uns immer gut behandelt. Solange er die Einwanderer anführt, kann nichts schiefgehen. Präzentor Blane ist das Fundament des Friedens auf unserer Welt.« Langes Schweigen antwortete ihm. »Was ist denn, gute Herren. Habe ich etwas Falsches gesagt?«

»Weißt du es denn nicht?«

»Was?«

»Präzentor Blane steht unter Arrest. Sein Stellvertreter, Starling, hat seinen Platz eingenommen.«

Masters keuchte laut auf.

»Was ist los?« Der Posten wartete nicht auf eine Antwort, sondern gab Masters sofort einen Tritt.

»Ich weiß nichts. Es ist nichts.«

Der zweite Posten trat ihn auch. »Rede!«

»Ich habe gehört, daß so etwas geschehen sollte. Wir haben Gerüchte über diese Verhaftung gehört. Sie ist das Zeichen für den Putsch. Das ist der erste Schritt. Aber Sir, das ist ...«

»Halt den Mund. Ist es das, was Jungfer Kris dem Prinzipal erzählt?«

»Ich nehme es an. Ich weiß nicht.«

Die Posten riefen andere Wachen herüber. Erst waren es sechs, dann acht, schließlich zwölf. Sie diskutierten die Angelegenheit untereinander und ignorierten Masters. Sie fügten immer neue Indizien zusammen, Einzelheiten, von denen Masters keine Ahnung haben konnte, und in ihrer Phantasie wuchs die Verschwörung von einer theoretischen Möglichkeit zu einer höchst realen Bedrohung, gegen die sie sich verteidigen mußten.

Sie debattierten über zwanzig Minuten, verstummten aber abrupt, als Jungfer Kris wieder auftauchte. Erst nachdem sie und Masters fort waren, steckten sie wieder die Köpfe zusammen.

»Wie war es?«

»Der ekelhafte Lurch hat mich überall begrapscht.«

»Sind Sie okay?«

»Ja.«

»Also, wie ist es gelaufen?«

»Er zittert vor Angst. Er ist überzeugt, daß er Blane wieder zu Amt und Würden verhelfen muß, sonst würde er spätestens in vierundzwanzig Stunden an die Wand gestellt werden.« Sie grinste Masters an. »Das könnte tatsächlich funktionieren.«

21

Omen, Gibson
Prinzipalität Gibson, Liga Freier Welten

27. Februar 3055

Masters und Jungfer Kris hatten keine Schwierigkeiten, die nächste Station ihrer Route zu erreichen — Burg Dystar. Die Hubschrauberpiloten und Wachtposten kannten Jungfer Kris, und sie stellte Masters als einen neuen Diener aus dem Gebiet außerhalb des Alten Walls vor. Er hielt den Kopf unter dem Hut gebeugt und gab sich verlegen und eingeschüchtert. Die Wachen akzeptierten die Geschichte und ließen die beiden passieren.

Im Innern der Burg wurde es allerdings schwieriger für sie. Die Posten um die Kammer der Gräfin waren nicht bereit, ein Auge zuzudrücken. Jungfer Kris brachte Masters, so weit sie konnte, dann erklärte sie ihm den Weg zur Gräfin. Sie hatten sich dagegen entschieden, Jungfer Kris mit der Gräfin zu konfrontieren, um ihre Tarnung nicht auffliegen zu lassen. Statt dessen würde sie sich mit einem anderen GFL-Agenten im Palast in Verbindung setzen und dafür sorgen, daß alle GFL-Sympathisanten in Omen begannen, Gerüchte über einen bevorstehenden Machtkampf auszustreuen. Ihre Aufgabe war es, die Stadt nicht mit Waffen, sondern mit Lügen anzugreifen.

Masters schlich sich mit Jungfer Kris' Sternsacht durch die Korridore und überwältigte ein paar Wachtposten. Er überraschte, fesselte und knebelte sie. Ein Mann, zwei, drei. Alles ging glatt. Es war so einfach. Er war entspannt, wie seit Jahren nicht mehr.

Er fand die Tür genauso vor, wie Jungfer Kris sie

beschrieben hatte: riesig, aus dunklem Holz, reich mit Schnitzereien verziert, mit einem Goldring als Griff. Er blickte sich noch einmal schnell nach beiden Seiten um, dann packte er den Ring und zog die Tür auf.

Aus dem Innern der Kammer hörte er Stöhnen, dann die Stimme der Gräfin: »Was ist denn? Ich hatte Anweisung gegeben, mich nicht zu stören!«

Er tastete über die Wand und fand den Lichtschalter. Als die Beleuchtung anging, sah er die Gräfin und drei Männer auf dem Bett, alle drei nackt.

»Sie!« rief sie.

»Äh ...«, stieß Masters überrascht aus. Ob Lancelot je in so einer Situation gewesen war? »Ihr drei, die Männer, raus aus dem Bett und an die Wand.«

Sie blickten die Gräfin an. Sie meinte: »Geht ruhig, Schätzchen. Ich wäre wahrscheinlich tot, bevor ihr ihn erreicht hättet.« Sie rollte sich Masters entgegen. Jetzt lag sie auf der rechten Seite, und ihr straffer linker Schenkel bog sich bezaubernd aufwärts. »Manche Männer sind für bestimmte Zwecke gut, aber wenn man sie für andere Aufgaben braucht, kann man sich nicht auf sie verlassen.«

»Wir haben eine Menge zu bereden.«

»Reden? Ich hatte gehofft, Sie wären aus einem anderen unaufschiebbaren Bedürfnis hier hereingestürmt.«

»Die Lage ist verzweifelt.«

»Warum wedeln Sie dann mit der Waffe vor meinem Gesicht herum statt mit etwas weit Interessanterem?«

»Der stellvertretende Präzentor Starling hat Präzentor Blane festgenommen ...«

»Müssen wir wirklich über Politik diskutieren?« Sie zog eine Schnute wie ein Kind.

»Nach allem, was ich gehört habe, sind Sie politisch sehr aktiv.«

»Aber ich diskutiere nie mit Männern über Politik,

die ich vernaschen will. Das macht alles viel zu kompliziert.«

»Ich habe kein Interesse daran, von Ihnen vernascht zu werden.«

»Als ob mich das interessiert, junger Mann. Ich bin die Gräfin.« Sie drehte sich zu den drei Männern um, die sich mit dem Gesicht zur Wand aufgestellt hatten. »Stimmt's, Jungs?«

Die drei murmelten verlegene Bestätigungen.

»Ich wäre also nur Verstärkung für die Gruppe gewesen?« fragte Masters.

»Kommt darauf an. Ich probiere jeden einmal aus und sehe, wie er sich hält. Wenn mir ein Mann gefällt, aber ihm das gewisse Etwas fehlt, behalte ich ihn möglicherweise, aber ich stecke ihn mit anderen zusammen, die ähnliche Fähigkeiten haben.« Sie drehte sich wieder zu den dreien um. »Das sollte keine Beleidigung sein.«

»Sie haben einen regelrechten Stall?«

»So könnte man es nennen. Genaugenommen werden diese drei von Steuergeldern bezahlt. Es sind Söldner, die ich für den Kampf gegen die GFL angeworben habe.«

Das Bild der vom Baum hängenden Leichen drängte sich in Masters' Gedanken, und Wut machte sich in ihm breit.

»Sie brauchen gar nicht so verärgert zu schauen. Hier sind sie zumindest vor dem Krieg sicher.«

»Präzentor Blane muß befreit werden.«

»Blödsinn. Das ist eine interne Angelegenheit von Blakes Wort. Komm ins Bett.«

Masters lehnte sich an die Wand. Wahrscheinlich hatte sie Angst, aber sie versuchte ihn mit ihren schamlosen Sprüchen zu verunsichern. Und sie hatte Erfolg damit. Er mußte jetzt die Initiative zurückgewinnen.

»Falsch, Gräfin. Es ist *nicht* nur eine Angelegenheit

von Blakes Wort. Es hat auch auf Sie große Auswirkungen.«

Sie gähnte und rollte sich auf den Rücken. Dann streckte sie sich wie eine Katze. »Ja, natürlich berührt es mich. Blane ist ausgesprochen verklemmt. Ich denke, mit Präzentor Starling wird sich die Lage höchst zufriedenstellend entwickeln.«

»Obwohl er plant, Hsiang aus dem Amt zu drängen?«

Sie erstarrte. »Was?«

Zeit für die Lüge. »Der Generalhauptmann hat mir einen ROM-Bericht zur Verfügung gestellt ...«

»Der Generalhauptmann hat einen Bericht von ROM erhalten?«

Je größer die Lüge, um so schneller wird sie geglaubt. »Er war einmal ComStar-Adept, Gräfin. Seine Verbindungen haben sich nicht plötzlich in Luft aufgelöst. Der Bericht warnte vor Präzentor Starlings Ehrgeiz. Thomas hat mich hergeschickt, um ein Auge auf Starling zu werfen, aber wir haben nicht erwartet, daß er so schnell aktiv werden würde. Es ist ganz klar, daß er in Kürze seinen Putsch plant.«

Die Gräfin versuchte unbesorgt zu klingen, aber in ihren Augen stand tiefe Nachdenklichkeit. »Was hat das mit mir zu tun? Hsiang ist ein Idiot. Eine Marionette.«

»Aber er ist Ihr Idiot, Ihre Marionette.« Masters konnte nur spekulieren, aber er redete weiter. »Blane hat die letzten zwei Jahre geholfen, den Frieden zu bewahren, richtig? Sie konnten alle richtigen Knöpfe drücken, weil Blane als Friedensstifter arbeitete.«

»Richtig.«

»Ohne ihn und Hsiang wird auf ganz Gibson der Volksaufstand losbrechen. Dann wird nur allzu deutlich zu Tage treten, daß Blakes Wort den Menschen ihre Rechte nehmen will. Die Angst vor einer Inquisition wird das Volk in einen Blutrausch treiben. Sie werden sich gegen Sie erheben und nach Hilfe suchen, wo immer sie sich anbietet.«

»Das ist Unsinn!« rief sie, setzte sich auf und hielt sich ein Laken vor. »Dafür haben Sie aber keine Beweise.«

»Die GFL hat bereits enge Beziehungen zur regulanischen Regierung geknüpft.«

»Fanatische Söldner von Regulus, die sich einbilden, Gibson könnte sich zurücklocken lassen ...«

Eine gute Lüge enthält soviel Wahrheit wie möglich. »Keineswegs, Gräfin. Das will man Sie nur glauben machen. Ich war in einer ihrer Basen. Das Fürstentum Regulus hat ihnen seinen Segen gegeben.«

Damit hatte er sie in seinem Netz. »Wir müssen sie aufhalten.«

»Wir? Wer ist wir? Das Volk traut Ihnen nicht.«

»Wem sollen sie denn folgen? Der GFL? Die GFL verwüstet das Land. Sie können sich nicht wünschen, von diesen Terroristen regiert zu werden!«

»Gräfin Dystar, die simple Wahrheit ist: Menschen ziehen Unterdrückung durch die eigene Regierung immer der Unterdrückung durch Invasoren vor. Gibson hat eine gemeinsame Vergangenheit mit Regulus, aber nicht mit Blakes Wort. Sie müssen schnell handeln. Meine Agenten haben mir gemeldet, daß Blakes Wort in sechs Stunden mit dem Sturm auf die Regierungsgebäude beginnt.«

»Agenten? Sechs Stunden?«

»Sie glauben doch nicht ernsthaft, Thomas hätte mich allein in diese Schlangengrube geschickt?«

»Aber davon wußten Sie nichts.«

»Oh, wir wußten davon. Wir wußten genug, um uns Sorgen zu machen.«

»Wir müssen den Generalhauptmann informieren«, stieß sie aus. »Es wird zwar Tage dauern, bis Hilfe eintrifft, aber wir müssen uns vorbereiten.«

»Natürlich. Das Problem ist nur, die einzige Person,

der ich diese Botschaft anvertrauen würde, ist bei Blakes Wort eingekerkert.«

Die Gräfin stand auf und hüllte sich in das Laken. »Ihr drei, raus.« Die Männer drehten sich unbeholfen um, suchten nach ihren Kleidern und rannten halb angezogen aus dem Zimmer.

»Na schön«, stellte sie fest. »Ich glaube Ihnen zwar nicht so recht, aber ich kann es mir nicht leisten, Sie zu ignorieren. Ich werde mich der Sache schon annehmen.«

»Wir müssen Präzentor Blane befreien.«

»Er wurde unter der Anklage der Ketzerei verhaftet. Das liegt außerhalb meiner Jurisdiktion.«

»Mein Gott, irgendwas wird Ihnen doch wohl einfallen.«

»Na gut. Irgendein formaljuristischer Grund wird sich schon finden lassen.« Sie trat ans Fenster. »Meine Güte«, stieß sie aus und verkrampfte sich sichtbar.

Als er den blanken Schrecken in ihrer Stimme hörte, lief Masters an ihre Seite. Der Anblick überraschte ihn nicht minder. Hsiang hatte keine Zeit verloren. Im grauen Licht des Morgens konnte Masters die loyalen Truppen des Prinzipals auf den Bürgersteigen sehen, während gepanzerte Truppentransporter die Straßen entlangrollten. Offensichtlich hatte Hsiang das Kriegsrecht ausgerufen. Die Explosion stand unmittelbar bevor.

Ohne den Blick von der Straße abzuwenden, sagte er: »Und jetzt bitte ich um Verzeihung, Gräfin«, packte sie und wand das Laken um ihre Handgelenke. »Ich werde gesucht und kann es mir nicht leisten, mich von Ihnen als Verhandlungsobjekt benutzen zu lassen.« Sie versuchte zu schreien, aber es war zu spät. Masters stopfte ihr einen Zipfel des Lakens in den Mund und trug sie zum Bett. »Ich muß schon sagen, Sie sind eine höchst attraktive Frau. Körperlich.«

»Hmmmphamph.«

»Ja, ich werde jemand herschicken, sobald ich in Sicherheit bin. Adieu.«

Er traf Jungfer Kris in ihrem Zimmer, und die beiden rannten zum Hubschrauberlandeplatz der Burg. »Wie ist es gelaufen?« fragte sie.

»Als ich ging, brachte sie kein einziges Wort mehr heraus.«

Masters und Jungfer Kris warteten in einer Gasse nahe dem Gebäude von Blakes Wort. Sie mußten mehrere Stunden warten, und Masters fing sich schon an zu fragen, ob irgend etwas schiefgegangen war. Bei der Anzahl von Soldaten auf den Straßen hätte inzwischen jemand das Feuer eröffnen müssen.

Etwa alle halbe Stunde setzte sich Jungfer Kris mit ihren Leuten in Verbindung. Den größten Teil des Tages erfuhr sie wenig Neues, aber am frühen Nachmittag kam sie mit einem ausführlichen Bericht zurück. »Die Gräfin und Hsiang fordern beide, daß Präzentor Blane in ihre Obhut entlassen wird.«

»Arbeiten sie zusammen?«

»Kein bißchen. Die Gräfin hat Hsiang angerufen, kaum daß ein Zimmermädchen sie gefunden und befreit hatte. Hsiang hielt das natürlich für einen Trick. Als er sie abwies, schloß die Gräfin, daß Ihre Informationen nicht ganz korrekt gewesen waren und Hsiang in Wirklichkeit mit Blakes Wort zusammenarbeitet.«

»Sehr gut. Ich hatte gehofft, ihre Angst und Habgier würden die Lücken füllen.«

»Währenddessen hat Hsiang seine Truppen aus den Vorposten in die Stadt zurückbeordert, auch wenn die meisten noch unterwegs sind. Das gleiche gilt für die Söldner der Gräfin und die MechKrieger von Blakes Wort.« Jungfer Kris' Blicke verrieten ihre Begeisterung über die letzte Nachricht. Jetzt hatte die GFL freie Hand. Masters mußte sich daran erinnern, daß sie zwar momentan auf ein gemeinsames Ziel hinarbeiteten, aber trotz allem ein Abgrund ihre politischen Ziele und Ansichten trennte.

»Schön und gut, aber jetzt sollte besser schnell etwas passieren, bevor sie Zeit haben, sich zusammenzusetzen und ihre Informationen zu vergleichen. Gibt es Hinweise dafür, ob Blakes Wort den Präzentor an Hsiang oder die Gräfin ausliefert?«

»Nein. Wenn sie wüßten, was los ist, oder wenn die Gräfin und Hsiang an einem Strick zögen, würden sie vielleicht nachgeben. Aber im Moment sind alle viel zu nervös.«

In diesem Moment hörten sie das knatternde Stakkato von Maschinengewehrfeuer, dann das Donnern von Panzerkanonen. Explosionen hallten durch die Straßen, gefolgt vom Krachen einstürzender Mauern.

»Es geht los«, stellte Masters fest.

Sie stürzten aus der Gasse und gingen hinter einem Laster in Deckung. Auf der anderen Straßenseite erhob sich das riesige Blakes-Wort-Gebäude. Ringsum mähten Männer und Frauen einander und unschuldige Zuschauer auf den Straßen und in den Häusern mit ihrem Gewehrfeuer nieder. Panzer rollten über die breiten Alleen und feuerten eine Granate nach der anderen auf andere Panzer oder Gebäude ab. Mörser spuckten ihre Geschosse und sorgten für furchtbare Explosionen. Überall waren plötzlich Krater und Trümmer. Masters hatte noch nie einen Stadtkampf gesehen, und der Anblick zerriß ihm das Herz.

Soldaten von Blakes Wort hatten sich an den Fenstern und breiten Eingangsportalen des Gebäudes postiert. Panzer der loyalen Garde Hsiangs feuerten auf das Gebäude und sprengten riesige Breschen in die Mauern. In der ganzen Stadt war der Wahnsinn ausgebrochen. Aber solange er sich auf das Gebiet innerhalb des Alten Walls beschränkte, konnte Masters damit leben.

»Also dann. Auf geht's.«

Die beiden rannten über die Straße und duckten sich hinter geparkte und zertrümmerte Wagen. Sie näherten sich dem Blakes-Wort-Gebäude von Süden. Durch das Fundament zogen sich bereits gewaltige Risse. »Ich hoffe, er lebt noch«, meinte Jungfer Kris.

Sie quetschten sich durch einen Spalt in der Mauer in einen nur durch das von außen hereinfallende Sonnenlicht erhellten Korridor. »Treppe«, rief Masters, der durch eine offene Tür ein Geländer glitzern sah. »Weiter.«

Bei jedem Schritt, den sie machten, erzitterte das Gebäude unter dem Einschlag der Granaten. Als sie das Treppenhaus erreichten, fiel ein Lichtkegel auf sie. »Halt!« brüllte jemand. Sie warfen sich durch die Tür. Eine MP-Salve fuhr hinter ihnen in den Türrahmen, und Masters fühlte sich heiß und hellwach. Gleichzeitig stieg eine perverse Begeisterung in seiner Brust hoch.

Zusammen mit Jungfer Kris rannte er die Treppe hinab, so schnell er konnte. Aber in der Dunkelheit bemerkte er es nicht, als er einen Treppenabsatz erreichte. Sein Knie knickte ein, und er stürzte. Jungfer Kris prallte von hinten gegen ihn, und beide schlugen an die gegenüberliegende Wand.

Wieder fand sie der Lichtkegel. Masters packte Jungfer Kris und rollte sie über sich weg, als die Kugeln dort einschlugen, wo sie gerade noch gelegen hatte. Dann rollte er ebenfalls zur Seite. Die Kugeln folgten ihm über den Absatz und rissen hinter ihm den Beton auf.

Keuchend und ängstlich standen sie unter der Treppe, von deren Kopf aus der Wahre Gläubige gefeuert hatte. »Lauf die Treppe runter und schlag die Tür zu«, flüsterte Masters. Sie drückte bestätigend seine Hand und lief weiter, diesmal vorsichtiger.

Masters wartete und beobachtete den Lichtkegel der Taschenlampe auf der Wand, als der Soldat herabkam.

Er war vorsichtig. Er hatte keinen Grund, sich zu beeilen. Und er hatte das Licht.

Plötzlich knallte Jungfer Kris weiter unten mit einer Tür, und der Soldat begann in dem Glauben, sie wären entkommen, die Treppe hinunter zu stürmen. Als der Mann um die Ecke des Treppenabsatzes kam, schlug Masters blind zu und traf ihn im Unterleib. Der Mann schrie auf und knickte zusammen. Masters stieß ihn gegen die Wand. Die Rorynex des Soldaten, an deren Lauf die Taschenlampe befestigt war, polterte die Stufen hinab. Der Lichtkegel zuckte wild durchs Treppenhaus.

»Gib auf«, knurrte Masters durch die Zähne und preßte den Mann mit ganzer Kraft an die Wand. Mit einer Hand zog er die Sternsacht aus dem Gürtel.

»Blake wird siegen.«

»Bis zum Tod?«

»Zu deinem!«

Masters zog den Abzug durch. Der Knall wurde durch den Körper des Soldaten gedämpft. Der Mann kippte leblos nach vorne und fiel zu Boden, als Masters einen Schritt zurücktrat. Sein Baumwollhemd war blutgetränkt, aber das bemerkte er erst jetzt. Das Gefühl der Gefahr — die Hitze des Gefechts — war unvergleichlich. Er liebte diesen Zustand.

Ein Licht fiel auf ihn. Er drehte sich um und sah Jungfer Kris, die auf der Treppe stand und die Rorynex des Soldaten auf ihn gerichtet hielt. »Warum haben Sie ihn nicht sofort umgebracht?«

»Weil ich das nicht wollte.«

Sie senkte das Licht auf die Stufen. »Halten Sie die Lampe wieder hoch«, verlangte er. Im Licht der Taschenlampe zog er einen Schlüsselbund vom Gürtel des Soldaten. »In Ordnung. Weiter.«

22

Omen, Gibson
Prinzipalität Gibson, Liga Freier Welten

28. Februar 3055

Die Explosionen auf der Straßenebene erschütterten das Fundament des Gebäudes. Dichter Staub trieb im Lichtkegel der Taschenlampe, als sie sich durch die Kellergänge bewegten.

Sie hatten keine Schwierigkeiten, den Kerker zu finden. Präzentor Blane, der einzige Gefangene, saß in der letzten Zelle. Masters leuchtete durch das schmale Türfenster und in das Gesicht des Präzentors. Dessen Schnauzbart schien weiß zu schimmern.

»Wie geht es Ihnen, Sir?« fragte Masters und richtete das Licht auf sein eigenes Gesicht.

»Blakes Geist«, stieß Blane aus. »Sir Masters, was machen Sie denn hier? Der halbe Planet ist hinter Ihnen her.«

»Ich dachte mir, ich erspare Ihnen die Mühe«, stellte er fest und schloß die Tür auf.

Präzentor Blane kam herüber. »Was geht da oben vor?«

»Ein Krieg. Vermutlich nur ein kurzer, aber immerhin.«

Als er Jungfer Kris bemerkte, begrüßte Blane sie freundlich und meinte: »Schön zu sehen, daß es Ihnen gut geht. Also, was ist los? Hat die GFL die Stadt angegriffen? Das hätte ich für unmöglich gehalten.«

»Eigentlich nicht. Die GFL ist hier unten«, stellte Masters mit einer Geste zu Jungfer Kris fest. »Da oben beschießen sich Hsiang, die Gräfin und Starling.«

Präzentor Blane strich sich durch das schüttere Haar und starrte Jungfer Kris an. »Also, das ist wirklich eine Überraschung. Was die anderen drei angeht, habe ich nichts anderes erwartet. Aber wie ist es dazu gekommen?«

»Das waren wir«, sagte Jungfer Kris. »Kommen Sie, wir erzählen Ihnen alles unterwegs.«

Sie verließen das Gebäude auf demselben Weg, über den sie es betreten hatten. Als sie sich dem Erdgeschoß näherten, wurden die Kampfgeräusche immer lauter. Masters preßte den dicken Präzentor durch den Riß in der Mauer, dann folgten er und Jungfer Kris ins Sonnenlicht.

»Oh«, stieß Präzentor Blane aus, und auf seiner Miene stand tiefer Schmerz. »Oh, meine Stadt.«

An die Stelle urbaner Perfektion war ein Bild der Kriegswirren längst vergessener Zeiten getreten. Risse durchzogen Mauern. Steinbrocken bedeckten die Straße.

»Kommen Sie«, drängte Masters. »Wir müssen in Bewegung bleiben.« Sie rannten einen halben Häuserblock weiter, während Heckenschützen auf sie feuerten, dann duckten sie sich in eine Seitengasse.

»Wohin?« fragte Präzentor Blane keuchend. »Wo gehen wir hin?«

»Zur Hyperpulsgenerator-Station. Wahrscheinlich wird dort auch gekämpft, aber wir brauchen Sie, um Thomas zu verständigen.«

Präzentor Blane sah ihn verwirrt an. »Zu verständigen?«

»Er muß erfahren, was hier vor sich geht. Sir, sind Sie über die Beziehung zwischen Hsiang und der Gräfin informiert?«

Er rollte mit den Augen. »Schläft sie mit ihm auch?«

»Nein, nein. Ich meine, wie sie diese Welt regieren.«

»Nun, ehrlich gesagt, nein. Ich habe versucht, mich aus der hiesigen Politik herauszuhalten. Bevor die Flüchtlinge eintrafen, hat Blakes Wort keinerlei politische Rolle gespielt. Aber wir hatten ja auch nur einen winzigen Verwaltungsapparat. Jetzt versuchen wir, unsere Leute hier einzugliedern. Wir beginnen gerade erst, mit der Regierung zusammenzuarbeiten.«

»Und mit erbärmlichem Erfolg«, warf Jungfer Kris ein.

»Egal«, meinte Masters. »Hsiang und die Gräfin Dystar haben ihre Pflichten grob vernachlässigt.« Präzentor Blane wirkte entgeistert.

»Sie saugen uns mit ihren Steuerforderungen aus«, erklärte Jungfer Kris. »Und jetzt, wo Blakes Wort aufgetaucht ist und mit der Regierung zusammenarbeitet, ist auch unsere Religionsfreiheit bedroht.«

»Ich dachte, das wäre nur Feindpropaganda.«

Jungfer Kris schlug sich mit der Hand an die Stirn.

»Ich habe es nicht gewußt, Liebes! Ich gehöre nicht zu Ihrer Regierung. Als Mitglieder ComStars war es unsere Aufgabe, den Hyperpulsgenerator in Funktion und den Strom der Botschaften in Gang zu halten.«

»Wir haben Sie wissen lassen, was hier vor sich ging!«

»Das war nicht meine Sache. Meine Güte, wenn Sie Ihre Welt nicht in den Griff bekommen können, ist das doch nicht mein Problem.«

»Jetzt schon, Präzentor, denn jetzt ist es auch die Welt Ihrer Gläubigen«, stellte Masters fest.

»Ja … Nun … Wissen Sie, ich habe Starling mit diesen Angelegenheiten betraut.«

»Und deshalb brauchen wir Hilfe«, fuhr Masters fort. »Regulus unterstützt die GFL. Das Fürstentum liefert den Guerilleros Waffen, und sie haben sogar Mechs auf Gibson. Und jetzt ist die Lage noch schlimmer, als ich erwartet habe, denn die Gräfin hat meinen Lehnsherren verraten. Wir müssen uns mit Thomas in Verbindung setzen.«

»Aber Sir Masters …«

»Kein Wenn und Aber. Es wird gefährlich werden, aber wir müssen den Hyperpulsgenerator erreichen.«

Präzentor Blane hob die Hand. »Ich habe mit Thomas gesprochen, als Sie gegen Ihre eigene Lanze gekämpft haben, Sir Masters. Thomas war überzeugt, daß Sie recht damit hatten, trotz — ich muß es zugeben — meiner Einwände, und hat sich entschlossen, mit den Rittern der Inneren Sphäre herzukommen. Er müßte heute ankommen.« Der Präzentor zog eine Uhr aus der Tasche. »Um genau zu sein, er müßte schon da sein.« Er blickte hoch und in Richtung des Raumhafens. Masters und Jungfer Kris taten es ihm gleich. Hoch über sich sahen sie drei Landungsschiffe aus dem Himmel sinken.

»Es ist still geworden«, stellte Masters fest. Und er hatte recht. Der Kanonendonner war völlig verklungen, und auch Gewehrfeuer war nur noch gelegentlich zu hören.

»Die Ankunft des Generalhauptmanns hat die Übeltäter wahrscheinlich bewogen, ihre Optionen zu überdenken«, stellte Präzentor Blane fest.

»Der Krieg wird keinen Bestand haben. Sie werden sich schnell wieder einigen«, fügte Jungfer Kris hinzu.

»Aber das vergossene Blut ... die Stadt ...« Präzentor Blane deutete auf die Schäden in der Altstadt. »Diese Tragödie können sie nicht ignorieren.«

»Ich bezweifle, daß sie darauf viele Gedanken verschwenden werden, Präzentor«, meinte Masters. »Für die Gräfin sind Menschen Geld, für Starling sind sie Maschinen, und für Hsiang lebende Monumente seiner Eitelkeit. Je mehr Tote es gegeben hat, um so größer ist der Ruhm. Wir müssen hier weg. Ich weiß nur nicht, wie wir an all den Soldaten vorbeikommen.«

»Aber ich«, sagte Jungfer Kris.

Sie führte sie durch verwinkelte Gassen und geheime Tunnel. Die Altstadt lag in Trümmern, aber die Kämpfe waren vorbei. Sie brachte sie durch den Alten Wall und arrangierte eine Transportmöglichkeit zum Raumhafen. »Jetzt traue ich Ihnen«, meinte sie zu Masters. »Steigen Sie ein.«

Sie sahen ein ganzes Regiment BattleMechs von Blakes Wort um die Stadt aufgebaut, stumme Riesen, die auf ihre Befehle warteten. »Das ist schlimm«, sagte Masters. »Sehr schlimm.«

Währenddessen hatte um den Raumhafen eine Legion rot-silberner Mechs — gesteuert von den Rittern der Inneren Sphäre — Aufstellung genommen. Das Silber ihres Anstrichs reflektierte das Licht der Nachmittagssonne und verlieh der Truppe ein wahrhaft majestätisches Aussehen. Masters schauderte. Da standen sie, die Ritter der Inneren Sphäre.

Jetzt bewachten Thomas' Männer das Tor, und Jungfer Kris' Fahrer hielt an. Die Posten kamen, die Gewehre im Anschlag, heran und schauten in den Wagen. »Sir Masters!« rief einer von ihnen. »Schön Sie zu sehen, Sir.«

»Ganz meinerseits. Wir müssen sofort den Generalhauptmann sprechen.«

Einer der Frachträume eines Landungsschiffes war in einen Strategieraum umgebaut worden. Funktionäre und Strategen gingen zwischen den Tischen mit Karten und Tabellen umher. Thomas saß an einem großen runden Tisch in der Mitte des Raumes. Seine Assistenten brachten ihm Fragen und Vorschläge und hasteten zurück an ihre Tische. Als Thomas Masters hereinkommen sah, sprang er auf und eilte zur Tür. Masters fiel auf ein Knie. Plötzlich war er Thomas für alles, was er ihm durch den Auftrag auf Gibson gegeben hatte, dankbar. »Mein Lehnsherr«, begrüßte er ihn.

»Mein edler und loyaler Vasall. Wie geht es dir?«

»Gut, jetzt, wo ihr hier seid.«

Jungfer Kris und Präzentor Blane traten neben Masters.

»Thomas«, sagte Präzentor Blane.
»Bill. Und wer ist das?«
»Jungfer Kris, ehemals in den Diensten der Gräfin Dystar und aktives Mitglied der GFL.«
Thomas zog die Augenbrauen hoch. »Interessant.« Er deutete in Richtung seines Tisches. »Ihr müßt mir alles erzählen.«
Das taten Sie. Als sie fertig waren, seufzte Thomas Marik und stellte fest: »Das ist ja eine nette Bescherung.« Die drei warteten geduldig auf den Rest. »Da bleibt uns nur eines.«
»Sir?«
»Schafft sie alle her. Wir müssen das klären.«

Blane hatte recht gehabt. Als Thomas seine Ankunft auf dem Raumhafen bekanntgab, hatten alle drei korrupten Fraktionen in der Altstadt ihre Soldaten zurückgezogen und begonnen, die Situation auf diplomatischem Wege zu klären. Ihre Verhandlungen fanden ein abruptes Ende, als Masters die drei Führer drei Stunden später zu einer Konferenz mit Generalhauptmann Thomas Marik einlud. Ihre Zusagen waren von Protokollpflicht, aber auch von Neugierde diktiert.
Jungfer Kris zog los, um Deraa, den nominellen Chef der GFL, zu überreden, an dem Treffen teilzunehmen. Sie sollte auch Kolonel Roush einladen, die regulanischen Interessen auf Gibson zu vertreten. Beide Männer sagten zu.
Thomas bat um einen Waffenstillstand bis zum Ende der Gespräche. Die GFL weigerte sich, da der Widerstand der Regierungstruppen auf dem Land während der Kämpfe in der Altstadt mehr oder weniger zusammengebrochen war. Aber der Generalhauptmann war persönlich auf Gibson und nahm sie ernst genug, sie zu Gesprächen einzuladen. Das genügte, um die GFL schließlich doch umzustimmen. Bis auf weiteres herrschte Frieden auf Gibson.

Die Konferenz wurde für den nächsten Tag kurz vor Mittag anberaumt.

Sie versammelten sich im Frachtraum, der jetzt mit einem riesigen Banner geschmückt war, in dessen Zentrum der Marik-Adler prangte. Das Banner beherrschte den Raum und gab allen Gästen das Gefühl, daß Thomas sie überschatten wollte, oder besser, dies bereits tat.

Thomas saß in einem Thronsessel, den er aus dem Palast auf Atreus mitgebracht hatte. Um den Tisch waren Stühle für alle Teilnehmer aufgestellt. Die Funktionäre sahen aus einiger Distanz schweigend zu.

Masters saß rechts von Thomas. Ihm Uhrzeigersinn folgten die Gräfin Dystar, die immer wieder das Knie an Masters' Bein rieb; Prinzipal Hsiang; Stellvertretender Präzentor Starling, der darauf bestand, aus irgendwelchen formellen Gründen, über die sich die Theologen von Blakes Wort noch stritten, Präzentor zu sein; Präzentor Martialum Arian; Deraa von der GFL; Jungfer Kris, deren aufgedeckte politische Zuordnung der Gräfin nur ein »Ah« entlockte, als habe sie es schon immer gewußt; Kolonel Roush und Präzentor Blane.

»Also dann«, sagte Thomas, während Lakaien Tee, Obst, Brot und Käse reichten, »fangen wir an. Gräfin Dystar, es ist mir zu Ohren gekommen, daß Sie die Verantwortung für das Land, das ich Ihnen als Lehen übertragen habe, mißbraucht haben und dadurch zur Verräterin an meinem Haus geworden sind.«

»Also wirklich!« stieß die Gräfin verärgert aus.

»Prinzipal Hsiang, auch wenn meine Jurisdiktion Sie nicht direkt betrifft ...«

»Nein, nein, das tut sie allerdings nicht. Und das sollten Sie nicht vergessen.«

»... sehe ich mich doch zum Eingreifen, was Ihre Politik betrifft, gezwungen. Ich habe Blakes Wort eine neue Heimat versprochen, und Ihre Regierung ...«

»Unsere Regierung hat getan, was in ihrer Macht steht, die Wahren Gläubigen mit der vollen Gastfreundschaft unserer Welt aufzunehmen«, stellte Hsiang mit einem bösartigen und tückischen, wahrscheinlich anbiedernd gemeinten Lächeln fest.

»Allerdings, Sir. Das stimmt genau. Sie haben Blakes Wort alles geboten und nichts für die eigene Bevölkerung zurückgehalten. Bitte verschwenden sie nicht meine Zeit, kleiner Mann. Von allen, die hier am Tisch sitzen, haben Sie am wenigsten zu sagen, weil Sie niemand ernst nimmt.« Außer Starling und Arian, die keine Miene verzogen, konnte sich keiner ein hämisches Grinsen verkneifen. »Was Sie ihrem Volk angetan haben, ihrem *eigenen* Volk, ist eine Schande, denn Sie haben es für materielle Güter verschachert. Sie haben sein Vertrauen mißbraucht und sich dessen Zorn verdient.«

Er wandte sich an Starling. »Ich habe Ihren Leuten eine Heimat gegeben, aber Sie haben einem guten Mann, Präzentor Blane, übel mitgespielt, weil er Ihrer Vision im Weg stand — einer Vision, die in der Liga Freier Welten nicht willkommen ist. Ich fürchte, es hat hier ein Mißverständnis gegeben. Lassen Sie es mich hier und jetzt aufklären. Gibson ist nicht Ihr Eigentum.

Ich habe diese Welt ausgewählt, weil sie eine Tradition religiöser Toleranz besitzt. Auch Ihre Leute werden diese Tradition wahren, oder die einzige Heimat, die sie je kennen werden, wird der leere Raum sein, weil sie dazu verdammt sind, zwischen den Sternen zu wandern.«

»Sie müssen weg!« erklärte Deraa.

»Nein, das müssen sie *nicht*. Denn ich habe ihnen mein Wort gegeben, Sie Verbrecher, und mein Wort gilt. Und was *Sie* betrifft — Sie behaupten, die Menschen Gibsons zu repräsentieren. Aber das stimmt nur zum Teil. Sie repräsentieren die *Angst* der Menschen

Gibsons. Ihr Handeln macht sie nicht zu einem Führer, sondern zu einem Monster.«

»Wir hatten keine Wahl. Unsere Gesuche an die Gräfin und danach an Sie ...«

Thomas' tiefe Stimme ließ Deraa verstummen. »Ich habe versagt«, gab er zu und legte eine Kunstpause ein. »Haben Sie verstanden? Ich gebe öffentlich, als Herrscher des Hauses Marik vor Ihnen zu, daß ich Ihr Volk im Stich gelassen habe. Ich bin nicht gekommen, um mein Versagen zu vertuschen, indem ich die bestrafe, die sich darüber beschwert haben. Ich bin gekommen, um die Fehler wiedergutzumachen. Ich bin gekommen, um mir Ihre Beschwerden anzuhören. Ich bin gekommen, um entsprechende Maßnahmen zu ergreifen.«

Deraa grinste.

Schließlich wandte Thomas sich an Kolonel Roush. »Schön, Sie zu sehen, Kolonel. Enttäuschend zu wissen, daß das Fürstentum Regulus mit solchen Verbrechern gemeinsame Sache macht.«

Deraas Grinsen verblaßte.

»Wir wollen Gibson zurück, Generalhauptmann«, erklärte Roush ohne Umschweife. »Und wir bieten im Gegenzug Schutz vor Hsiangs korrupten Praktiken.« Er verneigte sich.

»Wie verdammt nobel. Offiziell haben Sie sich gut abgesichert, so daß ich Sie nicht belangen kann. Sie wurden als Söldner angeworben und für Ihre Dienste bezahlt.«

»So ist es.«

»Hören Sie mir gut zu: Die Zeit der Söldner geht zu Ende.«

»Das glauben Sie, Generalhauptmann.«

»Das weiß ich, Kolonel. Hier in den Freien Welten werden wir dem Unsinn, Männer anzuheuern, um die Launen der Reichen gewaltsam durchzusetzen, ein Ende bereiten.«

»Sie rücken die Dinge in ein schlechtes Licht, Generalhauptmann.«

»So sehe ich es.«

»Die Bevölkerung Gibsons sah es anders. Sie sah unsere Anwesenheit als Geschenk. Sie brauchte dringend Hilfe.«

»Sie haben einen Krieg unterstützt, bei dem kein Ende in Sicht ist — und das zum Vorteil ihrer eigenen Welt und auf Kosten zahlloser unschuldiger Leben.«

»Auf Gibson gibt es keine Unschuldigen.«

Thomas starrte ihn schockiert an. »Wie können Sie so etwas behaupten.«

»Er hat recht, Marik«, erklärte Arian mit matter Stimme. »Die Menschen hier sind Wilde.«

»Und Ihre Methoden sind besser?« herrschte Thomas ihn an. »Sir Masters hat mir einen vollen Bericht darüber geliefert, wie dieser Krieg geführt wurde. Wenn das die Logik von Blakes Wort ist, wünschte ich mir, es wäre nie zum Schisma gekommen.«

»Sie mißverstehen, worum es geht, Generalhauptmann«, erklärte Roush. »Für den Sieg ist jedes Mittel recht. Ich würde so handeln. Blakes Wort würde so handeln. Sie würden so handeln.«

»Das würde ich nicht«, widersprach Thomas mit eisiger Stimme. »Mit solchen Phrasen können Sie vielleicht Ihr Gewissen beruhigen — und Ihres wohl auch, Präzentor Martialum. Aber sie sind hohl. Sie unterschätzen mich gewaltig, und sich selbst auch, wenn Sie den Fehler in dieser Logik nicht sehen können. Wir entscheiden selbst, was wir zu tun bereit sind und was nicht. Ein Mann, der bereit ist, sich ebenso zu verhalten wie sein Gegner, ist nicht mehr als eine Marionette, die vom Handeln anderer regiert wird.«

Die Runde verstummte.

»Sir Masters«, erklärte Thomas.

»Mein Lehnsherr.«

»Das Haus Dystar hat zweihundert Jahre über Gibson geherrscht. Die Gräfin, die — *aus unerfindlichen Gründen* — keinen Erben hat, hat sich meines Vertrauens als unwürdig erwiesen. Hiermit entziehe ich ihr das Adelspatent und übertrage den Titel des Grafen und alle Ländereien auf Gibson Ihnen und Ihrer Familie.«

Masters wurde schwindlig, aber seine Verwirrung wurde weggeblasen, als die Gräfin aufsprang und dabei ihren Stuhl umwarf. Ihr trockener Humor war plötzlich spurlos verschwunden. »Thomas Marik. Wie kannst du es wagen?«

Mit gespielter Verwirrung antwortete der so Gescholtene: »Ich bin der Herrscher von Haus Marik. Habe ich dazu etwa kein Recht?«

»Nein, du verzogener Adept. Wie kannst du es wagen, plötzlich mit deinen größenwahnsinnigen Ideen hier aufzutauchen. Ich habe nichts anderes getan als das, was meine Familie seit Generationen getan hat.«

»In dem Fall bin ich viel zu spät hier erschienen.«

»Genau wie andere Adelsfamilien auf zahllosen Welten der Liga Freier Welten und der gesamten Inneren Sphäre. Meine Güte …« Sie schnappte ungläubig nach Luft. »Du entziehst mir meine Ländereien wegen Korruption und Bestechlichkeit?«

Thomas sah sie an, und seine Blicke durchbohrten sie. »Ja, das tue ich. Die Zeiten haben sich geändert. Für die anderen Häuser kann ich nicht sprechen. Ich kann auch nicht für alle Menschen der Liga Freier Welten sprechen. Aber ich kann für alle sprechen, die durch ihren Treueschwur an mich gebunden sind. Sie haben diesen Schwur gebrochen. Und lassen Sie mich eines klarstellen: Der Vertrauensbruch mir gegenüber ist das geringste Ihrer Verbrechen. Schlimmer als alles andere ist die Tatsache, daß Sie dieser Welt gegenüber keine Verantwortung bewiesen haben. Indem Sie Gibson verrieten, haben Sie dafür gesorgt, daß *ich* Gibson verriet!«

»Ich werde Sie unterstützen, Gräfin«, erklärte Roush.

Alle Augen richteten sich auf ihn.

»Was?« fragte die Gräfin.

»Wenn Sie gegen Generalhauptmann Thomas Marik in den Krieg ziehen wollen, werde ich an Ihrer Seite kämpfen. Sie können Ihr Volk zurück in das Fürstentum Regulus führen.«

Masters lehnte sich zurück. Das Schwindelgefühl war mit voller Wucht zurückgekehrt.

23

Omen, Gibson
Prinzipalität Gibson, Liga Freier Welten

28. Februar 3055

Die Gräfin Dystar drehte sich zu Thomas um, und Masters hatte das Gefühl, sie schnurren zu hören wie eine zufriedene Katze. »Was sagst du dazu, Thomas Marik?«

Thomas zuckte die Achseln. »Ich würde Ihnen nicht raten, gegen mich zu kämpfen, aber die Entscheidung liegt bei Ihnen.«

»Oh! Sie sind unmöglich.« Sie wandte sich an Roush. »Ich nehme an.«

»Ausgezeichnet.«

Hsiang, der stumm und mit gesenktem Kopf zugehört hatte, hob nun den Blick zur Gräfin. »Lady?«

»Schon gut, du Wurm. Wenn du dich mir anschließen willst, nehme ich dich mit.«

»Oh, danke!«

»Moment!« rief Deraa und drehte sich zu Roush um. »Das können Sie nicht machen. Sie ist der Feind. Wir wollen nicht, daß sie uns regiert. Die GFL ...«

»Natürlich können sie das machen, Deraa«, stellte Jungfer Kris klar. »Sie wollen nur den Planeten zurück. Unsere Prinzipien oder unsere Freiheit interessieren sie nicht.« Sie blickte zu Thomas. »Aber ihn schon.«

»Aber Regulus hat uns Waffen und Vorräte geliefert.«

»Das war einmal.«

»Ich akzeptiere jeden, der sich mit dem Fürstentum Regulus verbünden möchte«, stellte Roush fest.

»Nein, danke«, erklärte Jungfer Kris. »Nicht mit den Kumpanen, die Sie hier um sich versammeln.«

»Allerdings nicht«, bestätigte Deraa und riß sich zusammen. »Generalhauptmann, wir kämpfen auf Ihrer Seite.« Masters bemerkte, daß Deraa Roush ein Grinsen zuwarf, das voll düsterer Genugtuung und versteckter Bedeutung war. Roush sah es ebenfalls, und seine Miene verwandelte sich augenblicklich in eine Maske überraschter Furcht, als sei ihm gerade etwas Schreckliches klargeworden. Roush sah zu Masters hinüber, als ob er ihm etwas sagen wollte, aber dann änderte er anscheinend seine Meinung.

Deraa lehnte sich zurück und verschränkte zufrieden die Arme. Masters und Jungfer Kris tauschten stumme Blicke aus. Sie hatte es auch gesehen, aber ihr Kopfschütteln deutete an, daß sie ebenfalls nicht wußte, was es zu bedeuten hatte.

»Nun, wenn die GFL auf der Seite Haus Mariks steht«, meinte Starling, »dann haben wir keine andere Wahl, als uns auf die Seite des Fürstentums Regulus zu schlagen.«

Masters schlug mit der Faust auf den Tisch. »Der Generalhauptmann hat Ihnen eine Heimat gegeben.«

»Und jetzt will er sie uns wieder nehmen. Wir können nicht gleichberechtigt mit diesen Leuten leben.«

»Das stimmt nicht«, mischte sich Präzentor Blane ein. »Wir haben uns mit dieser Bedingung einverstanden erklärt, als wir hierherkamen.«

»Ich nicht.«

»Du wurdest überstimmt.«

»Aber jetzt bin ich Präzentor.«

»Ist das wahr, Bill?« fragte Thomas.

»Momentan, ja. Ich bin sicher, der Rat wird mich von der Anklage der Ketzerei freisprechen, aber bis zu diesem Zeitpunkt ...«

»Nun gut. Im Augenblick repräsentiert Starling Blakes Wort. Aber wir leben in schweren Zeiten, und ein Herrscher kann sich nicht immer darauf verlassen, daß ihm seine Untertanen auch gehorchen. Präzentor Martialum Arian, auf welcher Seite werden Ihre MechKrieger kämpfen?«

Arian dachte lange nach. »Ich habe keine Wahl«, stellte er schließlich fest. »Präzentor Starling ist der Präzentor. Wir führen Blakes Wort gemeinsam. Ich werde mit ihm zusammenarbeiten.«

»Das spielt keine Rolle«, warf Deraa ein und grinste bösartig. »Wenn wir zum Kampf antreten, wird es ohne Bedeutung sein, wie viele BattleMechs Sie haben.« Und wieder wirkte Roush verängstigt.

»Ich fürchte nicht, mein neuer Verbündeter«, erklärte Thomas. »Ihre Leute sind gesetzlose Krieger. Ich werde nicht an ihrer Seite kämpfen.«

Deraa und Jungfer Kris stießen die Frage im Chor aus: »Was?«

»Es ist ganz einfach. Sie sind Gesetzlose. Ich kämpfe für Sie, aber ich werde nicht zulassen, daß Sie kämpfen.«

»Aber ...« stotterte Jungfer Kris. »Wir sind jetzt legitimiert. Sie stehen auf unserer Seite.«

»Erstens stehen Sie auf *meiner* Seite. Und zweitens: Nein. Die Regeln waren klar, als ich die Ritter der Inneren Sphäre gründete. Doch Ihre Taktiken sind eine Schande für die Krieger aller Welten.«

»Aber gegen Arians MechKrieger kämpfen Sie?«

»Ja«, meinte Thomas. »Sie sind der Feind. Ich werde tun, was nötig ist, um sie zu besiegen.«

»Sie reden wie ein Clansmann, Generalhauptmann«, bemerkte Arian.

Schweigen senkte sich über die Gruppe. Masters bemerkte, wie Arian reflexartig seine verwundete Schulter berührte, wie er es an dem Tag getan hatte, als sie in der TOZ über die Clan-Invasion gesprochen hatten.

Schließlich brach Thomas die Stille. »Und was genau wollen Sie damit sagen, Präzentor Martialum?«

»Sir, ich habe den Clans gegenübergestanden, als ich auf der anderen Seite der Inneren Sphäre meine

Heimatwelt verteidigte. Wir haben ein paar von ihnen gefangengenommen, und ich habe sie verhört. Wir hatten keine Ahnung, mit wem wir es zu tun hatten, als sie über die Innere Sphäre herfielen, denn als Kerensky und seine Gefolgsleute vor dreihundert Jahren der menschlichen Zivilisation den Rücken kehrten, haben wir jeden Kontakt mit ihnen und ihren Nachkommen verloren. Wir wußten nicht, welche Art von Gesellschaft sie aufgebaut hatten.«

»Soweit ich es verstehe, basiert ihre Gesellschaft auf Sieg um jeden Preis.«

»Keineswegs. Sie haben einen detaillierten Ehrenkodex, das stimmt. Und ihre Gesellschaft ist um eine Kriegerklasse herum aufgebaut. Aber sie sind keineswegs blindwütige Schlächter. Im Gegenteil, wenn ein Krieger den Kodex bricht, wird er ausgestoßen, so wie Sie gerade die GFL ausgeschlossen haben.«

»Aber sie haben Turtle Bay vernichtet«, warf Masters ein. »Sie haben Atomwaffen benutzt.«

»Ihrer Meinung nach hatten es die Zivilisten von Turtle Bay verdient. Sie kämpften weiter, nachdem sie bereits besiegt waren. In der Clangesellschaft hat ein Zivilist in keinem Fall das Recht, gegen einen Krieger die Hand zu erheben.«

Thomas ergriff das Wort. »Ich bin kein Clansmann ...«

Arian unterbrach ihn. »Noch nicht. Noch nicht. Aber ich sehe das Potential dafür.« Er setzte hastig hinzu. »Ich meine das nicht als Beleidigung. Nicht wirklich. Es gibt vieles bei den Clans, das Bewunderung verdient.« Die gesamte Runde starrte ihn an. »Sicher, ich hasse sie für die Vernichtung von so vielem, das ich geliebt habe. Aber sie hatten ihre Gesetze, ihre Prinzipien, ihre Ideale, und sie haben nach ihnen gelebt. Sagen Sie, Generalhauptmann, ist es leicht, nach strikten Gesetzen zu leben?«

»Keineswegs.«

»Nein. Weil wir manchmal etwas tun müssen, was unserem Herzen widerstrebt.«

»Ja.«

»Ich glaube nicht, daß die Clans Turtle Bay zerstören wollten. Sie waren sehr verwirrt, als die Zivilisten nicht kapitulierten. Aber sie hatten ihre Gesetze, und die Gesetze müssen befolgt oder der Preis für den Ungehorsam muß gezahlt werden. Denken Sie daran, Generalhauptmann, wenn Sie Ihre Ritter der Inneren Sphäre führen.« Arian stand auf. »Bekommen wir freies Geleit zurück in die Altstadt?«

»Natürlich«, erklärte Thomas mit einer beiläufigen Geste. Er blickte, in Gedanken versunken, auf die Tischplatte. Dann sah er zu Arian auf. »Präzentor Martialum?«

»Ja?«

»Ihre Mechs haben die Stadt bereits in der Hand. Wenn Sie dort bleiben, sind Sie in einer ausgezeichneten Verteidigungsstellung.«

»Und wenn Sie uns angreifen und es zum Kampf kommt, wird Omen dem Erdboden gleichgemacht.«

»So ist es.«

Präzentor Starling grinste. »Gut für uns, schlecht für Sie. Ihre Ideale werden Ihnen eine derartige Aktion wohl nicht erlauben, was, Marik?«

»Präzentor Martialum, ich habe gehört, daß die Clans in direktem Widerspruch zu unseren Traditionen in Städte eingefallen sind.«

»Das stimmt.«

»Wollten sie das tun, oder war auch das eine Entscheidung, die ihnen von den Verteidigern aufgezwungen wurde?«

Jetzt war es an Arian, den Blick zu senken. »Ehrlich gesagt, sie wollten es wohl nicht. Ich weiß, die Presse hat das Gegenteil behauptet, daß es ihrem Wesen entspräche, Städte anzugreifen, aber ...« Er stockte.

»Ja«, fragte Thomas nach.

»Sie hatten keine Wahl. Wir haben uns entschlossen, die Verteidigung aus den Städten heraus zu organisieren. Wir haben unsere Mechs eingegraben. Sie mußten kommen und uns holen.« Arians Anspannung wurde in seiner Stimme deutlich. »Sie wären wohl nicht ... Wissen Sie, die Sache ist die: Ich hatte nicht gedacht, daß sie es tatsächlich versuchen würden. Das war der Punkt. Ich glaubte einfach nicht, daß sie es versuchen würden.« Er blickte zu Thomas auf, und die beiden Männer starrten sich in die Augen.

»Möglicherweise sollte ich diese Clans genauer studieren«, meinte Thomas.

»Möglicherweise«, antwortete Arian.

»Ich kann Sie, die Gräfin und Hsiang nicht einfach ... einen Planeten übernehmen lassen.«

»Ich weiß.«

»Ich werde Sie und Ihre Mechs holen kommen.«

Arian strich sich wieder über die Schulter. Er schwankte etwas. Es schien fast so, als sei er ein wenig betrunken. »Das wird nicht nötig sein.«

»Was?« schrie Starling.

Arian drehte sich zu ihm um. »Du hast ihn gehört. Er wird uns holen kommen. Wir werden uns nicht eingraben. Wir werden auf den Feldern kämpfen.«

»Das ist absurd«, meinte die Gräfin. »Wir haben ihn in der Zange. Er kann nicht gewinnen.«

»Dieses Risiko werde ich nicht eingehen. Die Menschen von Omen haben Besseres verdient.«

»Ich bestehe darauf, daß wir unsere Stellungen halten«, insistierte Starling.

»Präzentor, ich führe unsere Streitkräfte, und militärische Entscheidungen treffe ich allein. Im Augenblick ist das Kräfteverhältnis ausgeglichen. Wenn die regulanischen Mechs eintreffen, haben wir die zahlenmäßige Übermacht über die Ritter der Inneren Sphäre. Wir können in der Stadt warten, bis es soweit ist, denn der Generalhauptmann zieht es vor, außerhalb der

Stadt zu kämpfen.« Er blickte Thomas an, und dieser nickte. »Aber wenn die regulanischen Mechs erst einmal hier sind, ist er zum Eingreifen gezwungen. Er kann es sich nicht leisten, sie in die Stadt zu lassen. Deshalb wird er sie angreifen, während sie die Felder von Omen überqueren. Zum selben Zeitpunkt werden wir ausbrechen und den Rittern in die Flanke fallen. Wir werden siegen, aber wir werden nicht in der Stadt kämpfen.« Bevor jemand darauf reagieren konnte, zog er sich zurück.

Starling rannte ihm nach. Dann standen auch die Gräfin und Hsiang auf und folgten ihm, aber langsamer.

»Ich nehme an, Ihre Leute haben meinen Mech«, wandte Masters sich an Deraa. »Ich hätte ihn gerne zurück.«

»Selbstverständlich, Sir Masters.« Deraa erhob sich, und Roush folgte ihm zum Tor des Frachtraums.

»Ich kann nicht glauben, daß er sich bereit erklärt hat, die Stadt zu räumen«, meinte Jungfer Kris wie im Selbstgespräch.

»Er ist ein guter Mann«, antwortete Thomas. »Er hat den Krieg noch nicht satt. Nur gewisse Arten des Krieges.«

Sie stand auf, ihren Blicken nach tief in Gedanken, und verließ den Tisch ohne ein weiteres Wort.

Als alle anderen sich außer Hörweite befanden, wandte Masters sich an Thomas. »Sir, der Präzentor Martialum hat recht. Wenn die Mechs von Blakes Wort sich mit den regulanischen BattleMechs zusammenschließen, sind sie uns überlegen.«

»Ich weiß.«

»Irgend etwas geht zwischen Deraa und Roush vor«, stellte er fest. Sie konnten die Silhouetten der beiden sehen, wie sie an den Toren nach draußen standen. Sie stritten sich — oder genauer gesagt, Roush argumentierte aufgeregt, und Deraa hörte unbewegt zu. Dann warf Deraa lachend den Kopf in den Nacken und ließ Roush stehen.

»Ja.«

»Hast du …?«

»Ich habe keine Ahnung. Aber wir werden es bald herausfinden.«

»Fühlst du dich wohl?«

»Nein. Es passiert nicht jeden Tag, daß man erlebt, wie sein Idealplan mit der Vorgehensweise von Monstern verglichen wird.«

»Vielleicht sind die Clans keine Monster.«

Thomas lächelte ihn traurig an. »Aber es ist gut, Monster greifbar zu haben. Es steigert das Selbstwertgefühl.«

Später fuhr Masters mit Deraa in einem Geländewagen hinaus aufs Land. Die Sterne funkelten am klaren Himmel, und er dachte an die vielen Menschen auf den vielen Welten, die um diese Sterne kreisten. Es hatte einmal eine Zeit gegeben, in der außer auf Terra niemand lebte. Die Vorstellung überraschte ihn jedesmal von neuem. Die Menschheit hatte so hart daran gearbeitet, den Punkt zu erreichen, an dem sie sich heute befand, hatte so viele Schwierigkeiten überwunden. Aber noch immer war der Mensch sein eigener natürlicher Feind. Daran schien kein leichter Weg vorbeizuführen. Nachdem Arian sie mit den Clans verglichen hatte, erschien selbst der ideale Plan, den Thomas und er ausgearbeitet hatten, gefährlich.

Deraa informierte ihn, daß regulanische Techs den Mech repariert hatten und die Maschine, soweit er es mitbekommen hatte, einsatzbereit war. Diese Mitteilung bereitete Masters Sorgen. Hatten Sie ihn sabotiert? »Nein, nein«, lachte Deraa. »Sie wollten ihn selbst einsetzen. Er ist in Ordnung.«

Der *Feuerfalke* stand auf einer Lichtung zwischen den gewaltigen Baumriesen Gibsons.

Masters zog sich bis auf Kühlweste und Shorts aus, kletterte die Leiter empor und kroch ins Cockpit. Es war über zwei Wochen her, daß er zum letztenmal in einem Mech gesessen hatte, und die Berührung der Pilotenliege ließ ein gutes Gefühl in ihm aufsteigen. Sein Mech. Seine Kontrollen. Und er wußte sie zu benutzen. Aber dann erinnerte er sich an Spinard. Er mußte aufpassen. Das wahre Leben blieb außerhalb des Cockpits. Der *Feuerfalke* war ein Werkzeug und nicht sein Leben. Konnte das der Unterschied zwischen ihm und einem Clankrieger sein? Hatten sie noch ein Leben jenseits der Kämpfe? Wenn er jemals einen Clanner treffen sollte, würde er vielleicht eine Antwort auf seine Fragen erhalten.

Er zog den Neurohelm über den Kopf, befestigte die Sensoren und fuhr den Reaktor hoch. Er sah hinunter, um Deraa noch einmal zuzuwinken, aber der war bereits fort. Dann sah er den Geländewagen, der im Wald verschwand. Einen Augenblick trug Masters sich mit dem Gedanken, ihm zu folgen, um die Wahrheit hinter dem geheimnisvollen Grinsen herauszufinden, das der GFL-Führer Roush bei der Besprechung zugeworfen hatte, aber er wußte, daß es unmöglich war, in einem Mech jemand zu beschatten.

Er hatte noch einen weiten Weg vor sich und mußte Omen vor den Regulanern erreichen. Er gab Gas und machte sich auf den Weg durch den Wald.

Thomas hatte entschieden, das Schlachtfeld im Hinblick auf ihre Stärken und Schwächen vorzubereiten. Die Ritter verließen den Raumhafen, trotz dessen strategischen Wertes, und begaben sich auf den Feldern in Position. Seit dem Gipfeltreffen waren drei Tage vergangen.

Es war Morgen, und Gibsons kühle Nachtluft war einer warmen Brise gewichen. Die Kampfkolosse der Ritter standen wie ein künstlerisch arrangiertes Abbild der riesigen gelben Wälder am Horizont über die Ebene verteilt.

Die Kundschafter meldeten, daß die regulanischen Mechs näher kamen.

Zwischen den Füßen der BattleMechs wanderten Techs, MechKrieger und Stabsmitglieder herum und überprüften ein letztes Mal Munitions- und Energievorräte.

Masters sah sich nach Jungfer Kris um, die er seit einem Tag nicht mehr gesehen hatte. Überhaupt schien niemand von der GFL anwesend zu sein. Sie mußten sich Thomas' Feststellung, daß sie nicht an den Kämpfen teilnehmen durften, zu Herzen genommen haben.

Bald darauf erschollen Fanfaren und meldeten die anrückenden Regulaner. Überall rannten die Ritter zu ihren Maschinen.

Ein mitreißendes Gefühl der Erregung hatte sie ergriffen, auch wenn es niemand so recht in Worte fassen konnte.

Es würde kein leichter Kampf werden, aber als Masters in seinen Mech kletterte, fühlte er ein Gemeinschaftsgefühl mit den übrigen Rittern, wie er es seit Jahren nicht mehr gekannt hatte. Über die Jahre war der MechKrieger immer mehr zu einem gutausgebildeten Werkzeug geworden, das in einen Mech gesteckt wurde, um eine Geschützplattform zu steuern. Aber das war jetzt vorbei. Diese Männer und Frauen waren die *Elite,* die fähigsten MechKrieger, von Thomas Marik zu einem Team zusammengeschweißt. Er behandelte sie mit einem Respekt, der im Streben nach Abschußzahlen und Statistiken längst verlorengegangen war.

Seine Sorgen über die zahlenmäßige Übermacht des Gegners verflogen, als er sich in die Polster seines *Feuerfalke* sinken ließ. Was die Maschinen betraf, mochten sie in der Unterzahl sein, aber es war der Pilot, der zählte. Und in dieser Hinsicht ließen sie Blakes Wort und die Regulaner weit hinter sich.

Masters sah hinüber zu Thomas, der langsam und methodisch an seinem *Schütze* hochkletterte. Er hätte sich gewünscht, daß sein Freund auf die Teilnahme an diesem Gefecht verzichtete, aber er sah wenig Chancen, es ihm auszureden. In der vergangenen Nacht hatte ihm Thomas nüchtern mitgeteilt: »Es gehört sich so.«

Als Thomas die Kanzel des *Schütze* erreicht hatte, sah er zu Masters herüber und rief: »Schöner Morgen.«

Masters sah sich um. Es *war* ein schöner Morgen. Der Himmel war von einem perfekten Wasserblau. In der Ferne erhoben sich die gewaltigen gelben Wälder. Im Norden breitete sich Omen aus, mit dem hohen, undurchdringlichen Alten Wall im Zentrum des Stadtgebiets. »Ja, ein herrlicher Morgen.«

»Es wäre eine Schande, wenn du den Sonnenuntergang nicht mehr erleben würdest. Stirb mir nicht weg, Sir Masters.«

»Du mir auch nicht, Generalhauptmann.«

»Ausgezeichnet! Nachdem wir uns jetzt gegenseitig versprochen haben, den Kampf zu überleben, sollten wir keine Zeit mehr verlieren.« Thomas verschwand im Innern des Cockpits und zog die Luke hinter sich zu.

Masters zog seine Luke ins Schloß und dachte: Wie könnte ich heute sterben? Aber selbst wenn, werden wir in der Erinnerung weiterleben, wenn die Menschen sich durch die Jahrhunderte die Geschichte von der glorreichen Idiotie unseres Idealismus erzählen.

Masters schaltete den Schirm auf Langstreckenanzeige und erkannte zwei regulanische Lanzen, die sich vom Nordende der Felder aus auf dem Weg nach Omen befanden. Er schaltete auf eine Frequenz, die von beiden Seiten empfangen werden konnte. »Kolonel Roush«, sprach er ins Mikrofon.

»Was ist, Masters?« Roush klang verärgert.

»Ich grüße Sie, Sir.«

»Die Genugtuung gebe ich Ihnen nicht.«

Er schaltete zurück auf den Marik-Kanal und hörte Thomas' Stimme. »Hier spricht *Schütze* Eins. Gott mit euch, meine Ritter. Masters' Lanze, Verns Lanze, Sequords Lanze, haltet die Regulaner auf.« Von Süden her stürmten die Mechs von Blakes Wort aus der Stadt. »Alle anderen Lanzen folgen mir gegen Blakes Wort.«

Damit stürmten die Mechs beider Seiten zu Dutzenden aufeinander los.

24

Felder von Omen, Gibson
Prinzipalität Gibson, Liga Freier Welten

3. März 3055

Masters hatte die Ritter Gainard, Sullivan und Osaka in seiner Lanze. Während ihre Mechs über die Felder hasteten, ermahnte er sie: »Wir wollen unsere Schüsse auf die Ziele konzentrieren, die ich festlege. Wir müssen ihre Zahl so schnell wie möglich reduzieren, und das heißt Feuerkonzentration von Beginn an.«

»*Feuerfalke* Eins von *Vulkan* Drei. Eine Lanze von Blakes Wort nähert sich.«

»Na schön, Sie werden versuchen, die Regulaner zu unterstützen. Wir konzentrieren uns auf den schwersten Mech, den sie haben.«

Auf dem Monitor sah Masters die heranstürmenden Maschinen als etwa fünfzehn Zentimeter hohe Miniaturmechs. Aber mit abnehmender Entfernung wurden sie schnell größer. Er faßte den Steuerknüppel fester und zog das Fadenkreuz über die fernen Ziele. Während er ein Ziel suchte, blinkten die Feuerleitdaten. Das leise Geplapper anderer Lanzen drang aus den Lautsprechern. »Okay, Masters' Lanze. Ich habe einen Blakes-Wort-*Ostroc* entdeckt, den ich loswerden will. Kennzeichnung Blau Fünnef.«

»Hat ihm.«

»Erfaßt.«

»In — Ordnung. Hab' ihn.«

Masters rief die Konfigurationsdaten der Maschine auf den Schirm. »Er hat fast alles im Torso. Wir werden darauf einhämmern, bis er zusammenbricht.«

Er senkte das Fadenkreuz über den *Ostroc*, aber ein regulanischer *Brandstifter* versperrte die Schußlinie. Die regulanischen und die Blake-Maschinen schienen einander im Weg zu stehen. Sie waren in der Überzahl, aber ihr Teamwork ließ erheblich zu wünschen übrig. »Sie drängen sich zusammen. Von mir aus. Wir feuern. Wenn ihr eine andere Maschine erwischt, die sich vor dem Primärziel aufhält, ist das auch gut.«

Sein Daumen hing über dem blauen Auslöser, an den jetzt sein schwerer Laser angeschlossen war. Er hielt den Steuerknüppel so ruhig wie möglich, aber die Feuerleitzahlen kamen und gingen.

Dann leuchtete das Fadenkreuz grellgelb auf. Masters preßte den Feuerknopf, und ein hellroter Energiestrahl zuckte aus der schweren Waffe in der rechten Hand des *Feuerfalke*. Der Laserstrahl schlug in den Torso des *Ostroc*. Es war der erste Schuß des Gefechts, aber er löste einen rapiden Schußwechsel aus. Schwere Laser spien orange- und rubinrote Strahlbahnen und sponnen ein so dichtes Netz zwischen den beiden Linien, daß man unmöglich sagen konnte, welche Bahnen in welche Richtung gingen.

Dann donnerten Langstreckenraketen in Fünfer-, Zehner und Fünfzehnersalven hin und her, von Marik auf Blakes Wort und Regulus, und von Blake und Regulus zurück. Die Abgase der Raketen zogen sich wie dunkle Regenbogen durch die Luft.

Ein Teil der Raketen schlug in den Boden und riß gewaltige Erdkrater auf. Andere Geschosse und Laser trafen ihr Ziel und schnitten Panzerplatten von Beinen, Armen, Köpfen und Torsen.

Nach dem Schuß des schweren Lasers fühlte Masters die Temperatur des *Feuerfalke* deutlich ansteigen, aber selbst bei voller Beschleunigung konnten die Wärmetauscher noch die gesamte Abwärme abführen, solange er nicht weiterfeuerte. Er wollte das Risiko eines Hitzestaus vermeiden und entschied sich, ein paar Sekunden zu warten, bis die Temperatur wieder auf ein sicheres Niveau gesunken war.

Währenddessen deckten Gainard, Sullivan und Osaka den *Ostroc* mit Treffern ein. Vier Langstreckenraketen und zwei AK-Salven rissen die oberste Panzerschicht vom kohlschwarz verfärbten Fronttorso des *Ostroc* und gruben sich tief ins Herz der Maschine.

Eine Serie von Erschütterungen ließ Masters' Mech erbeben und schleuderte ihn von einer Seite zur anderen. Sein Körper flog gegen die Gurte. Er sah Rauch aus der rechten Schulter des *Feuerfalke* aufsteigen und wollte gerade das Schadensdiagramm überprüfen, als er die nächste Fünfer-Raketensalve anfliegen sah. Ihre Flugbahnen waren exakt auf denselben Arm ausgerichtet.

Masters stieß den Daumen auf den grünen Feuerknopf, und sein Raketenabwehrsystem spie einen Hagel Minigranaten aus, die mit den Raketen kollidierten und sie aus der Bahn warfen oder in der Luft zur Explosion brachten.

Er drückte einen anderen Knopf und holte die Wärmeskala auf den Schirm. Die Situation war nicht gerade grandios. Die Innentemperatur seines Mechs lag 20 Prozent über dem sicheren Niveau, aber er wollte diesen *Ostroc.* Er zog das Fadenkreuz hoch und erhielt fast augenblicklich die Bestätigung. Zwischen den beiden Linien lag kaum noch Distanz. Er drückte erneut den blauen Feuerknopf, und wieder schoß der schwere Laser seine tödliche Energie in den Torso des *Ostroc.* Die anderen MechKrieger in seiner Lanze stießen sofort mit Autokanonen- und Laserfeuer nach. Eine feurig rote Explosion zerfetzte die Brustpartie des feindlichen Mechs.

»Er steht noch auf den Beinen, aber er ist wertlos«, rief Gainard.

»Gut. Nehmen wir uns das nächste Ziel vor!«

Ein Laserstrahl zuckte knapp an Masters' Cockpit vorbei, und die Warnlichter für den rechten Arm flakkerten wild. Als er die Statusanzeige aufrief, stellte er fest, daß das Raketenabwehrsystem zerstört war.

»Raketenabwehr ausgefallen«, teilte er dem Rest der Lanze mit.

Osaka meldete sich. »Ich habe fast …« Einen Augenblick war nur krachende Statik zu hören, dann war er wieder da. »Ich hab meine rechte Raketenlafette verloren.«

»Verstanden. Zusammenbleiben.«

Die Reihen der metallenen Giganten passierten einander mit wenigen Metern Abstand. Masters sah eine Chance, einer Blake-*Wespe* einen Schwinger zu versetzen und rammte die linke Faust des *Feuerfalke* in das Cockpit der leichten Maschine. Als die *Wespe* zu wanken begann, hielt Masters an und riß seinen Kampfkoloß herum. Auf so kurze Distanz war die Rückenpartie der *Wespe* ein kinderleichtes Ziel. Er drückte den roten Auslöser. Die roten Lichtblitze der mittelschweren Impulslaser und zwei Kurzstreckenraketen schossen aus den Armen seines Mechs und zerfetzten die Rückenpanzerung des Gegners bis auf den letzten Rest. Er rannte los, um hinter die *Wespe* zu kommen und ihr den Garaus zu machen.

Raketen und AK-Treffer erschütterten seinen Mech, aber keiner der Treffer schien die Panzerung durchschlagen zu haben. Der Pilot der *Wespe* erkannte, daß Masters es auf ihn abgesehen hatte, wirbelte seine Maschine herum und hob ihre Arme zum Gegenfeuer.

Hinter der *Wespe* bemerkte Masters Gainard im Kampf mit einem *Centurion.*

»Gainard?«

»Masters, schön, von Ihnen zu hören.«

»Ich hätte eine rückwärtig pudelnackte *Wespe* bei drei Uhr anzubieten.«

»Hat ihm.«

Die *Wespe* hob den mittelschweren Laser und feuerte aus kürzester Distanz voll in den Torso des *Feuerfalke.* Die Lichtbahn zerschnitt die Panzerung, schlug aber nicht durch. Hinter ihr fuhr Gainards *Vulkan* herum und feuerte seinen schweren Impulslaser geradewegs in den Rücken der *Wespe.* Der Kampfkoloß erstarrte in der Bewegung, wankte einen Augenblick und fiel um.

»Hübsch«, kommentierte Masters.

»Ohne Ihre Hilfe hätte das nicht geklappt, Sir.«

Er blickte auf den Schirm und sah, wie Osaka und Sullivan von zwei *Steppenwölfen* angegriffen wurden. »Sullivan? Osaka? Kommen Sie klar?«

»Wir brauchen so schnell wie möglich Unterstützung, Sir«, erwiderte Sullivan.

Der *Centurion* traf Gainards *Vulkan,* und ein Funkengewitter tanzte über den linken Arm des Mechs. Masters nahm den *Centurion* aufs Korn und drückte den blauen Feuerknopf. Der schwere Laserstrahl prallte vom Torso des *Centurion* ab, ohne größeren Schaden anzurichten, erregte aber die Aufmerksamkeit des Piloten. Der Stahlriese drehte sich zu Masters' *Feuerfalke* um.

»Verdammt!« Masters warf die Konfigurationsschalter um und legte beide Impulslaser mit dem schweren Laser zusammen. Ohne die Wärmeentwicklung zu beachten, drückte er den Feuerknopf noch einmal nieder. Die Impulslaser trafen, aber der schwere Laser feuerte daneben.

Der *Centurion* hob das gewaltige Rohr, das seinen rechten Arm darstellte — nicht mehr und nicht weniger als eine LB-X Autokanone/10 — und feuerte. Die großkalibrigen Granaten schlugen in den rechten Arm des *Feuerfalke* ein und rissen die untere Hälfte einfach ab. Der schwere Laser fiel mitsamt der rechten Mechhand zu Boden. Masters überprüfte die Statusanzeige. Von seinen Energiewaffen blieb nur der mittelschwere Impulslaser im linken Arm.

Inzwischen hatte Gainard freies Schußfeld auf den Torso des *Centurion* mit seinem schweren und mittelschweren Impulslaser. In Verbindung mit den Schäden, die Masters bereits angerichtet hatte, stießen die

Strahlimpulse durch die Torsopanzerung und bohrten sich in die Munitionsvorräte der Autokanone und Langstreckenlafette. Der *Centurion* brach unter einem Feuerwerk von Stichflammen in der Mitte auf, das den Mech um die eigene Achse wirbelte, bis er in der Bewegung erstarrte. Es konnte nur noch eine Frage der Zeit sein, bis er in einem spektakulären Sturz auseinanderbrach.

»Stehenlassen, Sir?«

»Sicher. Der macht keinem mehr Sorgen. Kümmern wir uns um die *Steppenwölfe* bei Osaka und Sullivan.«

Aber als Masters den Mech wendete, stach ihm in der Ferne etwas ins Auge. Am Rande des Schlachtfelds sah er eine Gruppe von sechs Geländewagen auffahren, auf denen Raketenwerfer montiert waren. Die Wagen fuhren weiter, bis sie eine Deckung hinter Gebüsch und schweren Tarnverschlägen erreichten, die man offensichtlich schon vorbereitet hatte.

Also das hatten Deraa und die GFL in den vergangenen drei Tagen gemacht!

Er erinnerte sich an die Raketenwerfer auf den Geländewagen. Er hatte sie in der GFL-Basis gesehen. Aber was machten sie hier? Was konnten sie in einem BattleMechgefecht ausrichten?

Dann erinnerte er sich blitzartig an die von der Plane halbverdeckte Kistenaufschrift und das einzelne Wort — »Davey« —, das er hatte ausmachen können.

Er drückte den Funkknopf und öffnete einen Kanal zu allen Mechs, Freund und Feind. »Atomwaffen auf dem Schlachtfeld!« schrie er. »Taktische Atomwaffen auf dem Schlachtfeld!«

Thomas' Stimme kam über die Lautsprecher. »Paul, bist du sicher?« Aber Masters rannte mit seinem Mech bereits auf die Geländewagen zu. Obwohl er sie eben erst noch gesehen hatte, waren sie jetzt hinter ihrer Deckung perfekt versteckt.

»Am Ostrand. GFL-Geländewagen. Davey Crokketts! Sie haben alte taktische Atomraketen auf ihren Wagen.«

Deraas Stimme ertönte. »Kolonel Roush hat sie uns für unseren Krieg überlassen, und jetzt bekommt er sie zurück. Wir schlagen vor, daß alle Marik-Mech-Krieger das Feld sofort räumen.«

»Ritter der Inneren Sphäre, bleibt dem Orden treu!« rief Thomas Marik. »Wir werden keine MechKrieger Gegnern ausliefern, die bereit sind, Atomwaffen einzusetzen!«

Wildes Geplapper erfüllte die Funkwellen und lieferte eine neue Hintergrundkulisse in Masters' Lautsprechern, als alle MechKrieger ringsum — Ritter der Inneren Sphäre, Blake-Truppen und Regulaner — sich darüber klarzuwerden versuchten, was vor sich ging.

Masters entdeckte einen der Geländewagen, der seine Davey Crockett auf das Schlachtfeld richtete. Er riß den Steuerknüppel nach rechts, und als das Fadenkreuz sich auf den Geländewagen senkte, feuerte er verzweifelt den verbliebenen Impulslaser, um die GFL-Kanoniere am Abschuß zu hindern. Die Laserblitze rissen eine lange Furche in das Gras neben dem Wagen, schleuderten Erdbrocken hoch und ließen einen Dreckschauer auf die Kanoniere niedergehen. Ein paar von ihnen sprangen in Deckung, aber die anderen richteten die Rakete ungerührt weiter aus.

»Ich habe sie, Sir Masters«, stellte Gainard fest und feuerte den schweren Laser. Der Schuß schlug in den Geländewagen ein, der in einem grellweißen Feuerball explodierte. Als lebende Fackeln rannten die überlebenden Guerilleros davon, um sich im Gras zu wälzen.

Masters drehte den Torso seines Mechs und suchte die fünf restlichen Geländewagen. Er bemerkte einen zweiten hinter einer Gruppe Sträucher. Ohne Rücksicht auf die Wärmeentwicklung feuerte er seinen Laser. Diesmal landete er einen direkten Treffer. Der Geländewagen flog auseinander.

»Achtung! Achtung!« schrie Deraa, und Masters sah in der Nähe einer Baumgruppe eine weiße Rauchwolke aufsteigen. Dann sah er eine Rakete über das Schlachtfeld fliegen. Er drehte sich um und sah sie auf eine Lanze schwerer regulanischer Mechs zufliegen, die geduldig das Schlachtfeld umgangen hatte, um in die Flanke der Marik-Krieger zu gelangen. Seine Hand griff instinktiv zum Steuerknüppel, aber dann erkannte er, daß es zu spät war. Er riß seinen Mech herum, um ihn von der Explosion abzuwenden, preßte die Augen zusammen, hob beide Arme vors Gesicht und senkte gegen den Zug der Sicherheitsgurte den Kopf zwischen die Beine. Immer wieder schrie er ins Mikro: »Weg vom Einschlagsort. Nicht hinsehen! Wegdrehen!«

Einen Augenblick später glühte die Luft grellweiß, und Masters hörte ein grauenhaft schrilles Pfeifen. Dem folgte ein dumpfes Grollen. Lärm und Licht überwältigten die Sinne dermaßen, daß es in diesem Moment den Anschein hatte, er hätte nie etwas anderes gekannt, als eng zusammengerollt hier zu sitzen, während ein schreckliches Donnergetöse auf ihn einschlug.

Dann herrschte plötzlich Ruhe. Unfähig zu widerstehen, wendete er seinen Mech und sah einen dreihundert Meter durchmessenden Krater, dessen Oberfläche zu Glas verschmolzen war. Drei der Mechs waren einfach verschwunden. Nur die Hälfte eines der Kolosse in der getroffenen Lanze existierte noch; sie war in den rot-silbernen Mech eines Ritters der Inneren Sphäre gut fünfhundert Meter entfernt geschleudert worden, und beide Maschinen lagen regungslos am Boden.

Über die Funkverbindung hörte er die Schreie der geblendeten MechKrieger, die sich nicht rechtzeitig abgewendet hatten oder nicht gewußt hatten, wie sie sich beim Einsatz von Atomwaffen verhalten mußten.

Es war so lange her, seit jemand solche Waffen eingesetzt hatte.

Ein furchtbarer Aufschrei drang aus Masters' Kehle. Er raste in das Gebiet, aus dem die Davey Crockett abgefeuert worden war. Seine Augen suchten rechts und links. Bevor er den Geländewagen finden konnte, stieg eine weitere weiße Qualmwolke zwischen den Bäumen auf. Diesmal riß er das Fadenkreuz über den Geländewagen und preßte beide Feuerknöpfe, schoß den Impulslaser und die Kurzstreckenlaffette ab. Der Impulslaser feuerte zu kurz, aber die Raketen trafen und zerfetzten den Geländewagen.

Wieder nahm er den Kopf zwischen die Knie. Wieder sah er den Lichtschein noch durch die fest zusammengepreßten Lider. Sein Mech erbebte unter den furchtbaren Energien, die von der Explosion freigesetzt wurden. Noch bevor der Donner verklang, hob er den Kopf und suchte nach den beiden verbliebenen Geländewagen.

Da! Zwischen ein paar Bäumen.

Er rannte auf den Wagen zu und senkte das Fadenkreuz über ihn, während er vorpreschte. Seine Hände zitterten vor Wut, Panik und Hitze, so daß er ständig verriß. Er knurrte und feuerte den Impulslaser. Vorbei. Noch einmal. Vorbei.

Er war wie im Fieber. Der Schweiß rann ihm in Strömen vom Körper. Er feuerte seine Raketen ab, aber sie explodierten zehn Meter neben dem Geländewagen.

In der Kanzel wurde es immer heißer.

Er zog das Fadenkreuz genau über den Geländewagen. Es leuchtete hellgelb. Ziel erfaßt ... da erstarrte sein *Feuerfalke* in der Bewegung.

Er brauchte nicht erst auf die Wärmeskala zu blikken, um zu wissen, daß die Maschine überhitzt war. Ganz einfach überhitzt. Vor Wut brüllend hämmerte er auf das Kanzeldach ein.

Masters war nahe genug an dem Geländewagen,

um Deraa an der Davey Crockett zu erkennen. Die Atomrakete war geradewegs auf ihn gerichtet.

Deraa grinste ihn an.

Masters überprüfte erneut die Anzeige. Er konnte nichts einsetzen, was Hitze erzeugte.

Das ließ ihm nur das MG. Maschinengewehre erzeugten keine Abwärme.

Er warf die Konfigurationsschalter um und packte den Steuerknüppel.

Deraa hob ein Funkmikrofon an den Mund. »Es tut mir leid, daß Sie unsere Hilfe nicht zu schätzen wußten, Sir Masters.«

Er richtete das Fadenkreuz aus.

Deraa beugte sich vor, um die Rakete abzufeuern.

Masters drückte den Auslöser, und die MG-Salve zerfetzte Deraa mitsamt seinen Begleitern.

Die Rakete blieb in ihrem Abschußrohr.

»Sechs Raketen, Masters«, hörte er Osaka. »Wir haben sie alle erwischt.«

Einen Augenblick saß Masters nur auf seiner Pilotenliege und zitterte. Dann schaltete er auf offenen Kanal und brüllte ins Mikro. »Roush! Sie haben ihnen Atomraketen gegeben! Sie haben ihnen Atomraketen gegeben!« Seine Stimme war schrill und klang wie die eines Wahnsinnigen.

Thomas unterbrach seine Tirade. »Sir Masters.«

Masters verstummte, und Thomas erklärte kühl: »Kolonel Roush, Präzentor Martialum Arian, ich schlage vor, wir schließen einen Waffenstillstand, um die Verletzten und Sterbenden zu versorgen.«

»Ich ... Ja, das sollten wir tun«, antwortete Arian, benommen, ungläubig.

»Nein«, zischte Roush. »Arian, nein. Wir haben zu viele Mechs verloren. Aber wenn wir die Zeit nutzen, uns neu zu gruppieren, *werden* wir siegen. Wir müssen uns in die Stadt zurückziehen und Verteidigungs ...«

»Was?« stieß Arian aus.

»Verteidigungspositionen in der Stadt einnehmen. Das ist die einzige Möglichkeit, noch einen Sieg zu sichern.«

»Sie wollen in die Stadt? Nach dieser Katastrophe?«

»Es bleibt uns keine Wahl.«

Arian wirkte abwesend, als spräche er mit jemand anders auf einem anderen Kanal. Masters hörte ihn mit müder, weit entfernter Stimme sagen: »Nein, Präzentor Starling, das können wir nicht tun. Nein. Ja, ich habe gehört, was Kolonel Roush gerade gesagt hat …« Dann wurde seine Stimme plötzlich klar und fest. »Das ist mir egal, Sir. Wir werden *keine* Verteidigungspositionen in der Stadt einnehmen. Wir werden *nicht* ›tun, was wir tun müssen, um zu gewinnen‹. Wir werden einfach nur tun, was wir tun müssen.«

Roush schaltete ab. Einen Augenblick später begannen sich alle regulanischen Mechs auf Omen zuzubewegen. Arians Stimme kam über den offenen Kanal. »Kolonel Roush, wenn Sie versuchen, die Stadt einzunehmen, werde ich meinen Leuten befehlen, Sie zusammen mit den Rittern der Inneren Sphäre aufzuhalten.«

Die regulanischen Mechs stoppten.

»Heißt das, Sie ergeben sich mir, Präzentor Martialum Arian?« ertönte Mariks Stimme.

Nach einer langen Pause erwiderte er: »Ja. Sie sind der ehrenvollste Krieger, dem ich je begegnet bin. Ich schwöre Ihnen für meine Person und alle Streitkräfte von Blakes Wort die Treue, Generalhauptmann Thomas Marik.«

»Und Sie, Kolonel Roush. Ergeben Sie sich?«

»Wenn ich das nicht tue, werden meine Leute abgeschlachtet.«

»Stimmt. Ich nehme also an, daß Sie kapitulieren.«

»Ja.«

»Schwören Sie mir die Treue?«

»Sie machen wohl Witze.«

»Ich werde das als ›nein‹ interpretieren. Sie und Ihre Leute haben freien Abzug, aber Ihre Mechs bleiben hier. Die Schlacht ist vorüber. Aber merken Sie sich: Eines Tages, möglicherweise schon recht bald, werden Sie vor derselben Frage stehen. Und dann wird Ihre Antwort ernstere Konsequenzen haben. Die Stadt gehört uns. Der Krieg ist vorüber.«

»Aber ...«

»Kein Wenn und Aber. Sie haben geschworen, die Gräfin Dystar und Prinzipal Hsiang zu verteidigen. Sie haben versagt. Der Putschversuch ist gescheitert. Die beiden sind abgesetzt. Diese Welt gehört weiterhin mir. Sir Paul Masters wird neuer Graf von Gibson. Es ist vollbracht.«

Die Zeremonie zog eine große Menschenmenge an, denn die Zeit der Unterdrückung auf Gibson war vorbei. Masters würde an die Stelle der Gräfin treten, und das Volk war dankbar. Hsiang wurde seines Amtes enthoben, und Masters erklärte, seine erste Amtshandlung werde in der Organisation sicherer und legaler Wahlen für einen neuen Prinzipal bestehen. Dafür war das Volk noch dankbarer. Er sicherte zu, daß Blakes Wort keinen unzulässigen Einfluß auf die Regierung Gibsons erhalten würde, aber der Orden würde auf dem Planeten bleiben. Darüber murrten zwar einige, aber das ließ sich nicht ändern. Es würde Zeit kosten, bis die Bevölkerung die Wahren Gläubigen annahm. Aber der Krieg war vorüber, denn Generalhauptmann Thomas Marik und Masters hatten dem Volk gegen seine Unterdrücker beigestanden, und das beeindruckte alle.

An der Tür zum großen Saal von Burg Masters, ehemals Burg Dystar, stand Sir Paul Masters, während Jungfer Kris und eine Reihe Lakaien sich um ihn drängten und seine rote Robe perfekt arrangierten. »Sie bräuchten das nicht zu tun«, sagte er zu Jungfer Kris.

»Was — an so einem Tag soll ich das Gesinde unbeaufsichtigt lassen? Nein, das ist meine letzte Verpflichtung. Danach werde ich die Burg verlassen.« Sie sah ihm in die Augen, und er las in ihrem Blick dieselbe Trauer, die ihn seit dem Tag der Schlacht nicht mehr verlassen hatte. Die meisten Mitglieder der GFL hatten keine Ahnung von den Atomraketen gehabt, und jetzt fühlten sie tiefe Schande.

Präzentor Blane kam herüber und musterte ihn von Kopf bis Fuß. »Sie wirken noch immer zu sehr wie ein Soldat. Wenn Sie ein Staatsmann werden wollen, dürfen Sie nicht so selbstsicher sein. Sie müssen bereit sein, Ihre Meinung im Handumdrehen zu ändern.«

»Bald werden die Soldaten die Staatsmänner und -frauen sein.«

Blane nickte. »Sie haben wahrscheinlich recht. Die Nachricht, daß die Regulaner Atomwaffen verteilen, bringt immer mehr Welten der Liga in Thomas' Lager. Auch wenn Roush ohne Erlaubnis seiner Vorgesetzten gehandelt hat. Seit dieser Zwischenfall allen klargemacht hat, wie weit Zivilisten zu gehen bereit sind, wenn sie die entsprechenden Waffen besitzen, werden die Ritter der Inneren Sphäre mit jedem Tag stärker.«

»Es gibt noch immer eine Menge Widerstand gegen die Idee.«

»Oh, sicher. Noch hat Thomas die Liga Freier Welten nicht unter seiner Herrschaft geeint. Aber ich kann den Tag kommen sehen ...«

»Es wird viel Arbeit kosten.«

»Ohne Zweifel. Die Sterne werden sicherer werden, aber auf Kosten der Freiheit, und die wenigsten Menschen geben die gerne auf. Die Liga Freier Welten existiert traditionell im Zwiespalt zwischen parlamentarischer Demokratie und einer feudalistischen Kriegerherrschaft. Jetzt wird die eine oder andere Seite den klaren Sieg davontragen.«

»Ich denke, ich weiß, wie es ausgehen wird«, stellte

Jungfer Kris fest und bürstete ein Staubkorn von der Robe. Und obwohl Stolz in ihren Worten lag, bemerkte Masters etwas anderes in ihrem Blick, eine kleine, geheime Drohung. Er wußte, wenn er seine Verantwortung vernachlässigte, würde das Volk Gibsons sich wieder erheben, und Kris würde wieder eine Führungsposition in ihren Reihen einnehmen. Gut. Er konnte sich keinen besseren Antrieb vorstellen. Fanfaren erklangen, und sie trat einen Schritt zurück. »Sir Masters, Ihr Lehnsherr erwartet Sie.«

Die großen Türen öffneten sich. Sir Paul Masters drehte sich um und blickte in den Saal. Tausend Menschen standen zu beiden Seiten des langen roten Teppichs, der hinauf zu Generalhauptmann Thomas Marik führte. Alle Köpfe drehten sich zu Masters um. Unter den Gästen waren zahlreiche Adlige und Krieger ferner Welten. Aber insbesondere in den vorderen Reihen standen Bauern, Arbeiter und Angestellte aus den verschiedenen Städten und Landstrichen Gibsons. Ein Feudalsystem grenzte die Menschen nicht aus der Gesellschaft aus, es sicherte ihnen einen festen Platz in ihr. Sicher, sie hatten das Recht verloren, Waffen zu tragen. Aber sie brauchten auch nicht mehr zu befürchten, umgebracht zu werden. Er betrachtete die Menschen und sah in ihren Augen Freude über den Prunk und Begeisterung für den Adel.

Er trat auf den roten Teppich, und eine Art Schwindel überkam ihn. Das rote Band dehnte sich vor ihm aus, schien einen Augenblick endlos lang, ein Weg, der sowohl zurück zu seiner Ankunft auf Gibson und vorwärts in die Zukunft führte, an der er gemeinsam mit Thomas arbeitete.

In der vordersten Reihe entlang der Gasse sah Masters den Bauer, der ihn versteckt hatte, zusammen mit seiner Ehefrau und Tochter. Lee hielt das Mädchen im Arm, und als Masters vorbeikam, winkte es ihm zu. Weiter die Gasse hinab bemerkte er Chick und ein paar der anderen, die mit ihm geflohen waren. Sie waren jetzt Zivilisten. Thomas hatte auf den Welten unter seiner direkten Herrschaft den Beruf des Söldners verboten. Er war überzeugt, daß Söldner eine Haltung förderten, die Krieg als Materialschlacht und Menschenleben als Kanonenfutter sah. Chick lächelte und verneigte sich leicht, als Masters vorbeikam.

Bei jedem Schritt passierte er Leute, die er auf Gibson kennengelernt hatte. Und am Ende des Weges sah Masters Thomas, groß und königlich. Er wartete auf ihn. Sein alter Freund lächelte ihn an, und Masters wurde von diesem Lächeln vorwärtsgezogen. Dieser Mann verkörperte die Hoffnung.

Dann sah er Präzentor Martialum Arian. Ihre Blicke trafen sich, und Arian neigte etwas den Kopf. In diesem Moment berührte Arian wieder seine verletzte Schulter, die Wunde, die er auf der anderen Seite der Inneren Sphäre beim Kampf gegen die Clans erlitten hatte. Masters überkam ein Frösteln. Er sah wieder zu Thomas, voller Ideale, aber gelenkt von seinem Herzen. Konnte das ausreichen? Wohin würde sein Traum sie führen?

Es würde schwierig werden. Es würde Probleme geben. Aber wenn es funktionierte, würde unter den Sternen endlich Frieden herrschen ...

Endlich erreichte Masters die Stufen, an deren Kopfende Thomas auf ihn wartete. Sein Freund und Lehnsherr breitete die Arme aus und hob den Blick zur wartenden Menge. Aber bevor er zu den versammelten Menschen sprach, fragte er leise, ohne den Blick zu senken: »Meinst du, es wird funktionieren?«

»Ja, mein Lehnsherr«, flüsterte Sir Paul Masters und schloß die Zweifel aus seinem Herzen aus. »Ja, das wird es.« Und in diesem Augenblick erhob sich sein Geist, hinaus zwischen die Sterne des Weltalls und alle Seelen, die ihm vorausgegangen waren.

ANHANG

Dienstgrade

Glossar

BattleMech-Typen

MILITÄRISCHE RANGORDNUNG DER LIGA FREIER WELTEN

In der Liga Freier Welten des Jahres 3054 ist eine militärische Rangordnung mit je 7 Mannschaftsrängen und Offiziersgraden im Gebrauch.

Offiziersgrade:
General
Kolonel
Leutenient-Kolonel
Komtur
Kapitan
Oberleutenient
Unterleutenient

Mannschaftsränge:
Hauptsergeant
Mastersergeant
Stabssergeant
Sergeant
Kaporal
Gefreiter
Gemeiner

GLOSSAR

Autokanone: Eine automatische Schnellfeuerkanone. Leichte Fahrzeugkanonen haben Kaliber zwischen 30 und 90 mm, während eine schwere Mechautokanone ein Kaliber von 80 bis 120 mm oder mehr besitzen kann. Die Waffe feuert in schneller Folge panzerbrechende Hochexplosivgranaten ab.

BattleMech BattleMechs sind die gewaltigsten Kriegsmaschinen, die je von Menschen erbaut wurden. Diese riesigen humanoiden Panzerfahrzeuge wurden ursprünglich vor über 500 Jahren von terranischen Wissenschaftlern und Technikern entwickelt. Sie sind schneller und manövrierfähiger in jedem Gelände, besser gepanzert und schwerer bewaffnet als jeder Panzer des 20. Jahrhunderts. Sie ragen zehn bis zwölf Meter hoch auf und sind bestückt mit Partikelprojektorkanonen, Lasergeschützen, Schnellfeuer-Autokanonen und Raketenlafetten. Ihre Feuerkraft reicht aus, jeden Gegner mit Ausnahme eines anderen BattleMechs niederzumachen. Ein kleiner Fusionsreaktor liefert ihnen nahezu unbegrenzt Energie. BattleMechs können auf die unterschiedlichsten Umweltbedingungen — glühende Wüstenei und arktische Eiswüsten — eingestellt werden.

Blakes Wort: Ein nach der Reformation ComStars abgespaltener Orden, der den Mystizismus und Geheimbundcharakter ComStars weiterführt und einen geheimen Krieg gegen die als Verräter angesehenen Mitglieder der Mutterorganisation führt. Blakes Wort hat Zuflucht in der Liga Freier Welten gefunden, deren Oberhaupt, Generalhauptmann Thomas Marik, vor der Reformation bei ComStar gedient hatte. Blakes Wort kontrolliert auch die interstellaren Kommunikationsanlagen innerhalb der Liga Freier Welten.

Clans: Beim Zerfall des Sternenbundes führte General Aleksandr Kerensky, der Oberkommandierende der Regulären Armee des Sternenbundes, seine Truppen beim sogenannten Exodus aus der Inneren Sphäre in die Tiefen des Alls. Nachdem sie sich weit jenseits der Peripherie niedergelassen hatte, zerfiel auch die Sternenbundarmee. Aus der Asche der Zivilisation, die Kerensky hatte aufbauen wollen, entstanden die Clans.

Comstar: Das interstellare Kommunikationsnetz ComStar wurde von Jerome Blake entwickelt, der in den letzten Jahren des Sternenbunds das Amt des Kommunikationsministers innehatte. Nach dem Zusammenbruch des Bundes eroberte Blake Terra und formte die Überreste des Sternenbund-Kommunikationsnetzes in eine Privatorganisation um, die ihre Dienste mit Profit an die fünf Häuser weiterverkaufte. Seitdem hat sich ComStar zu einem mächtigen Geheimbund entwickelt, der sich jahrhundertelang in Mystizismus und Rituale hüllte, bis es nach der Entscheidungsschlacht gegen die Clans auf Tukayyid unter Prima Sharilar Mori und Präzentor Martialum Anastasius Focht zur Reformation des Ordens kam.

KSR: Abkürzung für ›Kurzstreckenrakete‹. Es handelt sich um ungelenkte Raketen mit hochexplosiven oder panzerbrechenden Sprengköpfen.

Landungsschiffe: Da Sprungschiffe die inneren Bereiche eines Sonnensystems generell meiden müssen und sich dadurch in erheblicher Entfernung von den bewohnten Planeten einer Sonne aufhalten, werden für interplanetare Flüge Landungsschiffe eingesetzt. Diese werden während des Sprungs an die Antriebsspindel des Sprungschiffes angekoppelt. Landungsschiffe besitzen selbst keinen Überlichtantrieb, sind jedoch sehr beweglich, gut bewaffnet und aerodynamisch so konstruiert, daß sie auf Planeten mit einer Atmosphäre aufsetzen bzw. von dort aus starten können. Die Reise vom Sprungpunkt zu den bewohnten Planeten eines Systems erforderte je nach Spektralklasse der Sonne eine Reise von mehreren Tagen oder Wochen.

Laser: Ein Akronym für ›Light Amplification through Stimulated Emission of Radiation‹ oder Lichtverstärkung durch stimulierte Strahlungsemission. Als Waffe funktioniert ein Laser, indem er extreme Hitze auf einen minimalen Bereich konzentriert. BattleMechlaser gibt es in drei Größenklassen: leicht, mittelschwer und schwer. Laser sind auch als tragbare Infanteriewaffen verfügbar, die über einen als Tornister getragenen Energiespeicher betrieben werden. Manche Entfernungsmeßgeräte und Zielerfassungssensoren bedienen sich ebenfalls schwacher Laserstrahlen.

LSR: Abkürzung für ›Langstreckenrakete‹ zum indirekten Beschuß entwickelte Raketen mit hochexplosiven Gefechtsköpfen.

Nachfolgerfürsten: Die vier Nachfolgerstaaten Vereinigtes Commonwealth, Draconis-Kombinat, Liga Freier Welten und Konföderation Capella werden von Familien regiert, die ihre Herkunft von einem der ursprünglichen Lordräte des Sternenbunds ableiten. Alle fünf Hausfürsten erheben Anspruch auf den Titel des Ersten Lords. Sie kämpfen seit Ausbruch der Nachfolgekriege im Jahre 2786 gegeneinander. Ihr Schlachtfeld ist die riesige Innere Sphäre, bestehend aus sämtlichen einstmals von den Mitgliedsstaaten des Sternenbunds besiedelten Sonnensystemen.

Peripherie: Jenseits der Grenzen der Inneren Sphäre liegt die Peripherie, das weite Reich bekannter und unbekannter Systeme, das sich bis in die interstellare Nacht erstreckt. Die einstigen terranischen Kolonien in der Peripherie wurden durch den Zerfall des Sternenbundes technologisch, wirtschaftlich und politisch verwüstet. Derzeit ist die Peripherie größtenteils Zufluchtsort für Banditenkönige, Raumpiraten und Ausgestoßene.

PPK: Abkürzung für ›Partikelprojektorkanone‹, einen magnetischen Teilchenbeschleuniger in Waffenform, der hochenergiegeladene Protonen- oder Ionenblitze verschießt, die durch Aufschlagskraft und hohe Temperatur Schaden anrichten. PPKs gehören zu den effektivsten Waffen eines BattleMechs.

Sprungschiffe: Interstellare Reisen erfolgen mittels sogenannter Sprungschiffe, deren Antrieb im 22. Jahrhundert entwickelt wurde. Der Name dieser Schiffe rührt von ihrer Fähigkeit her, ohne Zeitverlust in ein weit entferntes Sonnensystem zu ›springen‹. Es handelt sich um ziemlich unbewegliche Raumfahrzeuge aus einer langen, schlanken Antriebsspindel und einem enormen Solarsegel, das an einen gigantischen Sonnenschirm erinnert. Das gewaltige Segel besteht aus einem Spezialmaterial, das große Mengen elektromagnetischer Energie aus dem Sonnenwind des jeweiligen Zentralgestirns zieht und langsam an den Antriebskern abgibt, der daraus ein Kraftfeld aufbaut, durch das ein Riß im Raum-Zeit-Gefüge entsteht. Nach einem Sprung kann das Schiff erst weiterreisen, wenn es durch Aufnahme von Sonnenenergie seinen Antrieb wieder aufgeladen hat.

Sprungschiffe reisen mit Hilfe ihres Kearny-Fuchida-Antriebs in Nullzeit über riesige interstellare Entfernungen. Das K-F-Triebwerk baut ein Raum-Zeit-Feld um das Sprungschiff auf und öffnet ein Loch in den Hyperraum. Einen Sekundenbruchteil später materialisiert das Schiff am Zielsprungpunkt, der bis zu 30 Lichtjahre weit entfernt sein kann.

Sprungschiffe landen niemals auf einem Planeten und reisen nur sehr selten in die inneren Bereiche eines Systems. Interplanetarische Flüge werden von Landungsschiffen ausgeführt, Raumschiffen, die bis zum Erreichen des Zielpunktes an das Sprungschiff gekoppelt bleiben.

Sternenbund: Im Jahre 2571 wurde der Sternenbund gegründet, um die wichtigsten nach dem Aufbruch ins All von Menschen besiedelten Systeme zu vereinen. Der Sternenbund existierte annähernd 200 Jahre, bis 2751 ein Bürgerkrieg ausbrach. Als das Regierungsgremium des Sternenbunds, der Hohe Rat, sich in einem Machtkampf auflöste, bedeutete dies das Ende des Bundes. Jeder der Hausfürsten rief sich zum neuen Ersten Lord des Sternenbunds aus, und innerhalb weniger Monate war die gesamte Innere Sphäre im Kriegszustand. Dieser Konflikt hält bis zum heutigen Tage, knapp drei Jahrhunderte später, an. Die Jahrhunderte nahtlos ineinander übergehender Kriege werden in toto als die ›Nachfolgekriege‹ bezeichnet.

KREUZRITTER

FEUERFALKE

HEUSCHRECK

WESPE

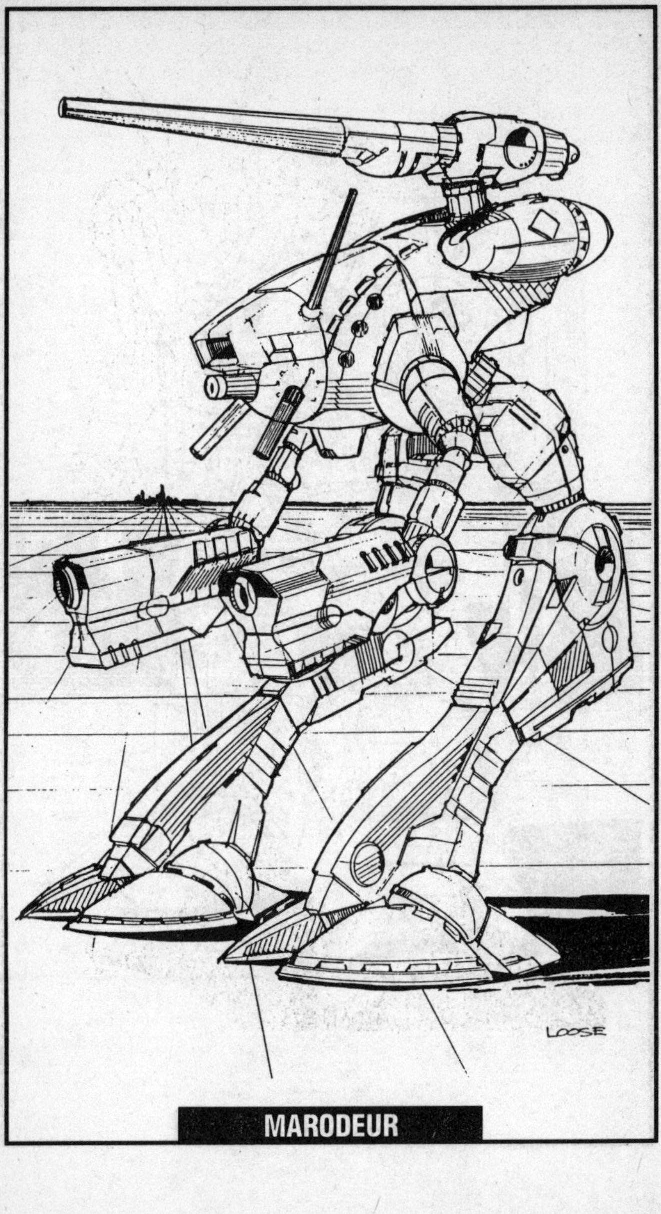

MARODEUR

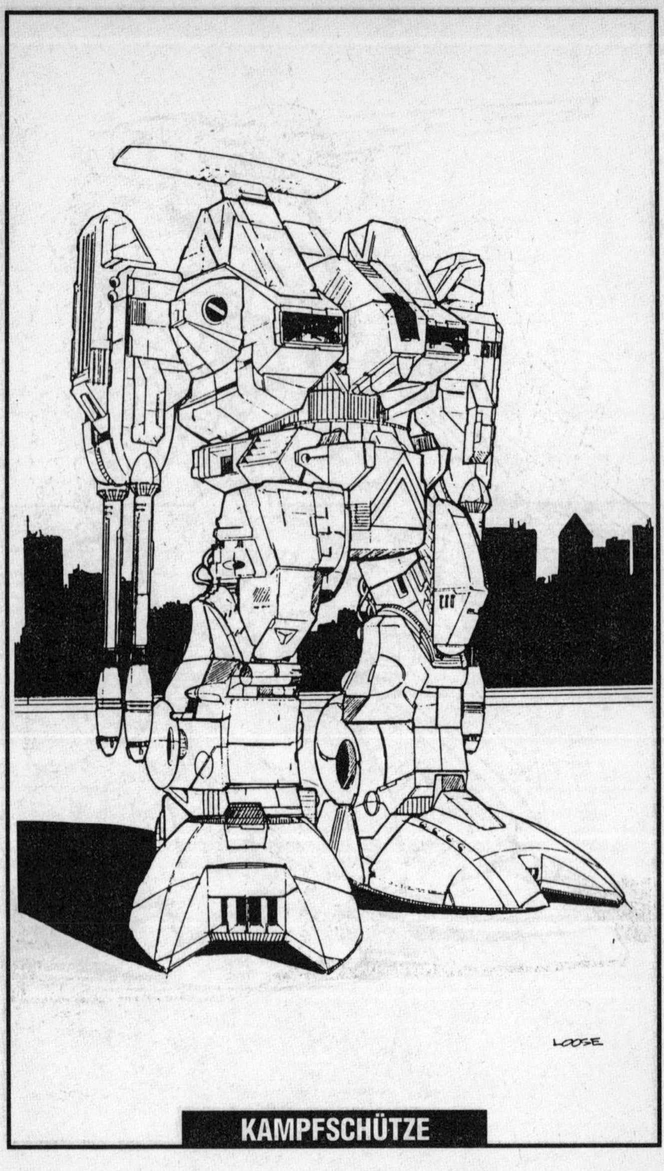

KAMPFSCHÜTZE

STEPPENWOLF

BATTLETECH®
KAMPFKOLOSSE DES 4. JAHRTAUSENDS
Fantasy Productions / Fasa Corporation